餘興派對

AfterParties

安東尼・維斯納・蘇
Anthony Veasna So

李仲哲 譯

致所有輕視過我的人，包括我自己。

喔，還有艾力克斯，我的愛。

♥

讚譽

「這是一部富有原創性的處女作，由才華洋溢的年輕作家所創作，充滿活力、真摯。這些故事在蘇描述細節的生動技巧下推動，猶如諷刺而深情的光芒，照耀在他那複雜、苦苦掙扎，卻又深深愛著的美國社區上。」——喬治．桑德斯（George Saunders），英國曼布克獎得主、《時代雜誌》（*TIME*）年度百大影響人物。著有《林肯在中陰》（*Lincoln in the Bardo*）

「移民作家的經典作品中，常常給人稀疏而嚴肅的感覺，但蘇在本書裡，以禁忌的幽默和熱情的語言，填補了這分寂靜。非凡之作……蘇的文學成就相當卓越，前途更是充滿希望。」——徐華（Hua Hsu）。美國普立茲自傳文學獎暨美國書評人協會獎得主。著有《Stay Ture 保持真誠》（*Stay Ture*）。

「一部閃耀、無所畏懼的處女作，充滿勇氣、歡樂，以及難忘的角色。」——道格拉斯・史都華（Douglas Stuart），英國布克獎得主，著有《親愛的夏吉・班恩》（***Shuggie Bain***）

「本世紀能有多少作家的短篇小說集處女作和本書一樣精彩又卓越。這部充滿愛、籠罩著歷史陰影的柬埔寨美國喜劇，讓安東尼・維斯納・蘇留給聰明讀者們深刻難忘的印象。」——喬納森・迪（Jonathan Dee），美國普利茲獎入圍作家。著有《***The Privileges***》

「安東尼・維斯納・蘇是出色的作家，其狂野、複雜又有趣的故事在各方面都相當精彩。他以極為深刻的方式，探討了陷入困境的美國時刻。這是近十年來，最令人期待的首部作了。」——達娜・斯皮奧塔（Dana Spiotta），美國國家圖書獎、美國國家書評人協會獎入圍作家。著有《***Innocents and Others***》

「書中故事穿梭於大屠殺陰影下的柬埔寨社區，追隨難民子女的腳步，見證他們在男子氣概、社會階級與家族之中掙扎反抗。安東尼．維斯納．蘇以幽默和溫柔，探索這些令人難忘的角色，並深入他們的生活。令人驚豔的小說集，來自於這令人拭目以待的新聲音。」——布莉．貝內特（Brit Bennett），美國圖書獎入圍作家，著有《消失的另一半》（*The Vanishing Half*）

「安東尼．維斯納．蘇的首部小說集，確立了他是這時代所需的社會諷刺天才。少有作家能在如此優雅的故事中，同時處理有力的情節發展以及痛苦的悲愴情懷。這位新作家的文字既有詩意，故事更令人難忘。在闔上這本書後，彷彿還能聽見其中的角色在我耳邊對話，我迫不及待要再讀一遍了。安東尼．維斯納．蘇是文學界閃亮的新星，本書作為他的處女作，已是經典。」——瑪麗．卡爾（Mary Karr），美國國家書評人協會獎入圍作家。著有《*Lit: A Memoir*》。

「蘇的故事極為豐富、充滿活力，難以言喻——其角色充滿著愛、渴望、笑意，充滿生活帶來的可能性，以及被生活所藏匿的未來。能夠在書頁上——或者說在任何書頁上——找到真實世界的酷兒生活，是非常少見而神奇的；其多樣、矛盾和扭曲的特質，在蘇赤裸的呈現下，毫無保留。我對這本小說集驚嘆不已——相信你也會如此。《餘興派對》是一個奇蹟。」——布萊恩．華盛頓（Bryan Washington），著有《境遇》（***Lot***）

「本書以聰明且富有同情的方式，詮釋出第一代柬埔寨裔美國人在成長過程中所面臨的掙扎與困境。」——莫琳．科里根（Maureen Corrigan），全國公共廣播電台 Fresh Air 節目（NPR's Fresh Air）

「這是由正起步的作家所寫出的故事，詼諧而深情……蘇是一位熱情、刺有紋身的酷兒，個性鮮明，喜愛社交。他在書頁上，也以同樣的方式散發著光芒。他的故事重新建構並賦予中央谷地新生，如同布萊恩．華盛頓（Bryan Washington）在多元文化的故事集《***Lot***》中，重新構思了休斯頓；也如同王鷗行（Ocean Vuong）的小說《此生，你我皆短暫燦爛》（***On Earth We're Briefly Gorgeous***），讓我們以全新的視角看待哈特福（Hartford）。」——德懷特．迦納（Dwight Garner），《紐約時報》（***New York Times***）

「充滿激情與活力，故事使人流連於其中，讓我們得以一窺文學世界中罕見的面貌。」——《紐約時報書評》編輯選書（*The New York Times Book Review, Editor's Choice*）

「蘇的短篇故事充滿犀利的機智與深刻的情感，以細微而富有同情心的視角，展現一群敢於在不寬容的國度中，建立新生活的移民群體，並勾勒出他們豐富而複雜的經歷。」——《時代雜誌》（***TIME***）

「本書閃閃發光……充滿毫無忌諱的機智和無情的誠實，探討了在一個將亞裔族群視為模範少數又或什麼都不是的世界中，身為棕色人種的年輕酷兒是什麼樣的感受。」——《娛樂週刊》評論家精選（*Entertainment Weekly Critics' Pick*）

「即便這些故事相當有趣又充滿希望，但等在前頭的，是無可避免的歷史。」——《柯克斯書評》星級評鑑（*Kirkus Reviews starred review*）

「《餘興派對》是一場苦澀的勝利……本身就是強而有力、難以抹滅的證明，顯示了蘇在揭露移民社區的複雜處境上，書寫技巧是如此高超、熟練。」——《今日美國》（*USA Today*）

「本書帶領讀者見證移民的經驗，既動人又親密，為讀者留下深刻的印記。」——《Vogue 雜誌》（*Vogue*）

「其故事如同喜劇般充滿同情，讓讀者在落淚之際又放聲笑了出來。」——《華盛頓郵報》（*The Washington Post*）

「蘇是如此充滿愛意地，記錄下他那『皮膚黝黑的冒牌亞裔』社區，並為生活中平凡的時刻注入非凡的魔力。閱讀過程中，不時需要停下來欣賞他的才華，為他高超的描述技巧與節奏掌握而驚艷。只要更深入本書，似乎就會踏進其中的世界，身心投入故事中，忘記自己究竟是誰。」——《西雅圖時報》（*The Seattle Times*）

「扣人心弦……本書是一個充滿機智與黑色幽默的世界……其中的角色並非如此容易理解，主題也未以嚴肅的角度圍繞在神話般的美國夢。反之，蘇在本書中向我們展示了極為不同的樣貌——如此悠哉、自在，彷彿置身於夢境裡的餘興派對中，懶洋洋地度過時光。」——《大西洋雜誌》（*The Atlantic*）

「彷彿一打開書，就會闖入一場關於性愛、毒品、大屠殺和逗趣機智的狂歡之中。」——《舊金山紀事報》（*San Francisco Chronicle*）

目次

查克甜甜圈店的三個女人

THREE WOMEN OF CHUCK'S DONUTS

男人在第一晚點了份炸蘋果圈，那時凌晨三點，路燈故障，加州三角洲的薄霧籠罩住濱水的破舊建築，唯有查克甜甜圈店（Chuck's Donuts）還亮著冷色的螢光燈。店主十二歲的女兒凱莉（Kayley），在櫃檯後方面無表情地說：「現在吃炸蘋果圈，會不會太早了？」比她大四歲的泰維（Tevy）對自己的妹妹翻了白眼，說道：「妳電視看太多了。」

男人不搭理她們兩人，找了一個位子坐下，繼續凝望窗外，看著城中逐漸衰敗的光景。凱莉研究著男人在窗戶裡的倒影。他看起來有些年紀卻不老，比她的父母年輕，其粗硬的八字鬍彷彿錯位，像是來自不同年代。男人臉上充滿大人才會有的混亂情緒，例如**感傷**，或是**不幸**。身著的淺灰色西裝也凌亂不堪，領帶還解了開來。

一小時過了，凱莉對著泰維低語：「他好像只是在盯著自己的臉瞧。」泰維回道：「我還在讀書詠。」

男人終於離去，將炸皮果圈原封不動地留在桌上，

「真是奇怪，」凱莉說，「不知道他是不是柬埔寨人。」

「不是這裡的每個亞裔都是柬埔寨人。」泰維回。

凱莉走近已無人的座位，更仔細檢視了桌上的炸蘋果圈。「怎麼進來坐在這兒一

小時，還連一口都沒吃？」

泰維繼續專注讀著攤開在櫃檯上的書。

她們的媽媽從廚房走出來，手裡拿著一托盤的糖霜甜甜圈。她就是查克甜甜圈店的店主，但名字根本不叫查克，而是叫索西（Sothy），也從來沒遇過一個叫查克的人；她只是覺得這名字很美式，能夠吸引顧客上門。她將一盤甜甜圈滑入冷卻架，掃視整間店面，確認女兒們沒有放另一位流浪漢進來。

「路燈怎麼沒亮了？」索西驚呼。「又來？」她走到窗前，試圖往外看，但眼前所見幾乎都是自己的倒影——粗短的肢體從滿是油漬的圍裙裡延伸出來，一臉發福且頭上戴著廉價的髮網。對自己的評價如此嚴厲實在毫無必要，但索西已經在廚房裡待了太久的時間，對世界的感知也跟著扭曲，一直在裡頭不斷揉著麵糰，彷彿時間是以製作甜甜圈的數量來衡量。「要是一直這樣，客人就不會來了。」

「沒事的。」泰維低頭說道，目光一點都沒有離開書本。「剛剛才來了一個客人。」

「對啊，那個怪人就坐在那邊，待了一個小時。」凱莉說。

「他買了幾個甜甜圈？」索西問。

「只買了那個。」凱莉指著桌上的炸蘋果圈說。

索西嘆了一口氣。「泰維，打電話給電力公司。」

泰維抬起頭。「他們不會接的。」

「那就留個訊息。」索西瞪了一眼她的長女。

「我敢說，我們可以重賣這條炸蘋果圈。」

「凱莉，不要盯著客人看。」索西提醒道，轉身回到廚房，開始準備更多麵糰，心中一再想著，每晚都帶女兒過來是否真的有幫助。也許查克甜甜圈店只在正常時段營業就好，不需要每天二十四小時都開著。女兒們或許也應該跟著她們的父親住，雖然他幹了那些不怎麼值得信任的事，但至少一段時間也好。

她凝視自己的雙手，皮膚褪色且粗糙，滿是皺紋但強壯——那是她母親的雙手，她曾在馬德望的市場油炸自製的油條，一直做到年老體衰、市場關閉，她的手也轉而從揉麵糰變成揀稻米，以服侍大屠殺政權的共產理念。真是古怪，索西心想，過了數十年，如今搬到了加州中部，擁有一家店，與她在美國出生的柬埔寨女兒們一起生活，各個都長得健康也十分頑固。然而，在自己親手創造的新生活中，她的雙手最終還是變得像母親一樣。

幾個禮拜前，索西唯一的夜班員工辭職了。他說，厭倦了那狹小的廚房，厭倦了反常的睡眠作息，厭倦了夢境變得混亂。於是，索西和女兒們在夏天達成了一項協議：直到九月之前都不會聘用新員工，若是她們過來幫忙，就會將省下來的錢存入之後的大學基金。泰維和凱莉的生活就此顛倒過來，只能在炎熱又令人焦躁的白日睡覺，夜晚則必須守在收銀機旁工作。

儘管一開始感覺有些憤慨，但最後都還是同意了。開業的頭兩年，當時凱莉八歲，泰維還未受到青春期的負面影響，索西仍然在婚——查克甜甜圈的生意也相當興隆。想像一下，在爆發房地產危機和城市宣布破產之前，市中心的街道是何等繁華。想像一下，甜甜圈店的周圍環繞著熙熙攘攘的酒吧、餐廳和一家新開幕的ＩＭＡＸ電影院，裡面擠滿了不相信無法還清債務的人。想想每天放學後，泰維和凱莉待在店內的情景——和母親說著彼此才懂的笑話、將甜甜圈賣得如此之快，感覺自己像運動員，其他時候則望向窗外，看著外頭繚繞著川流般的活力。

現在細想，泰維和凱莉在聽聞父親於不遠的城市有了第二個家庭，會有多依戀在查克甜甜圈店的回憶。經濟衰退幾乎摧毀了市區的所有商家，將夜間顧客趕得一個也不剩，只留有在附近醫院工作的疲憊員工——然而，正是這些在螢光燈下的無盡夏夜，成為這個家最後的支柱。想像一下，查克甜甜圈店便是他們輝煌昔日的陵墓。

第二個晚上，男人點了一份炸蘋果圈，坐在同個位子上。此時凌晨一點，路燈依舊昏暗。他仍然凝視著窗外，炸蘋果圈還是動也沒動過。距離他第一次來訪，已經過了三日。凱莉蹲下來，躲在櫃檯後面，透過甜甜圈的展示櫃看著男人。她注意到，這次男人穿的灰色西裝顏色更深，頭髮也看起來更油膩。

「他的頭怎麼比上次還油？明明現在還比較早。」凱莉向泰維發問，而她則深陷於書中，答道：「去假設他的頭很油是時間流逝的直接結果，會是一種錯誤的因果關係。」

凱莉回答：「好吧，妳的頭一整天下來都不會變油嗎？」

泰維說：「妳不能假設所有人的頭髮都會變油，就像我們都知道妳的頭髮在夏天會變得很噁。」

索西走進來說道：「如果她有洗頭，就不會很油了。」她用手臂摟住凱莉，拉近一聞。「阿妹，妳的頭聞起來好臭。我怎麼會養出妳這個髒女兒？」她大聲說道。

「有其母必有其女。」泰維回話，被索西敲了一記頭。

「只因為我是媽媽的女兒，就假設我像她一樣，」凱莉質問，「不就是錯誤的因果關係嗎？」並指著姊姊的書。「寫那本書的人一定會覺得妳很丟臉。」

泰維闔上書本，狠狠砸在凱莉的側身，凱莉將粗糙的指甲掐進泰維的手臂，索西被迫出手制止她們兩人，並開始用高棉語大聲責罵。母親緊緊抓住自己的手腕時，凱莉從眼角餘光中看到，那個男人從窗前轉過身，直視著她們。正如她父親過去常說的，她們三人都是性急又魯莽的人。男人的臉上似乎帶著不滿，這一刻，她真希望自己是隱形人。

索西仍然抓著女兒們的手，將她們拉向廚房的擺動門。「快來幫我給甜甜圈塗上糖料，」她命令道。「我受夠什麼都自己一個人做了！」

「不能就這樣把他留在座位區。」凱莉咬緊牙關抗議。

索西看了一眼那位男人。「沒事，」她說，「他是高棉人。」

「我自己會走，不要拉我。」泰維掙脫了母親的束縛，但為時已晚，她們已經置身廚房，被濃重的酵母味和烤箱裡燃燒的熱氣圍繞著。

索西、泰維和凱莉站在廚房中島周圍。一盤盤新鮮炸好的麵糰，呈金黃酥脆、裸露，放置於糖料旁。索西拿起一個甜甜圈，浸入糖料再舉到空中，白色的液體隨之滴下。

凱莉看著廚房的門。「要是他這段期間都沒盯著窗戶看，怎麼辦？」她問泰維，「他會不會一直都在倒影中看著我們啊？」

「要同時做這兩件事，也不是不可能。」泰維回答，兩隻手各拿起一個甜甜圈浸入糖料中。

「那也太可怕了吧。」凱莉說道，心中不禁綻放出一股興奮感。

「快工作。」索西厲聲說。

凱莉嘆了口氣，認命地拿起甜甜圈幹活。

儘管泰維對凱莉的突發奇想感到厭煩，但也無法否認自己對那位男人很感興趣。他到底是誰？難道他很有錢，買炸蘋果圈只是為了浪費不吃嗎？他第五次來訪、第五次未動過炸蘋果圈、第五次選擇坐在同個位子時，泰維開始覺得這個男人很值得觀察、探討和分析，甚至可以成為她哲學論文的主題。

她在廢棄商場旁的社區大學，參加了名為「認知」的暑期課程。毫無疑問，以這男人為主題，探討面對他時會碰上的哲學問題，或許能夠讓泰維在班上得到A級分，並給明年的大學招生委員留下深刻的印象。說不定還能讓她贏得一筆豐厚的獎學金，帶她逃離這座令人發愁的蕭索之城。

「認知」一開始會引起泰維的注意，是因為那堂課不需要先修任何的數學課程；課堂內容只包括閱讀、完成一篇十五頁的論文，以及參加早晨講座，而這些都可以在下午回家睡覺之前完成。泰維不太能理解大多數的文本，但她覺得教授肯定也是如此，因為他看起來就像社區大學在街上找來的流浪漢。儘管如此，閱讀維根斯坦（Wittgenstein）[01] 仍非常適合拿來打發深夜時刻。

泰維的母親僅僅在一瞥之間，就知道他是高棉人——這激起了泰維對那位男人的興趣，想以哲學的角度再更認識他。

男人第三次到訪時，凱莉疑惑地皺起鼻子，低聲問道：「妳是怎麼確定的？」

索西將展示櫃裡的甜甜圈整理好，瞧了一眼男人並說：「他當然是高棉人啊。」當然，這使泰維抬起頭來，將視線離開了書本。當然，泰維盯著那男人看的時候，母親的聲音也在她的腦海中迴響著。**當然，當然**。

在泰維十六年的生命中，她的父母總能憑直覺就知道誰是高棉人，誰又明顯不是——這一直使她感到相當驚奇又沮喪。只要做了一些很普通的事情，例如喝一杯冰

01（西元一八八九至一九五一年）奧地利哲學家。

水，父親就會在房間的另一頭喊道：「大屠殺的時候根本不會有冰塊！」他接著感嘆，「我的孩子怎麼都變得這麼不像高棉人了？」然後爆出悔恨一般的笑聲。其他時候，她只是吃了塊魚乾，或是撓撓頭皮，或用某種步態走路，父親會微笑著說：「現在就看得出來妳是高棉人了。」

身為高棉人究竟意味著什麼？如何知道什麼是高棉的，什麼又不是？大多數高棉人的內心深處，是否一直都知道自己是高棉人？高棉人是否有其他族裔的人所沒有的感受？

在離婚前，父親常來查克甜甜圈店探望，而這些問題會以不同形式，從她的腦海中閃過。他會提著一盒青木瓜沙拉，無視所有顧客並走向店內中央，一邊聞著沙拉，一邊喊道：「沒有什麼比魚露和炸麵糰的味道，還要更道地的高棉味了！」

據泰維所知，高棉人的身分並不僅只呈現在她與家人共有的褐色皮膚、黝黑頭髮，以及突出的顴骨上。「高棉性」可以表現在任何事物上，從指甲的顏色到以某種方式久坐而使臀部痠麻……即便如此，泰維還是認不出自己所做的事情，有什麼特別像高棉人的。而現在，泰維已經長大了，能夠否決她撒謊的父親，並覺得自己完全脫離了出生時所繼承的身分。她無法想像，父親站在甜甜圈店裡嗅著魚露時的感受，所以只能笑一笑。即使再也無法忍受見到父親，一想到他，泰維還是會笑出來。

泰維對於脫離自身文化，沒有感到相當內疚。但有時候，還是會覺得有些不知所措，彷彿這些思緒會盤旋在腦中、頭就像快炸裂一樣。正是因為如此，她才會加入凱莉，一起尋找關於這男人的一切。

一天晚上，凱莉認定男人幾乎和父親長得一模一樣，簡直不可思議。「看看他。」她一邊咕噥著，一邊更換咖啡機的濾紙。「他們下巴一樣，頭髮一樣，什麼都一樣。」

索西將新鮮的甜甜圈放入展示櫃中，說道：「小心機器。」

「白痴。」泰維生氣地小聲說，將罐子裡的鮮奶油和糖重新填滿。「要是他長得像爸，媽不是早就會注意到了？」

索西、泰維和凱莉都已經習慣了那男人的存在，知道他可能會在午夜到凌晨四點之間的時段出沒。三人低聲談論著他，一半希望他坐的地方聽不到，一半希望他能無意中聽到。凱莉揣測他的動機，例如：他可能是負責監視的警察，或是在逃的罪犯。她謹慎思量著，男人到底是壞人還是好人。另一方面，泰維則試著推論男人的目的——例如，他可能感到與世界疏離，只能待在查克甜甜圈店，和其他高棉人聚在一起。兩姊妹都想知道他的生活：哪些女人會喜歡他；他喜歡什麼樣的女人；他會拋下哪種女人；是否有兄弟姊妹或孩子；他看起來更像他母親還是父親？

索西不理睬她們。她厭倦了思考他人，尤其是那些無法讓她從中獲利的顧客。

「媽媽，妳也有看到吧？」凱莉問道，但沒有得到任何回應。「妳根本沒在聽，對不對？」

「她為什麼要聽妳說話？」泰維突然惱怒地說。

凱莉舉起雙臂。「妳就是覺得那男的很帥，才會對我那麼凶。」她回嘴。「妳昨天就是這麼說的。妳就是覺得自己爸爸很帥的變態，現在才在對我發火。而且他真的很像爸爸，我有帶照片來證明。」她從口袋裡掏出一張照片，舉到半空中。

泰維的臉泛起鮮明的紅暈。「我才沒有那樣說。」她反駁，試圖在櫃檯對面從凱莉手中奪走照片，結果卻將咖啡機撞倒在地。

索西聽見金屬零件掉落在地的聲音，終於將注意力轉向自己那兩個女兒。「凱莉，我不是跟妳說過了！」她大吼，整張臉因憤怒而緊繃。

「幹麼吼我？都是**她的**錯！」凱莉瘋狂指著自己的姊姊。泰維看準這個機會，把照片搶走。「還給我。」凱莉要求。「妳根本就不**喜歡**爸爸，妳從來都不**喜歡**他。」

泰維回道：「那妳這樣說不就自相矛盾了嗎？」她的臉依然灼熱，試圖恢復到以往平靜、分析式的語氣。「所以到底是怎樣？我是愛他還是恨他？妳真的很蠢誒。不管怎樣，我都不會說那男的很帥，我只是說他不**醜**。」

「我受夠這些廢話了。」凱莉說。「妳們根本就看不起我。」

索西檢視了女兒們造成的損害後，從泰維手中奪走照片。「把這爛攤子收拾乾淨！」她喊道，憤怒地走出座位區。

在廁所裡，索西往臉上潑水。看著鏡中的自己，注意到低垂的眼袋，以及皮膚上的皺紋，再低頭看向自己放在水龍頭旁的照片。她前夫年輕時的風采充滿童貞般的魅力，彷彿正直直嘲笑著她。她無法想像那張照片裡的年輕人——穿著緊身 POLO 衫和牛仔褲，對自己新獲得的公民身分感到自豪——成為了一名父親，將如此多的焦慮感染給女兒們，又在中年時拋下她一人，留下幾乎無法獨自承受的責任。

索西將照片塞進圍裙口袋中，收拾好心情。她要是沒有暫離，就會看到男人從座位上站起，轉身面對女孩們，走向通往廁所的走廊。也才不會一打開廁所門，就發現男人高高地站在自己面前，一副沉默、悶悶不樂的樣子。更永遠不會知道為什麼她的小女兒，整夜都在瘋狂議論那男人有多像自己的前夫。

索西現在確實注意到了這驚人的相似之處，也感受到腹中突然升起的疼痛。男人的目光如重拳般狠狠擊中她，帶著一股隱約的惡意。即便男人只是飄過她身邊，取代了她在廁所的位置，索西還是忍不住想著，**他們要來算帳了**。

離婚後，索西一直在沒有前夫的情況下，承受著撫養女兒的壓力，艱辛度過每一日。疲憊磨碎了她的骨頭，手腕則因腕隧道症候群[02]而嘎嘎作響。休息不是一個選項，那只會消耗更多能量，因為在她一天中的平靜時光、反思的時刻，怨恨會猛然襲來，將她壓得喘不過氣。她氣的不是出軌外遇，也不是女兒們那輕浮的繼母打電話來企圖和解。她對前夫的魅力，以及前夫對她的魅力，早在第一次懷孕後便漸漸消逝。但他們的財務契約並非如此——反而是澈底地崩潰了。

她的女兒們並不知情，其實是前夫的遠房叔叔慷慨借了貸款，索西才能夠開設查克甜甜圈店。那位叔叔是在金邊頗具影響力的商業大亨，以資助腐敗政權而聞名。即便身處加州，她也聽聞過關於他的謠言——說他會監禁總理主要的政治對手、說他通

02好發於重覆手腕動作的人或女性，手部會感覺麻木、疼痛與無力。

過加入由前赤柬[03]官員組成的犯罪組織而致富、說他以紅色高棉支持者的身分，參與了謀殺吳漢潤（Haing S. Ngor）的行動。索西不知道自己是否想要接受叔叔的錢，是否應該對如此黑暗的勢力欠錢，是否願意一輩子都過得戰戰兢兢，擔心會被偽裝成黑幫的殺手槍斃，並被掩蓋為一場普通的搶劫誤殺。連飾演《殺戮戰場》（The Killing Fields）而獲得奧斯卡獎的吳漢潤都逃脫不了這樣的命運、無法躲過權貴者的惡意殺機，索西又如何認為自己的家庭能夠倖免於難？[04]但話說回來，索西還能做什麼？她只有高中文憑和一個當清潔工的丈夫，甚至還有兩個小孩要帶。他們還能做什麼，才能改善嚴重的財務問題？除了炸麵糰，她還有什麼本領？

索西深知與前夫的叔叔做生意，是一個壞主意——據她所知，他可能曾為波布（Pol Pot）[05]的政變提供過資金。因此，現在看到那個男人與前夫的相似之處，索西就在猜想，他有沒有可能會是某個遠房的黑幫親戚。她害怕，塵封已久的過往終於追上她了。

03 赤柬，即紅色高棉（Khmer Rouge），五〇年代於柬埔寨實施恐怖統治的政權。
04 吳漢潤是華裔柬埔寨人，曾獲奧斯卡獎，在美國遭三位亞裔青年射殺。
05 赤柬時期的領導人，紅色高棉大屠殺的推行者。

到黑市販賣。

連續幾日，男人都沒有來到查克甜甜圈店，索西反而越加憂慮——這股焦慮已深入她的體內，在骨頭裡扎根。女兒們對男人不斷猜想，只會加劇她對叔叔的懷疑。害怕他會前來奪走她們的生活，折磨她們以榨取財產，也可能把女兒們當作抵押品，抓到黑市販賣。

就算如此，她還是不能冒險衝動，以免激怒他。當然，他也可能是完全陌生的人。如果真是如此，他現在肯定就出手傷害她們了，何必還要等呢？她時時刻刻都保持警惕，也告訴女兒們要小心那男人，只要他一進門就得喊她。

泰維已經開始著手寫哲學論文，凱莉在一旁幫她。論文的標題暫定為《論身為高棉人是否意味著自己瞭解高棉人》。泰維的教授要求學生以《論確實性》（On Certainty）06 的風格來為論文命名，好像以「論」開頭就會很有哲學性一樣。她決定將論文建構在一個觀點上——即他就是高棉人，且提出觀點的人（泰維與凱莉）也是高棉人，並以此提出許多假設。每個假設都附有討論是否具合理性的段落，且其合理性會根據男人提供的答案來確認——她們將會直接向他提問。泰維與凱莉都同意，對母親保密這件事。

姊妹倆花了幾晚才完成對那男人的假設。「他或許也是被一對不和睦的夫妻帶大

06 維根斯坦的著作。

的。」凱莉在一天晚上說道，此刻的市區似乎不再如此陰暗，飄揚的塵土與空汙為黑暗的天空帶來紅光。

「嗯，高棉人不會為愛結婚。」泰維回答。

凱莉望向窗外，尋找著任何值得觀察的事物，但眼前只有空蕩蕩的街道、老市區旅館的一角，以及小凱撒披薩店那黯淡又乏味的橘色招牌——她母親討厭那家店，因為該店經理不讓她的顧客停在他們過大的停車場裡。「不覺得他好像一直在找人嗎？」凱莉問道。「或許，他愛一個人，但那個人不愛他。」

「妳還記得爸有說過什麼關於婚姻的話嗎？」泰維問。「他說，在逃出集中營之後，大家會根據自己的本領來配對。兩個會煮飯的人不會結婚，那樣很浪費。如果一個人會煮飯，那另一個人就要知道怎麼賣飯。他說婚姻就像《我要活下去》（Survivor）[07]，要結盟才能存活。他覺得那是最高棉的東西，而且自己一定會贏得冠軍，因為大屠殺給了他最好的訓練。」

「那麼爸爸和媽媽的本領呢？」凱莉問。

「這問題的答案可能就是他們無法在一起的原因。」泰維說。

「這跟那男的有什麼關係？」凱莉問。

07 美國真人秀節目，在野外存活到最後的參賽者即可贏得大獎。

泰維回答：「嗯，如果高棉人是像爸說的，會根據本領來結婚，可能代表高棉人更難知道如何去愛。也許我們只是不擅長——愛——也許這就是那男人的問題。」

「妳有愛過一個人嗎？」凱莉問。

「沒有。」泰維說，接著彼此便不再交談。廚房傳出攪拌機和盤子的噹啷聲，她們聽見母親在廚房準備烘焙，一連串日常的聲響此起彼落，無法結合為完整的旋律。

泰維想知道，母親是否真正愛過一個人，母親是否能夠超越「只為生存」的目標，母親是否有過無需憂慮的自由，母親是否能夠脫離過去與未來的負擔——即便短暫一瞬——只為此時此刻而活著。另一方面，凱莉則想知道，母親是否會想念父親，如果不會，這是否意味著自己感受到的沮喪、孤立和渴望，並不如她所相信的那樣真實。她想知道，父母之間的暴力鴻溝是否也存在於她的體內，因為自己不就是這些對立基因的混合體嗎？

「媽媽應該開始抽菸。」凱莉說。

泰維問：「為什麼？」

「這樣她就可以休息了。」凱莉答道。「每次想抽的時候，她就能停下工作，出去外面抽。」

「這取決於什麼會更快殺死她，」泰維說，「抽菸或是過勞。」
凱莉輕聲問道：「妳覺得爸爸愛他的新老婆嗎？」
泰維回答：「最好是這樣。」

索西和她前夫原本應該要這樣處理與叔叔的交易：每個月，索西將甜甜圈店營業利潤的百分之二十交給丈夫。每個月，丈夫把錢匯給他叔叔。每個月，他們在叔叔那幫人有所動作之前，距離還清貸款又更近了一步。

實際發生的情況卻是這樣的：有一天，就在索西發現丈夫和另一個女人懷有兩個兒子的幾週前，她在甜甜圈店接到一通電話。電話裡是一位說著高棉語的男子，口音濃重而純正。起初，索西幾乎無法理解他說的話。他的句子太流暢、發音太正確，不像很多高棉裔的移民那樣，將詞語截短、縮略。聽見那些久違的音節，索西發現自己竟然沉醉其中。她後來才理解男子話中真正的意思——他是丈夫叔叔的會計師，打電話來詢問貸款的情況，詢問他們是否有意願償還。多年下來，叔叔都沒有收到任何款項，會計師遺憾地說道，語氣中還帶著隱約的威脅。

她後來才從丈夫深感內疚的情婦那裡得知，他會用自己給的營業利潤——本來要作為償還貸款的錢——來養活他在外的第二個家庭。在離婚協議中，索西同意不收取女兒的贍養費，以換取查克甜甜圈的唯一擁有權、女兒們的監護權，而前夫答應會用自己的錢來還清貸款的承諾。他從未打算欺瞞叔叔，只是愛上了另一個女人。遇到了真愛，他還能怎麼辦呢？當然，他也對那些冠上他姓氏的兒子有責任。

就算如此，他還是承諾會改正這項錯誤。但索西要如何才能信任她的前夫？叔叔派來的人會不會有一天就出現在她家門口，或是查克甜甜圈店，或是店面後方的小巷裡，來為他們改正錯誤？承諾就是承諾，最終也僅止於此。

自從男人上次到來，已經過了整整一個禮拜。索西的恐懼開始慢慢消退，有太多甜甜圈要做、有太多帳單要付了。而打電話給前夫破口大罵，也相當有幫助。

「你這自私的畜牲，」她說，「你最好有還錢給你叔叔。最好不要讓你女兒陷入危險。最好不要一直只想到你自己，只做自己想做的事。我現在根本不能和你好好說話。如果你叔叔派人來找我要錢，我就會告訴他、你有多不要臉，我還會告訴他要怎麼找到你，到時候你就會知道一直這樣做自己，會有什麼下場。給我記住，我比任何人都瞭解你。」

他還來不及有機會回應，索西就掛斷電話，雖然這麼做並沒有為她帶來任何安全感，但感覺總是好多了。她甚至希望那男人是叔叔派來的殺手，如此便能直接將他引向前夫——並不是希望他被殺死，但確實希望能看他受到應有的懲罰。

男人回來的那晚，索西、泰維與凱莉正在為三個街區之外的醫院準備一份訂單。索西需要在十一點半之前，將一百份甜甜圈送到醫院。這份訂單的報酬相當高，比甜甜圈店整個月的收入還多。索西不想將女兒們留在店內，但又無法派她們去送單。她只會離開一小時，還會發生什麼事呢？反正那男人在午夜之前是不會出現的。

為了安全起見，她決定在外出的時候關閉店面。「我走的時候，把門鎖好。」她將貨都裝上車後，如此告訴女兒們。

「妳幹麼對什麼都不放心啊？」泰維質問。

凱莉附和：「我們又不是嬰兒了。」

索西直直望向她們的眼睛。「注意一點，拜託。」

門鎖著，但店主的女兒們顯然就在裡頭；透過明亮的窗戶，就能看見她們坐在櫃檯前。於是，那位男人站在玻璃門前等待，盯著女孩們，直到她們注意到外面有個穿著西裝的身影在徘徊。

男人揮手示意讓他進去，而凱莉對她姊姊說：「奇怪——他看起來像是打過架一樣。」

泰維注意到男人凌亂的頭髮和憂鬱的神情，提議：「我們得採訪他才行。」她猶豫片刻後才打開門。男人的脖子上交叉著發紅的抓痕，皺巴巴的白襯衫則沾滿了汙垢。

「我需要進去。」他的語氣嚴肅。這是除了「我要一份炸蘋果圈」之外，泰維唯一聽他說過的一句話。

「我媽說不能讓任何人進來。」泰維說。

「我需要進去。」男人重複說道，而泰維又怎能忽視這人的目的呢？

「好吧，」泰維回答，「但你必須接受我的採訪，作業需要的。」她再次打量男人疲憊又髒汙的面容。「而且你得買點東西。」

男人點頭，泰維為他打開了門。當他跨過門檻時，凱莉感到一陣恐懼，意識到自己和她姊姊都對這男人一無所知。她們對這男人的所有討論都毫無結果，現在她唯一知道的是：自己還只是個孩子；姊姊還不是完全的成年人；她們都違背了母親的意願。

很快地，泰維與凱莉坐上男人對面的位子。桌上擺著字跡潦草的筆記本和一份炸蘋果圈。男人一如既往凝視著窗外，姊妹倆則一如既往地研究他的臉龐。

「要開始了嗎？」泰維問。

男人毫無回應。

泰維再次嘗試。「可以開始了嗎？」

「可以開始了。」男人回覆，仍然望著漆黑的夜色。

訪談以「你是高棉人，對不對？」的問題開始，接著停頓了一下，陷入思考。泰維原本打算以這個問題作為熱身，但男人的沉默使她感到不安。

終於，男人開口了。「我來自柬埔寨，但我不是柬埔寨人，也不是高棉人。」

泰維感到一陣不適，問道：「等等，什麼意思？」她看了眼自己的筆記，但一點幫助也沒有。她看向凱莉，也同樣沒有用。妹妹和自己一樣困惑。

「我們家是華裔。」男人繼續說道。「幾代以來，我們都和柬埔寨華人通婚。」

「好，所以你是中國人，不是高棉人。但你還是柬埔寨人吧？」泰維問。

「我只自稱中國人。」男人回答。

「可是你的家族不是世世代代都住在柬埔寨嗎？」凱莉插話，提出質疑。

「是。」

「你和家人都從赤柬政權下倖存下來了？」泰維問。

男人再次回答：「對。」

「那你說高棉文還是中文？」

男人回覆：「我說高棉文。」

「你們過柬埔寨新年嗎？」

「過。」

「你吃臭魚嗎？」凱莉問。

「Prahok[08]？」男人問。「我吃。」

「你會去高棉超市還是中國超市買吃的？」泰維問。

男人回答：「高棉超市。」

「在柬埔寨生活的華人，和在柬埔寨生活的高棉人，有什麼差別？」泰維問道。

「不都是柬埔寨人嗎？如果都一樣說高棉文，有同樣的經歷，做同樣的事，那麼在柬埔寨生活的華人，不就會變得更柬埔寨一些嗎？」

08 Prahok 即為臭魚的高棉文。

男人並沒有看向泰維或凱莉，反而在整個採訪的過程中，將目光投射在外面尋找著什麼。「我父親說，我是中國人。」男人回答。「他告訴我，他的兒子們，就像家族裡其他的所有兒子，應該都只娶中國人。」

「那麼，」泰維問，「你覺得自己是美國人嗎？」

男人回答：「我住在美國，我是中國人。」

「所以你根本不認為自己是柬埔寨人。」凱莉問。

他將目光從窗戶移開。在這場對話中，他第一次思考著坐在他對面的姊妹倆。「妳們兩個看起來不像高棉人，」他說，「倒像是有中國血統。」

「你怎麼知道？」泰維驚訝地問，臉頰發燙。

男人答道：「看臉就知道了。」

「嗯，我們是。」泰維說。「我是說，高棉人。」

凱莉則說：「其實，媽媽好像有說過，曾祖父就是中國人。」

「閉嘴。」泰維說。

凱莉回答道：「天啊，我只是說說而已。」

男人不再盯著她們看。「結束了，我需要集中注意力。」

「可是我還沒問到真正要問的。」泰維抗議道。

男人說：「最後一個了。」

「你為什麼買炸蘋果圈都不吃？」在泰維還未來得及查看筆記之前，凱莉就脫口而出。

「我不喜歡甜甜圈。」男人回答。

對話戛然而止，泰維發現這個答案是那男人不作為高棉人，最具說服力的論點。

「你不是認真的吧。」過了一會兒，凱莉說道：「那你為什麼要買這麼多炸蘋果圈？」

男人並未回答。他瞇著眼，更靠近窗戶細看，鼻子幾乎要碰到玻璃。

泰維低頭看著手背，檢視自己棕色皮膚的光澤。她記得小學的時候，總會有些白人小孩誤認她是中國人，自己會非常生氣，甚至在公車上打起來。她還記得，父親會在車上安慰她。「我知道我常常開玩笑，」他將手搭在泰維的肩膀上說道，「但妳就是完完全全的高棉人——要知道這點。」

泰維審視著男人的倒影，對他的世界觀感到失望——人們總是會被自己父親所說過的話侷限住。接著，泰維注意到她的妹妹感到有所不適。

「**不行**。」凱莉說，用拳頭敲擊桌面。「你一定要有一個比這更好的理由。你不能每天都來這裡，點一份炸蘋果圈，然後說自己不喜歡甜甜圈。」凱莉喘著氣，將身體往前傾，桌子的邊緣幾乎要陷入她的肋骨。

「凱莉，」泰維擔心地問，「妳幹麼啊？」

「安靜！」男人突然大喊一聲，依舊凝視著窗外，猛地揮動手臂。

姊妹倆因驚訝而陷入沉默，不知該做何反應，只能眼睜睜看著男人站起身，握緊拳頭，衝向座位區中央。正在這時，一位女人——可能是高棉人，或是柬埔寨華人，或只是中國人——闖進查克甜甜圈店，開始用手提包搥打男人。「你一直在監視我？」女人尖叫起來。

姊妹們眼前的女人渾身是傷，左眼幾乎腫得睜不開。她們待在座位上，靠著冰冷的玻璃窗。

「你打自己的老婆，**還**監視她。」她一邊說，一邊對男人甩著巴掌——她的丈夫。

「你這個……」

男人試圖推開妻子，但她又撲向他，兩人摔倒在地，女人壓在男人身上，一遍又一遍打他的頭。

「你這個人渣、你這個人渣！」女人尖叫著，姊妹倆不知道該如何停止眼前發生的暴力，也不知是否該嘗試如此。她們甚至說不出自己會站在誰那一邊——那位她們早已習慣的男人，或是被那男人打傷而暴怒的女人。她們記得查克甜甜圈店的過往片段，經濟衰退迫使人們陷入生活癱瘓之前，城中的黑暗陷入照著螢光燈的座位區之時，那些斷斷續續的時光。她們記得黑幫的駕車槍擊事件、街上躺著吸食海洛因而昏迷不醒的流浪漢，以及周圍商家發生的搶劫案，甚至查克甜甜圈店也遭遇過一次。她們記得，當時常擔心母親無法平安回家。她們記得自己輝煌過去的軟肋。

男人現在已經壓在女人身上，他吼道：「妳背叛我！」並往女人臉上揍了一拳。姊妹們嚇得閉上雙眼，祈禱那男人能趕快走開，女人也能趕快走開。祈禱這對夫妻從來沒有踏進查克甜甜圈店，她們緊閉著眼、抱住彼此，直到一聲巨響傳來，接著又是一響，再來則是一記沉悶的重擊。

她們睜開眼睛，發現母親正幫助那女人坐直。地上放著鐵鍋（就是少有顧客點雞蛋三明治會用到的鍋子），旁邊倒著失去意識的男人，血從頭上流淌下來。她們的母親撫去女人臉上的亂髮，安慰著那位陌生人。她們兩人便這樣保持了一會兒，沒有注意倒在地上的男人。

姊妹們還坐在座位上，凱莉緊緊抓著姊姊，泰維則思考著所有的跡象——這些跡象都告訴過她不要相信這個男人。她低頭看向地面，血漸漸在地板上蔓延，顏色幾乎與櫃檯上的紅色層壓板匹配。她思索著，在男人的潛意識裡，是否仍有身為中國人的認同感。

索西向那位女人問：「妳還好嗎？」

但女人掙扎著站起身，只看著自己的丈夫。

索西再次發問：「妳還好嗎？」

「幹！」女人搖搖頭。「幹，幹，**幹**。」

「沒事的。」索西說，伸手想觸碰那女人，她卻衝了出去。

索西臉上的情緒消失，感到震驚而說不出話來，泰維亦是如此。儘管為時已晚，凱莉還是在那女人身後喊道：「妳不能就這樣走誒！」

索西突然大笑起來。她知道這不是一個適當的反應，只會讓女兒們更加不安，也知道現在得負起很多責任——例如，她重重傷了自己的顧客，甚至無法保護她的孩子們免受於凶殘歹徒的迫害。然而，她止不住笑意，不停想著這情況有多荒謬，如果她是那女的，也會這麼逃走。

索西終於平靜下來。「幫我清理一下。」她對女兒們說，朝著地上的男人輕輕點了頭，彷彿他也是這團亂中該清理的一部分。「不能讓客人看到血離甜甜圈這麼近。」

索西和泰維都認為凱莉還太小，無法處理血腥的場面，所以她的母親和姊姊負責將男人扶到座位上，開始清理地板，凱莉則在櫃檯撥打九一一。她告訴接線員，男人頭部受到重擊，已經失去了知覺，再報出查克甜甜圈的地址。

「你們離醫院很近，」接線員回答，「不能自己送他過去嗎？」

凱莉掛斷電話說：「我們應該要自己開車送他去醫院。」她看向母親和姊姊，問道：「不是不能破壞犯案現場嗎？」

索西嚴厲答道：「我們又沒有殺害他。」

凱莉靠在甜甜圈的展示櫃上，看著母親和姊姊清理地板，男人的血溶解成粉紅色的肥皂泡沫，漸漸消失得無影無蹤。她想著父親，不知他是否有打過母親，如果有，母親有否反擊，而這會否也是母親如此本能地，為那女人挺身而出的原因。泰維抹去最後一處紅色血跡時，也想起了她們的父親，意識到就算父親對母親動過手，也無法完全回答他們之間的關係問題。泰維更在意，是否每個高棉女人，或者是所有的女人，都不得不應對像她們父親一樣的人。泰維思忖著，忍受是否會使傷口滲入一個人的思想，扭曲人對世界的體驗。只有索西的心思沒有放在女兒們的父親身上。相反地，她擔心那個女人，她腫脹的雙眼和瘀血是否能完全癒合，是否有人會照顧她——索西同情她。儘管她現在害怕男人會起訴自己，也擔心警察不採信她的說法，但還是很感激自己並非那位女人。她比以往任何時候都明白，能讓家人擺脫前夫的存在是多麼地幸運。

索西將拖把放回黃色水桶中。「我們送他去醫院吧。」

「都會沒事的吧？」凱莉問。

泰維答覆：「總不能把他留在這裡吧？」

「別吵了，過來幫我。」索西一邊說道，一邊走向男人。她小心將男人扶起，把他的手臂摟在自己肩上。泰維和凱莉衝到男人另一側，試著做同樣的事。

外頭，路燈依舊壞著，但她們早已習慣了黑暗。努力讓男人保持直立，鎖上門，拉下鐵捲門——她們幾乎忘卻了它的存在——將查克甜甜圈與外面的世界隔閡起來。她們拖著男人沉重的身體，朝車子走去。男人意識不清，開始呻吟。查克甜甜圈店的三個女人有了一致想法：她們意識到，這個男人一點都不重要，對自己的痛苦也沒有多大意義。她們根本無法相信，自己浪費了如此多的時間來思考他。沒錯，她們心中想著，我們認識這個男人——我們終其一生，都背負著他的陰影。

皇上皇老
閻再。次
得分！

U P E R K I N G

O N

C O R E S

G A I N

「皇上皇超市」的老闆是一位迷失於日常生活的藝術家。他的才華經常受到忽視，因為店面常常讓他操心，每個月有否進口足夠的帶刺水果。（他招募了很多阿姨，讓她們攜帶裝滿波羅蜜的手提箱通過海關，胸罩裡還塞滿荔枝，內褲裡則滿是我們不想知道的東西。）當然，他身上散發著難聞的臭味——生雞肉、生雞腳、生牛肉、生牛舌、生魚、生魷魚、生螃蟹、生豬肉、生豬腸，還有真的非常生的豬血，全都呈果凍狀，切成方塊狀後儲存於桶中，等著在禮拜日早晨放入所有人的湯麵裡。走進那家幾乎沒有任何空調的商店時，我們會捏住鼻子，以免在第六走道吐得到處都是，而若這麼做，就會毀掉唯一擺滿美國商品的走道——那裡陳列著可樂、紅牛能量飲，以及放了十年都沒人買的 Lunchables 餅乾。（阿婆們會毫不猶豫推著購物車穿過嘔吐物，眼睛都不眨一下，甚至不會注意到一旁嘔吐的孫兒，因為她們早就見過更糟糕的事情。）當然，皇上皇老闆並不友善，他可以很殘酷，非常地殘酷。因為這點，凱文（Kevin）不會再和他說話了，他是我們上個賽季最好的選手。即便內心深知這點（鼻孔裡也充滿這股味道），我們還是非常崇拜皇上皇老闆。他是羽球界的魔術強森（Magic Johnson）[01]；對於柬埔寨社區的年輕人來說，他就是一個傳奇（無可否認，粉絲還是相當小眾）。他打高球的弧度、慢球的飄移和猛扣的線條，只要肉眼能捕捉

01 退役美國職業籃球員。

到，都被認為界於已知與未知之間的邊緣。他能夠如此猛烈地拍擊羽球，使其飛越得如此快速，球呼嘯而過時，幾乎打破了令我們窒息的力場——這個力場由我們父母不切實際的期望和偏執所組成。他們總是恐懼我們的世界會瞬間崩潰，並將自己送回起始之地，再度面臨飢餓與貧窮，並受到獨裁者的高壓統治。據說，皇上皇老闆還年輕時，是一名非常出色的選手，而且還保有濃密的頭髮。

對我們而言，皇上皇老闆就是羽球教練、羽球之王——他永遠都是。而對其他人來說，他又算什麼呢？嗯，很簡單——就是該死的超市老闆。

我們會向皇上皇老闆尋求指教——學習如何應對那些有點種族歧視的老師們。他們都認為我們是有進取心的小流氓，同時也是連「音文都縮不好」的數學書呆子。我們也會向他詢問，穿上大到能遮住屁股的T恤，可不可以如我們期望的那麼酷。每當我們聽到令人興奮的消息，或從阿婆們那裡聽來的大八卦——像是某人在還沒賣出大麻前就因負責保管而發瘋——就會趕去皇上皇超市集合。因此，凱爾（Kyle）告訴我們，他看到新轉來的孩子——賈斯汀（Justin）——在當地的公眾體育館像柯比．

布萊恩（Kobe Bryant）[02]打羽球和瘋狂衝刺時，我們會立刻扔下滑板，衝去找皇上皇老闆。

我們從常常溜搭的公園一路跑去，到處兜售商品的阿姨們都不在那裡擺攤，那座公園坐落在因幫派暴力而關閉的中學旁，而我們用跑的是因為自己用滑的還不夠快。（我們寬鬆的襯衫長到膝蓋，會影響到活動能力，但能夠看起來這麼潮，誰還會在乎呢？）那時正值二月，和加州無雨的冬季一樣寒冷，我們還是跑了一整身汗。我們在後方的儲藏室找到皇上皇老闆，從頭到腳都滴著鹹鹹的汗水。我們這群黃褐色皮膚的男孩倒在地上，興奮得精疲力盡。

皇上皇老闆將手掌舉在我們面前。「你們這些蠢蛋給我閉嘴，這樣我才能專心。」他說道，儘管我們什麼都沒做。他正在和油條工廠老闆討論這週該訂購多少份高棉甜甜圈。皇上皇老闆專注盯著寫字夾板，彷彿正凝視著它的靈魂，我們只能聽著他不斷咬筆的聲音。

「快啦，老兄。」油條工廠老闆說道，「幹麼想這麼久？」他從皇上皇老闆手中搶走寫字夾板。「就照慣例吧！每週都搞這一齣幹麼？」他拿出自己還沒咬過的筆，在有人抱怨商品詐欺之前簽署了發票。

02（西元一九七八至二〇二〇年）退役美國職業籃球員。

「不要再質疑你自己了。」他搖頭道，「天啊，等你做好決定我都老十歲了。」

「不要再因為我是好商人，就這樣嘲諷我了。」皇上皇老闆說。

「這傢伙在社區上過一門經濟課，就把自己當作柬埔寨超市的CEO了。」油條工廠老闆一邊揮著寫字夾板，一邊開玩笑道。「就像賈伯斯一樣，MacBook Air就是這些壞掉的中式香腸。」

皇上皇老闆將雙臂交叉在有點肉的胸前，那層脂肪從他接管店面以來，一直以穩定的速度增長。「好，」他說，「所有人都出去。你們他媽都流了一身臭汗，我可不想讓這股臭味沾上我的商品。媽的，我賣的是要進嘴裡的食物誒。」

我們拜託教練等等，每個人都渴望獲得批准。我們熱烈吹捧著賈斯汀，討論他如何能夠取代凱文成為頭號球員，凱爾還發誓這是他一整年在開放體育館見過最好的吊球。

「三角洲學院的公眾體育館？」皇上皇老闆說道，諷刺地將每個音節延伸至我們二年級才學到的雙母音之中——莎士比亞的獨白就潛藏在他話語之間的縫隙中。「那算什麼。在那間體育館裡，我可是見過球員用球拍，擊打自己雙打搭檔的臉。」

我們一心只想讓球隊變得更好，但皇上皇老闆的反應使我們心寒。然而，這與我們對他的期望並無不同，而且不比那次還糟糕——某位懷孕的阿姨孕吐，毀了整箱冷凍金槍魚，害他失去整整一個月的漁貨利潤，也害我們每天得多做兩百次立臥撐。就是在那個時候，他媽媽還在靠近小白菜的產品區滑倒，摔傷了臀部。（我們確定，他便是從那時起開始禿頭的。第五次支付醫療費用時，他看起來就像黃褐色皮膚的布魯斯．威利〔Bruce Willis〕03。）我們知道，皇上皇老闆只是壓力太大了。每個人——包括我們自己的父母——都得靠他提供食物。他需要為下個月重新補貨，否則會造成一片混亂。

「帶那小子去訓練，我就看你們這些混蛋，誰的腦袋會先被打。」他越過我們。「我是認真的。」他說，抓住門俯視著我們。「出去，不然就把你們鎖在這裡。」他的二頭肌變得繃緊，彷彿手臂上那一小部分正希望自己能比實際更大一些。

油條工廠老闆先準備離開，快到門口時，卻溜到皇上皇老闆身後。他按摩著我們教練的肩膀，將揉捏麵糰的大手揉進一直處於緊張和痠痛的組織中。皇上皇老闆的眉頭因反抗而皺起，嘴裡卻發出無聲的愉悅呻吟。「沒事的，」油條工廠老闆說，「讓這個大男孩獨處一下，讓他思考一下生意。」然後拍了拍他的肚子，猛地衝出門口。

皇上皇老闆伸手試圖抓住他，卻差點跌倒。他未能抓中，且錯過的程度遠比他願

03 美國男演員、製片人。

意承認的還多。他傾身向前至門口，眼睜睜看著自己的供應商從手中逃脫，看得出來他想大喊出最後一句話，但卻沒有，可能是無法決定要說什麼。

皇上皇老闆有過些令人難以置信的故事、史詩般的故事，而考量到物理定律、重力與人體的侷限性，這些故事簡直不可思議。皇上皇老闆的雙打搭檔在分區的最後一場比賽中，扭傷了腳踝。那位搭檔摔倒在球場中央，皇上皇老闆便衝過倒在地上的搭檔，擋開了愛迪生兩位最好球員的猛烈攻擊。他努力抵擋攻勢長達十分鐘，直到敵對球員也滑倒並扭傷了腳踝，為我們的高中羽球隊帶來歷史性的勝利。（他們事後才得知地板被清潔工打蠟過，也沒有先告知羽球教練。扭傷腳踝的傢伙起訴了學校，因而贏得巨額的和解補償，現在兩人在沙加緬度都坐擁自己的房子——三間臥室、兩間半的浴室，以及能想得到的一切。）他多次在單打比賽中擊敗油條工廠老闆，常常讓他一分未得。某一回，皇上皇老闆和油條工廠老闆打賭，賭自己能否一手吃著多汁的大麥克，一手握著球拍擊敗他。油條工廠老闆同意了，但想將賭注增加三倍，並規定皇上皇老闆不能灑出任何一絲生菜。比賽進行到一半時，他還讓朋友再扔來另一個大麥克，又吃完一盒十塊麥克雞塊。結束後，體育館的地板依舊一塵不染，而油條工廠老闆十年來再也沒去過麥當勞。

我們一開始都不太相信這些故事，認為皇上皇老闆只是在吹牛，想要向比他年輕十歲的孩子們吹噓自己，這就是為什麼他會允許我們在停車場練習滑板，並給我們免費的開特力[04]（雖然都是沒人會買的黃色口味，而且也從沒買過淺藍色口味的）。在我們升上高中後，皇上皇老闆成為羽球隊的教練，就像他曾在九〇年代帶領同儕一樣，率領我們的隊伍贏得地區錦標賽。（沒有機會參與州級或國家級的比賽，也沒有第一級別的招募人員帶著體育獎學金來觀察比賽。這可是羽球誒！）皇上皇老闆將我們推上中央谷地的地區冠軍地位——這可是我們頭一次能自稱第一名的時候。更重要的是，從一些細微的動作來看——他示範擊球時流暢轉動手腕的方式；用球拍和腳就能輕鬆撿起羽球，還能將球打到體育館的各處，傳給他想給的球員；他在拉鋸賽中採用的戰術；以左手進行拍擊，避免誤傷隊上的孩子——我們才意識到，原來這些故事都是真的。

賈斯汀一點也不感到驚訝。他開著拉風的野馬來上學，將車停在凱爾的小貨車

04運動飲料品牌。

旁。凱爾的車是當地汽車商店的廢棄車輛，翻新後又會賣給像他媽媽那樣的柬埔寨婦女——她們都會不斷祈禱著，自己最年長的孩子能開車接送最年幼的孩子。（從賈斯汀將烏黑頭髮紮成尖刺的方式就可以明顯看出，他打算要在野馬的駕駛側塗上紅、黃和藍色的火焰圖樣。）我們常常廝混的廢棄停車場、老海軍（Old Navy）[05]經營得很糟的歇業商場、柬埔寨出租公寓裡的快閃餐廳（我們會在那裡爬滿蟑螂的廚房，啜飲著熱氣騰騰的粿條湯）——賈斯汀對這些都不感驚訝。他絕對沒有看見，我們在皇上皇老闆身上所見到的東西。

儘管賈斯汀有些誇耀、自負，卻真的是一位非常出色的羽球員。此外，他還會在放學後，買給我們每人一份雞肉三明治，並讓我們坐上他的野馬，一邊享用著那製造來源不明的雞肉。我們都明白為什麼賈斯汀會這麼想，因為皇上皇老闆今年的表現確實不如以往。

訓練簡直糟糕透頂。皇上皇老闆連續遲到兩週，衣服上沾滿汗水（希望那是汗水），魚內臟和豬腸沾黏在頭髮上，惡臭瀰漫周圍四處。兩週內，他一直分神看著手機，毫無關注我們的訓練過程，還記錯箭步蹲和仰臥起坐的次數，害我們都做到痛苦地倒在地上。他甚至一直忘記凱爾的名字，他父親每週都會去皇上皇超市買彩券和魚

05美國經典服飾品牌。

油膠囊。（「我得保持健康，等待日後發大財。」凱爾的爸爸經常這麼說，一邊親吻著彩券和膠囊以求好運。）凱爾幾乎是皇上皇老闆看著長大的，他還在包尿布時，皇上皇老闆的媽媽就經常擔任他的褓母。（對她來說，照顧就是將裸體嬰兒放在購物車裡，沿著商店的每一條走道來回推動。）

「你們的教練是怎樣啊？」有一天，賈斯汀在訓練結束後問道，那時他正開著車送我們幾個人回家。「我不是故意針對他，」他繼續說道，「但在公園和阿姨們打太極，還可能比訓練更好。我感覺好像只有左半邊有運動到，如果一直這樣下去，遲早會失去平衡而跌倒。」

我們自己也不確定，但告訴他沒什麼好擔心的，因為皇上皇老闆有時候會被店面的事搞得焦頭爛額，讓他壓力太大，無法正常思考。

「那家看起來像垃圾場的店居然還能賺錢，真是神奇。」賈斯汀說。「希望你們是對的。我媽在處理我的大學申請，她想要我退出羽球隊，然後加入模擬聯合國，但我一直告訴她教練是傳奇人物，球隊也能贏得很多場比賽。別誤會我的意思，我是想繼續打羽球，但是……模擬聯合國裡確實有很多可愛的女生……她們都穿漂亮的西裝外套……而且很懂世界局勢……」

賈斯汀的聲音逐漸減弱，開始想著要用他那虛偽的外交與政治手段來把妹。他正緩緩離開我們的世界。這位準備上大學的城市小孩，開著野馬上學的羽球員，對於我們的球隊、學校和柬埔寨社區而言，可能太過於優秀了。當然，賈斯汀也是柬埔寨人，但他看起來就是很不一樣。我們認為，爸爸是藥劑師的話，就會發生這樣的情況。每當想要，每當事情不再有利，或者只是無聊了，拿出錢便能簡單了事。

我們下定決心要和皇上皇老闆講明白，我們需要做點什麼來留住賈斯汀。一週以來，我們每天都在午餐時間開會——當然不會有賈斯汀和皇上皇老闆——討論著協商策略、如何提出證據和反駁意見、每個人要提出的論點和順序，以及該站在何處以表現出適當程度的團結。我們甚至擬了應急計畫，詳細制定一條逃生通道，如果皇上皇老闆開始發瘋並朝我們狂丟東西（這種事經常發生），就可以順利逃出現場。然而，當我們到達店面準備對峙時，發現皇上皇老闆在後房被一群人包圍著，他們看起來像一支民兵部隊，只是沒有步槍和防彈背心。我們看見喝了軒尼詩（Hennessy）[06]的叔叔們、沒人敢談論的同父異母兄弟，還有那些明明同校卻在點名時從未出現過的表兄弟。

我們躲在成堆的紙箱後面偷窺。皇上皇老闆被圍在中間，目不轉睛地盯著地板，

06 法國白蘭地酒品牌。

手似乎卡在下巴上，彷彿見到鬼魅般的景象，嚇得他臉色蒼白。油條工廠老闆也在一旁，手放在皇上皇老闆肩上，安撫著他，也像是在阻止他做出傻事。鈔票像一波潮浪在人群裡閃現，不斷停在手中重新計算，以防止有人將其塞進自己口袋。我們窺探著這群人，每個人都在腦海中想著這次前來的理由——這些理由既無辜又無害，不受到偽佛教因果報應的法則所困擾。老實說，我們誰也想不出值得一提的理由。

羽球練習越來越糟了。皇上皇老闆只訓練賈斯汀以外的所有人，幾乎不願承認他的存在，連責備也不肯。然而，當我們圍在賈斯汀的比賽旁，為他一次又一次的完美殺球歡呼時，也會看到皇上皇老闆對他的天賦感到驚嘆，分析了賈斯汀的狀態卻找不出任何缺點。我們有時會在他的凝視中，看見一些更黑暗的東西，眼神裡彷彿潛藏著怒火，表情似乎在盤算著某種因忌妒而激起的陰謀，但隨後又將目光從賈斯汀身上移開。他查看了一眼手機（大概是第一千次），對父親商店的焦慮再次壓倒他對羽球的熱愛。

至於賈斯汀，他則會無視皇上皇老闆的指導，完全按照自己的計畫練習。第一週，賈斯汀和皇上皇老闆各自對肯恩（Ken）——賈斯汀的擊球夥伴——給予不同指示，只有這時他們兩個才會有所互動。肯恩這白痴，真是可憐又衰。每次訓練，皇上皇老闆讓他練習吊球，賈斯汀就說殺球，肯恩會因不配合照做，而被皇上皇老闆大罵。賈斯汀一再拒絕改變訓練，肯恩則會被罰跑球場，因為他挑戰了皇上皇老闆的權威。事情持續到肯恩受不了而離場，他會躲進更衣室裡偷抽菸來發洩。（他從他爸那裡偷了幾包菸，因為他爸從好市多批發大量的紅色萬寶路[07]。他爸會像分糖果一樣送給在柬埔寨的親戚，假裝自己是美國股市大亨。）

有一天，事情越演越烈。皇上皇老闆遲到太久，賈斯汀等得不耐煩，便擔任起教練的角色開始訓練。我們知道皇上皇老闆會很生氣，之前就看過收銀員因為違反雙重裝袋的禁令而被他開除，也見過肉販使用他的私人辦公室廁所而被解雇。（當然，不管他們把馬桶或地板搞得多髒，他總是會重新雇用那些自己解雇的人，因為他媽媽都會從某某阿姨那裡聽到，某某人孩子的牙齒有問題，需要花錢戴牙套矯正才能好好進食。）我們都站在賈斯汀這邊，也感受到他的惱怒。我們就像一幫傻蛋，做著蝴蝶式伸展，好像真的有在運動一樣，如此清潔工就不會把所有人都踢出去來擦地板了。

賈斯汀很有領袖魅力，才能指揮我們這些和他年紀相仿的高中生，而且不會像混蛋一樣討人厭。這次練習進行得相當順利，沒有發生任何事情影響到練球進度，沒有

07經典香菸品牌。

糾結、沒有延遲，更沒有互相衝突的指示。我們成為了運作良好的羽球機器，操控手腕運動的技術近乎完美。我們之中也沒有人拿球拍去敲打其他人的頭。

「這是怎樣啊？」有人大喊道，我們回頭看見皇上皇老闆站在門口。他的手機似乎永遠固定在手上，握得非常緊。擴音器傳來低沉的聲音，不祥而難以理解。

「你不在，所以我讓大家開始練習。」賈斯汀回答，背對著我們的教練。繼續糾正著凱爾握球拍的方式。皇上皇老闆直衝過體育館，一下子，彼此之間僅有幾英寸的距離。皇上皇老闆簡直火冒三丈，賈斯汀卻一如既往地冷漠。

「再說一遍啊，小子。」皇上皇老闆說道，聽起來像是在比「誰的呼吸比較重」。他挺直身姿，固定肩膀位置，我們注意到賈斯汀比教練高出多少。

「我們都等一個多小時了，不然你要我們坐在這裡什麼都不幹，一直等到你來嗎？」賈斯汀的聲音裡只帶有一絲略微的違抗與嘲諷，皇上皇老闆還是挺著胸膛，臉上充滿憤怒的神情，一股紅色血氣衝上他光禿禿的頭皮。我們都做好了準備，等待皇上皇老闆進入暴怒模式，等待賈斯汀平靜的外表，在面對對方那壓抑的難民心結與早禿的挫敗感，而崩潰瓦解。我們認為這會是賈斯汀最後一次，擔任高效率隊長與替補教練，他們之間的對峙也讓訓練變得更加尷尬，甚至使肯恩陷入更嚴重的菸癮。

皇上皇老闆深吸一口氣，就在我們以為他即將飆出髒話的時候，他的表情卻閃過一絲猶豫。他或許已經意識到，對於一位做生意、有納稅的成年人來說，和一個生有娃娃臉的高中生吵架是很小家子氣的。我們都知道他原本可以當個頭腦冷靜的教練。畢竟，皇上皇老闆是好的柬埔寨人。他不是那些長大後還睡在媽媽沙發上、吃媽媽食物的廢物——有些柬埔寨人就是改不了這種陋習。（例如，凱文的哥哥在加州車輛管理局有一份體面的工作，卻還是和他媽住在一起，連房租也不給，且從來都不做家務，只想忙著玩電玩。她媽媽有一天再也受不了，想當然，誰會受得了呢？最後，她在凱文哥哥快玩到《決勝時刻》的結局時，燒了他的PlayStation。）藉由接管家中的超市，皇上皇老闆兌現了他父親的奉獻。他延續父親辛勞的工作，確保那可憐的難民沒有白白浪費一生。我們尊敬皇上皇老闆，也想一直如此。

皇上皇老闆的手機傳出撥號音，其沉悶的節拍漸漸壓制住他原本高漲的怒氣。「所有人都繼續練習。」他喊道，匆忙走向門口。我們聽見他緊張地回撥號碼（打給他害怕冷落到的人），並反覆說著抱歉、抱歉、抱歉，隨後便消失在走廊盡頭。

一個禮拜過後，皇上皇老闆公布了賽季的第一場比賽名單。我們圍在名單表前，準備對自己的排名感到失望或沾沾自喜，看看自己是否得到校隊席位，又或是——拜託上帝幫幫我們，謙虛的佛祖保佑我們——被皇上皇老闆去到一邊去參加表演賽，讓我們和新生一起腐敗殆盡。我們知道賈斯汀會成為第一單打的校隊球員——正式的隊長。這幾週以來，我們都一直在說，賈斯汀會毀掉其他排序第一的對手，讓他們哭得稀里嘩啦，連愛迪生那個買了價值一千元的球拍而洋洋得意的小子也逃不掉。（結果他是被凱爾的表哥所騙，買到假冒的名牌網球拍，反倒成了笑話。）

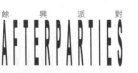

「好了，你們快點。」賈斯汀交叉著雙臂，站在我們身後說道。「我想去7-Eleven買點吃的。」慢慢地，我們轉過頭來，盯著他看。「怎樣？」他問，「你們知道我需要牛排起司口味的墨西哥捲餅。」

我們簡直驚呆了——賈斯汀在單打比賽並非排序第一，甚至也不是第二，而是可笑的第三。我們驚訝到下巴幾乎掉到地上，完全無言以對。肯恩反而成了排名第一，被任命為隊長，他根本沒有準備好要承擔這項責任，開始粗喘著氣、呼吸急促（香菸一點都沒有好處）。然而，賈斯汀只是呆愣在原地，一言不發地盯著名單，與那張紙之間相隔如此大的空間，沒人知道他在看哪裡。

也許賈斯汀正在設想著應對方針，準備籌畫一場復仇的陰謀，以挑戰皇上皇老闆的決議。他可以把事情鬧大，就像懷特老師在他的歷史試卷上打了B⁻而他媽媽就跑出來抗議一樣。他也可以退出、收手，然後把墨西哥捲餅帶回家吃。仔細觀察他的臉，無法確切判斷他的想法和感受。我們看到的，與其說是憤怒，不如說是憐憫。皇上皇老闆居然淪落到這種地步，實在令人灰心。身為好的柬埔寨人，卻這樣搞一個年紀只有他一半的少年。或許，我們都在賈斯汀的神情裡，看見了自己的想法。

這一次，我們真的和皇上皇老闆攤牌了。我們在商店旁的走道，看見他坐在腳凳上，顧客們幾乎很少去到那條巷子裡。他的周圍放滿鍋碗瓢盆、廉價的東方式碗盤，還有阿婆們買來的香包，好將她們的臥室改造成ＤＩＹ的陵墓，紀念那些在大屠殺中死去的人。

我們瞇著眼睛，因為店面的燈光照不進這條巷子，我們俯視著他，因為基本上他就蹲在地上的。拜託，教練，我們懇求你一定要再好好考慮我們球隊的排序。

「你們這些蠢蛋，來我這破地方不厭煩嗎？」他茫然問道，目光直直通過我們，彷彿正看著自己生活的幻象，或是灑落地上的白米——心想遲早會因為騷擾收銀員，而被迫得自己要將地板掃乾淨。

我們堅持自己是認真的，把賈斯汀排在第三毫不合理，甚至連對戰其他球隊的陣容安排上也是如此。我們認為，這麼做會輸掉第一場和第二場比賽。皇上皇老闆嘆了口氣，並未真正在意我們所說的話。他的臉上閃過長輩們在橄欖園[08]看到無限量供應的湯品、沙拉和麵包棒時，所顯露出的表情——毫不抵抗的輕蔑感。

「羽球，」他說，又嘆了口氣。「我發誓，我的身體就是為此而生的。我在比賽的時候，從不需要思考、做決定，也不會在過程中感到壓力。我只是……做到了，你們懂嗎？我曾經認為，真的他媽這麼認為，像我這樣在社區裡長大的柬埔寨人，就是為打好羽球而生的。我們之前的生活不像你們現在這麼好，我們得應付一大堆破事。」他張開雙臂，向我們表示這家店僅僅只是破事之一。或者，他也有可能指的是我們——我們對他（作為一名教練）的決定所提出的質疑、我們總是向他尋求指導的行為，以及不想辜負我們的壓力。

其中一些人跑去買些開特力和零食，我們需要補充能量，才能繼續聽完他對下個世代講述，關於羽球的道德演說。「你們這些混蛋永遠都不會懂的，」他說，「就像我這年紀的那些廢物，永遠不會懂波布幹的那些垃圾事一樣。」

我們開始將裹著海苔的洋蔥圈塞滿整張嘴，問他這與隊伍名單、與賈斯汀的排名，以及與我們有什麼關係。

08美國連鎖義式餐廳，以無限量提供麵包棒、沙拉和湯品為名。

「是要我敲你們那愚蠢的腦袋多少次？」他說。「羽球是一項平衡的運動，需要剛柔並濟。必須要揮動手腕，才能擊球，不像網球要揮動整隻手臂那麼蠢。必須要動用整個身體的力量衝過球場，才能掌握輕柔的切球技巧，接著在擊球前停下衝力，開始進攻。你們以為自己那位明星球員很屌，但我可是見過他開著那輛俗氣的野馬亂跑。」有那麼一瞬間，我們害怕他會批評我們去搭賈斯汀的車，沉浸於他的富有之中。「他根本就是被寵壞的白痴。」皇上皇老闆繼續說道。「他爸到處晃悠，好像他那家俗氣藥局比其他人更優越一樣。還有他媽，提到這我就一肚子火——她甚至不會來這裡買東西！她完全看不起我這家店，你們相信嗎？你們應該看看他父母對蠢到願意聽的人吹噓的模樣，簡直大言不慚。他們誇耀自己兒子是天才，會去上真正的大學，而且念書認真到像把讀ＳＡＴ和微積分當成工作來努力一樣。小夥子，那蠢蛋根本不知道什麼是努力工作，這也代表他對羽球一無所知，因為羽球需要努力——真正的努力！必須要一直練習，練到手腕痛到像著火一樣。我還是你們這年紀的時候，常常會在補貨的同時，一邊做體能訓練。我可以只用手腕就把一箱箱你們他媽在吃的洋芋片抬起來！」

就在這時，他猛然向後一仰，打翻了一疊碗盤，害得我們半數的人差點被洋蔥圈噎住。當然，我們沒有回應皇上皇老闆，部分是因為他言論太瘋狂，但主要是因為我們不同意他所說的。在學校表現優異是很困難的，尤其是對柬埔寨人來說。難道我們不該向賈斯汀的家庭狀況看齊嗎？難道我們不該上大學，成為藥劑師嗎？這不就是我們父母辛苦工作的目的嗎？不然為什麼我們的祖先就這麼死了？但我們不知該如何表達這些想法，不知該如何反駁皇上皇老闆，他背負著如此沉重的情感包袱，以至於我們幾乎覺得有義務，為他的辛苦表示尊重。

「媽的，」皇上皇老闆說，「羽球是唯一能讓我快樂的事。還真是天大的笑話。」他將臉埋入掌心裡。「這地方實在爛透了。」

我們環顧店內——肉櫃裡滿是血和內臟，一袋袋長粒米堆到天花板，以及油條工廠老闆供貨的油膩高棉甜甜圈（好吃到很難不爆吃到肚子痛）。突然間，整棟建築顯得更稀疏、蒼白，彷彿牆壁感染了流感。或許是頭頂上的日光燈一閃一滅，而干擾到了我們的視覺？我們從未由這條通道看過商店嗎？我們問道，為何不休息一陣子，幾個星期就好。我們力勸皇上皇老闆專注於他父親的事業，向他保證在這段期間可以自己練習。賈斯汀可以負責監督和指導，但我們沒有提到這一點。我們感覺到，這家店出了問題，需要由他來解決。

「我不能整天都待在這裡，完全沒有理由這麼做。」我們看著他緩緩站起身，準備好面對最初迫使他來到這條通道的事物。「這家店……讓我感到噁心。」他喃喃自語著。「一直都是這樣。」他拍拍衣服，猶如看見自己的肚子爬過令人作嘔的東西、猶如皇上皇超市的本質，早已將他的存在占為己有。

接下來幾天很安靜。皇上皇老闆不斷取消訓練，每次都命令我們待在家裡休息。我們漸漸注意到一些很奇怪的事，但沒有人解釋，大嘴巴的阿姨和媽媽們什麼也沒說，油條工廠老闆亦是如此——為什麼皇上皇老闆會在平日隨意關門，為什麼他沒有出席凱文親戚的訂婚宴？賈斯汀也是一個謎。他潛伏在走廊上，盤算著對付皇上皇老闆的下一步。午餐時，他大聲抱怨道，距離即將到來的比賽如此之近，不進行訓練簡直是對我們的羞辱。

恢復訓練的下午，賈斯汀買給我們包著豆子和起司的墨西哥捲餅，甚至揮霍不少錢買了一杯四十四盎司的芒果思樂冰，讓我們都嘗上一口。在學校一整天，他都沒有提到皇上皇老闆。他的態度變得奇怪，但我們永遠不會拒絕免費的食物。自從凱爾同父異母的哥哥在沃爾瑪（Walmart）09升遷為助理經理以來，我們的訓練再也沒中斷過。（社區裡的每個柬埔寨人都喜歡沾一點光，可以享受九折優惠和額外的試吃品，

09全球最大零售商公司。

直到這傢伙被抓到在廁所和女友玩四腳獸而被解雇。）

伸展和熱身都一如既往地順利，因為皇上皇老闆常常遲到而不在場。賈斯汀主動提議帶領我們進行一些練習。起初，我們很猶豫。「會沒事的。」他說道，語氣過於急切，難以解釋「會沒事」的原因。「不然還有什麼壞事嗎？」

顯然，壞事確實發生了。好吧，也許沒有真的很糟糕。總之，皇上皇老闆走了進來，讀完訊息後抬起頭，發現自己置身於一陣羽球暴風之中，接著被毫不知情的新生用球拍打到頭。「到底他媽是怎麼回事啊？」他大喊，將新生的球拍丟在地上。作為回應，賈斯汀開始大笑，笑得相當激動——他要不是真心如此，就是刻意為之。他彎下腰，雙臂環抱在腹部上。「你想挑起事端，是嗎？」皇上皇指著賈斯汀說。「你想激怒我。」

「幹得好，愛因斯坦，你做到了！」所有人都轉向賈斯汀。他穿過球員們，一路踩著掉落在地上的羽球。「我要挑戰你，來比一場。」現在，他站在教練面前說道。

球隊裡充滿了困惑與懷疑的反應，肯恩則喘著氣。（可能是他抽菸的肺在作祟。）

「你認真？」皇上皇老闆說，語氣中盡是輕蔑，卻無足輕重，因為賈斯汀也挺直身子，使彼此身高差變得更加明顯。

「我認真。如果我贏了，」賈斯汀說，「你得讓我排第一。」

皇上皇老闆發出令人不安的笑聲。「那你輸了呢？」

「我就退出。」賈斯汀回答。「就這麼簡單。你不用再應付我，擔心我會破壞『我是教練，要被尊重』的規定。」

「那太無聊了。」皇上皇老闆嗤之以鼻。

「好吧，」賈斯汀說，「如果我輸了，我就當每一次練習和比賽的撿球人。」聽見這項提議，我們的耳朵立刻豎起——清理一堆雜亂的白色羽毛球，無疑是羽球競技中最糟糕的事。「而且我會閉嘴，乖乖待在第三。」

皇上皇老闆從凱爾手中奪過球拍。「成交，你這蠢貨。」

我們爭先恐後地湧到最中央的球場，唯一被破爛燈光照亮的地方。皇上皇老闆讓賈斯汀發出第一球——他遞過羽球時說道：「讓我看看你有什麼本事。」——賈斯汀發球後，皇上皇老闆立刻衝向球網，狠狠擊打羽球，使其從地面彈起，正中肯恩的臉，留下一道明顯的紅色瘀傷。肯恩喊叫著：「我的臉！幹，我的臉！」人群中傳來一陣咒罵「哇靠」和「喔——！」的呼喊。

比賽才一開始，兩個對手如同舞伴。皇上皇老闆擊出高球，賈斯汀只是將之打回、完美截擊。接著，賈斯汀展開一系列危險的吊球，皇上皇老闆則像他訓練我們的一樣，總是迅速跳向前攔截。賈斯汀也靠著他無懈可擊的握拍技術，準確防衛每回攻擊。當然，無須多言，只要一人跳起來殺球，另一人就會蹲伏在地，擋下雷鳴般的一擊，即使腿上不斷累積瘀青，也不阻礙他們敏捷的行動。

一場激烈的羽球比賽在我們眼前展開，如此美麗又令人印象深刻。他們之間的對決緊張又刺激，猶如兩位大媽在為彼此的孫子互相辱罵對方。雙腳在球場上滑行、彈跳、衝刺、跳躍，球拍線震動著，而羽球則不斷低空飛過球網。兩人的技巧相當高超，動作毫不費力，自己和對方的身體都非常協調，彷彿受到木偶師的操控。每得一分、每見到一次不可思議的救球，我們都不禁發出驚呼。我們目不轉睛看著一次次令人難以置信的殺球，直到它們最終化作比數相當的結果。

我們的聲音漸漸消失，疲憊的眼睛習慣了他們純粹的運動慣性。比賽下半場變得極為無聊，我們開始失去專注力，一些人打開課本來讀，肯恩躺在看台上冰敷自己腫脹的臉，其他人則拿出撲克牌玩起大老二。（其實，大老二還比較有趣。凱爾浪費了紅心A而輸了十塊錢，打亂了他的週末計畫——輸家要載贏家的媽媽去郊區的寺廟拜拜，那裡就在很爛的沃爾瑪隔壁。）皇上皇老闆和賈斯汀實在太厲害，他們都能準確預測對手的攻勢，各自領先優勢也不超過兩分鐘。沒有激情、緊張和毅力，沒有弱者的反攻，能為我們帶來驚喜。皇上皇老闆打進最後一球時，沒有人真正在乎，賈斯汀也看似漠不關心。

皇上皇老闆反而相當得意。他在球場上歡騰雀躍，繞場一圈慶祝勝利，踱著如此大聲的腳步，使我們確信那位教英國戲劇與詩歌的老師（他半聾不聽、半死不活，早該退休卻死纏著輕鬆的終身職，都是因為房地產危機後的退休金太少。他教的課也都無聊得要死，難怪很少學生選擇到社區大學），會在校園另一端聽見他歡呼。他一再喊道：「爽啦！」彷彿擊敗一名高中生，比他做過所有的愛都還要好（考慮到他的女人緣，可能倒真是如此）。他進入柬埔寨長輩的嘲諷模式——帶著媽媽看到我們沒有在折價時買新鞋、爸爸看到我們將學校功課置於家庭事業之上、阿公和阿婆聽見我們可恥的高棉口音，以及同輩親戚聽到我們抱怨他們以前也必須承擔的責任時，所會顯露出的敵意。

「還有要誰要挑戰我？」皇上皇老闆大聲嚷道，用手拍打自己胸膛。他穿越整座體育館，不僅嘲笑賈斯汀，還譏諷在場所有人。「你們誰都沒有這種能力，誰都沒有！」他似乎受到誤導的激情所蒙蔽，肥胖脖子上突起的靜脈不斷將血液灌注到他的眼球中。「給我他媽的滾！」我們都能感覺到，唾液從他口中飛濺到自己的皮膚上。

皇上皇老闆向大家發起挑戰（連表演隊的可憐新生也遭殃），用球拍指著一個又一個孩子，重複道：「來啊！讓我看看你們有多屌啊！」恍若一台陷入無限循環的機器人。我們對於這起事件的記憶漸漸模糊、消逝，只記得目睹他膨脹的自尊在體育場四處濺射，而我們則感到無比震驚。我們的身體陷入憐憫，看著敬愛的教練變成容易焦慮、忌妒和發脾氣的大孩子。他澈底厭倦了自己的地位與繼承而來的遺產，對自己的存在感到惱怒、厭惡與偏執，而後，我們彼此互視著。在體育館裡，皇上皇老闆當著我們的面嘶吼，我們默默地、幾乎是心靈相通地做了決定：首先，皇上皇老闆是個混帳（活得悲慘，但依舊混帳）；第二，我們爛透的生活中有太多混帳；第三，我們沒有足夠的心力去應付了。

好吧，我們能說什麼呢？我們很忙，有自己的責任和期望，但又總是瀕於失敗的邊緣。當然，有很多跡象都說明了情況。

首先，阿婆們開始抱怨新鮮蔬果都缺貨。架上的青木瓜腐爛，老舊如熬過集中營的雙眼。一些神祕的柬埔寨人開始進出商店，當然不會是為了買那些爛掉的青木瓜。他們匆匆穿過走道，有時帶著大量包裹，有時在下午，有時在打烊後，也從未見過他們離開。過了一陣子後，皇上皇老闆禁止我們進入後方的儲藏室。一個身材魁梧的傢伙——退伍的柬埔寨人（他還帶過凱文的姊姊去舞會）——守在肉品櫃檯後面的門口。皇上皇老闆很少自己走到那裡，甚至不會在他那台舊的惠普電腦上玩「連環新接龍」（Spider Solitaire）。

我們以前就見過這種情況發生在其他柬埔寨店面。吳哥窟麵店的老闆娘雇用了一名廚師（這位老廚師就像常見的酒鬼父親，連續酗酒一個星期，當他妻子找到他時，發現他在一張輪盤桌前昏迷過去，還把自己女兒的大學基金賭光光），他煮的麵軟爛得要命。麵店老闆娘從經濟狀況較好的柬埔寨人借來更多資金，每個月都承諾只要生意好轉，就會全額還清，連帶附上利息。然而，生意從沒好轉過（粿條還是又軟又爛），麵店只能靠社區的錢來勉強維持生計，直到老闆娘最終決定離開。她藏身於姪子家（位於貝克斯非〔Bakersfield〕）的客房，漸漸沉迷於盒裝葡萄酒，最後死於肝臟併發症。

而現在，皇上皇老闆還沒死，無須擔心。我們經常在外面看見他，通常是在好吃的越南河粉店，和油條工廠老闆一起，後者多年來一直在抱怨同個投資計畫。（那個計畫涉及大量生產霓虹派對色的拔罐器，讓柬埔寨媽媽們看起來像是被有白人救世主情結的人虐待。）商店關門時，皇上皇老闆沒有任何東西可以提供給那些經濟地位較好的柬埔寨人，連那間後房也沒辦法作為他們的總部，他媽媽只好賣掉房子並償還債務，來保住他的性命。

我們不知道皇上皇老闆現在靠什麼謀生，偶爾運氣好，會看到他出現在公眾體育館。他會打一兩場比賽，根據狀況給予建議。對於他這年紀來說，能夠做出如此厲害的箭步和殺球，已實屬厲害（尤其他也可能患有膝蓋和手腕疼痛）。在比賽中途，他會離開球員隊列，坐在看台上看著一群柬埔寨年輕人打羽球。據他所言，這是他身而唯一感到有意義之事。運動結束後開車回家，如果沿著潘興大道（Pershing Avenue）前往曼徹斯特街（Manchester Street），就會經過皇上皇超市的遺址。建築物閒置多年，積滿塵土，以及幫派標誌——比方像是飛向血腥肉塊的蒼蠅；社區也已轉型成更好的形象，大學學位和好市多的大批食品遍及各地。然而，在所有因謀殺而死的柬埔寨人墓上，在媽媽們為了消除肉體創傷而做的拔罐瘀傷上，我們發誓，那些生魚的惡臭，以及其他一切的惡臭，未曾止息。說真的，你可以相信我們。

馬馬馬

莉莉莉

，，

MALLY, MALLY, MALLY,

總有人認為我們行事不當，今日尤其如此。我們在這裡無處可去、無事可做，坐在一輛生鏽的小貨車上，不僅漏油，故障的變速器還一直發出像德州電鋸殺人狂的噪音。引擎因為空調而運轉，我們敞開車門，好將雙腿伸展出來。這是在面對此地的酷熱時，唯一能做的事情。

我們在一個小時前被趕了出來，因為其中一人——不是我——死都不肯閉嘴。老人們當時正在為和尚做準備，需要專心，便將我們趕至外頭，任由我們被蘆筍園飄來的糞肥臭氣熏得窒息。這裡就是我們的家鄉，骯髒的破地方，除了一堆屎尿，沒有什麼特別的了。

根據阿婆們的說法，關於我們的一切不是顯得太過陽剛，就是太過陰柔：我們的姿勢——彎腰拱起的背部，就和偷來的雜誌上的模特兒一樣；我們的衣服——裂口、飾釘和鋸齒狀的邊緣——對她們來說毫無意義。我們兩人在各方面都算是錯的，不過在她們眼中，表妹馬莉（Maly）比她的表哥——就是我——錯得更少一些。

「操你媽、英婆婆是算老幾。」馬莉死不閉嘴地說著，她的長髮在通風口吹來的微風中飄揚，挑染金橘色的頭髮在含有汽油味的空中舞動。「她到底要幹麼？說真的，我應該有權能對宴會的安排發表意見，這可是我與生俱來的權利誒！」

「至少英婆婆還願意鳥妳。」我回道，下巴靠在方向盤上。貨車底下，車道上裂開的混凝土彷彿冒著熱氣，連空氣中的灰塵都在燃燒，呼吸起來非常困難。我們甚至連廣播都聽不下去，你能想像嗎？除了熱得流滿身汗、無聊得發慌，幾乎無法專注於任何事情上。我抬頭仰望嚴酷的蔚藍天空，看著它壓迫著 G 區低矮的雙層房屋。我試圖不將完整的注意力放在馬莉身上，但她難以掩蓋的存在，以及那廉價的挑染頭髮，都使我感到精疲力竭。此外，她還拍打著我的頭。

「維斯（Ves），維斯，維斯！」馬莉說道。「看著我！」

「天啊。」我不滿地擋開她的手。「我以為妳根本不在乎宴會。幹麼在意他們有沒有煮阿莫克（Amok）[01]啊？」

「那是我想吃的，好吧，是我死掉的媽媽。」她猛地把頭側向一邊，將脖子扭得發響。「她當然是沒有完全死透啦，但還是……」

我不知該說些什麼，咬緊牙關，撇嘴一笑。我不禁欣賞起她的容貌，如同往常一樣——幾乎帶著一絲驕傲。馬莉不管多邋遢，看起來都十分動人。即便在今日，這個八月的某個禮拜日，我們等著慶祝她已故母親的靈魂，重新投胎成親戚孩子的同時，她還是看起來非常好。她將左腿跨放在儀表板上，要是她突然開始剪腳指甲，我也不

01 柬埔寨傳統咖哩料理。

會特別訝異。她穿著一條從我們另一位表妹那裡偷來的牛仔短褲（當然那表妹也太胖穿不下這條褲子）。她還穿著一件剪成背心的白色T恤——同樣偷來的——她將衣服塞進內褲裡，如此就能顯現出自己纖細的腰身。很難確定，她是否是故意將這些二手舊衣穿得很合身的，我猜她這麼做，就是要勾引那些笨到不知道自己會被她拒絕的傢伙。

從她廉價的墨鏡中，我看見她瞪大雙眼直直盯著我，視線同時從我身上穿過，看見這種表情有時讓我覺得，她就像我的責任一樣，彷彿我是一把死掉的掃帚轉世成人，唯一的目的就是要清除她的爛攤子——無論馬莉接下來會搞砸什麼。

「少來了。」我說，雙手敲打著方向盤。「妳明明就知道這些都是胡說八道——慶典也好，和尚也好，還有那個不知道是誰的親戚小孩。」我不確定我是否也相信自己所說的話，或者只是想試圖安慰馬莉。「不都毫無意義嗎？我不是專家，但妳媽怎麼可能十多年後又再回來了？」

馬莉聳了聳肩，現在已經漠不關心了，她實在太過自滿，不屑理會我嘗試安慰她的企圖。這讓我想起之前一起過夜的時候。每當我爸喝醉了，媽媽就會送我去英婆婆家。他從未在我面前行使過暴力，但誰知道我睡在馬莉臥室的地板上時，他們之間發生了什麼？那段期間，他的餐廳面臨倒閉，不得不開始在貴族學校做午餐，那時的我意識到自己並非一個——你知道的——正常的男孩，不僅討厭體育，還看了很多部奇怪的電影，簡直又娘又遜。我是一個早熟的怪胎，早在青春期開始前就出櫃了，顯然注定要完蛋的。我媽會說，對我們這樣的人來說，生活已經夠艱困了。這種經歷非常老套，就像所有的同志悲情故事那樣，但我無法用更好的方式去解釋了。他們就是我的移民父母。

總之，在我媽稱之為「與英婆婆共度的親密時光」的每個晚上，馬莉都會提出一些無關緊要的問題來把我吵醒，像是她真的很漂亮、甚至有那麼有趣嗎？有好幾個星期，她一直纏著我們八年級的英文老師，他說馬莉還沒做好準備升入高中榮譽班，並拒絕為她寫推薦函。為什麼老師們都這麼討厭我？如果那個混蛋是對的，那該怎麼辦？每天晚上，我都會對她說，妳很棒而且大家都是垃圾之類的話，結果發現話未說完，她已經呼呼大睡了。

我總是陪伴在馬莉身邊，在她需要的地方等候著，坐在她床邊的地板上，不斷給予她安慰，直到她沉入夢鄉。她這幾天的狀態也許更糟了些，比平時更需要支持和陪伴。因為不到一週後，我就要去洛杉磯讀四年的大學，而馬莉則要獨自面對困境，還要和英婆婆一起至少過上兩年，因為她只能勉強讀到社區大學。

馬莉關上副駕的車門，把頭探出窗外。她將右臀靠在車門，左腳放在中控台上，抓住貨車的車頂保持不動片刻，直到穩定下來，就像在為知名攝影師擺姿勢一樣。我一臉疑惑地看著馬莉，看她笨拙地將手指塞進嘴裡，吹出一聲震耳欲聾的口哨。

「混蛋，過來！」她喊道，而我的肢體隨之緊繃起來。

里西（Rithy）往我們的方向緩緩跑來，他抱著一顆籃球，寬鬆的運動短褲拍打著腿部。看起來和往常無異，一副大搖大擺的樣子。他是那種可以背出 50 Cent[02] 歌詞的棕膚色小子，也很喜歡《鄰家少年殺人事件》（*Boyz n the Hood*）和《街頭痞子》（*8 Mile*），雖然他可能根本不理解當中所隱含的政治議題。今年夏天，里西和馬莉搞在了一起，這其實說得通，因為他們的媽媽都死了，爸爸也都是廢物。然而，我必須提醒自己，不能只將他視為馬莉的私人玩物而已（馬莉甚至還稱他為自己的小白臉），我自己也是和他有交情的。

馬莉回到座位上，將墨鏡撩下，舔舐著自己的牙齒。里西還沒到達貨車這兒，我們兩人彷彿凝視著《蘿莉塔》（*Lolita*）的海報般，神智恍惚地盯著他瞧。我們都沒讀過那本書，只有我看過電影，而我們在DVD專賣店打工時，也會一直看著那張

02 美國知名饒舌歌手。

褪色的海報。我們在為那白痴的叔叔燒錄非法DVD好讓他能夠出租時，通常嗑了一些藥，意識變得飄飄然，才會被海報上那副心型墨鏡，那女孩狂野、毫無忌諱的神情，以及那句瘋狂又浮誇的標語所吸引——**他們到底是怎麼拍出這部電影的？**

「你們不是應該在辦宴會嗎？」里西靠在貨車門上，伸出雙腿，打趣著說道。可能是因為在親戚家打籃球的緣故，他全身上下都流著汗，甚至能聞到他的體味。馬莉所說過、關於他身體的一切，都在我腦海中盤旋著。

「我們被趕出來了。」她平淡地回答。「阿婆們自大屠殺以來，都變得像瘋子一樣。搞得好像，只要她們不推翻政府、不建立共產政權，自己就不會是徹頭徹尾的混蛋。」馬莉對自己的言論感到相當滿意而笑了出來。

「英婆婆明明就很讚，」里西說，「還有準備牛肉串誒。」他掀起襯衫下襬，拭去額頭上的汗水，露出平坦的腹部。我根本不在乎那是否刻意為之的。「宴會幾點來著？」

馬莉朝著眼前的屋子擺了擺手，好似要將一切推開。「你自己去問英婆婆吧。我受夠她的廢話了。」

「告訴我啦。」里西咬著嘴唇說。

「聽著，在我過世媽媽的生日派對上遲到，根本就沒關係。」她將臉靠近里西。「我們年輕又美麗，時間的概念只會讓人掃興。」

「六點到就好。」我插嘴道。

「喔，嗨，維斯。」里西說道，毫無察覺我正專注欣賞著他前臂上的青筋。「期待上大學嗎？」

「里西，你有大麻嗎？」馬莉插話問道，猛然坐回座位。

里西臉上的笑容更加燦爛。「你知道我會有的。」

馬莉微微點了點頭，說她馬上就回來，如果我離開，她就會生氣。她下了貨車，帶著里西到叔叔在街區另一邊的房子，好像拎著一隻迷路的小狗回家。他的手沿著馬莉的背往下滑到她的屁股上，每走一步路，屁股都會輕輕搖晃。他微微側頭看向馬莉，然後再朝前方看去。從遠方觀看，我也能感覺到里西對她有多麼著迷，以及多麼訝異於自己的好運——能夠這麼早就體驗到肉體歡愉的美好（我們三個月後才算成年）。

接著，便是常常上演的破事，更確切地來說，就是印有金剛戰士圖案的床單躺起來這麼舒適的原因——躺在上面的女孩會瞭解到，男人是如何看待自己濃厚的眼線與假指甲的；男孩也在短暫片刻裡，從自己深色的皮膚，以及說著一口蹩腳英文的癮君子父親那裡，奪回自己的權力。彷彿是一場啟示，直到它隨著生活的流逝而被遺忘，因為在加州這破爛的地方度過成年時光並不怎麼特別（某些政府官員還認為，這裡適合患有創傷後壓力症候群的難民居住）。此地的人們將夢想當作屁、不把成功視為一回事，因為早已習慣了失敗的滋味。

這也很像泰國電視劇，那些從曼谷進口來的肥皂劇會被配音成高棉語，燒錄在好市多的批發光碟裡。一位衣衫襤褸的貧困女孩，身上流淌著遭到遺忘的皇室血統，因遺囑和繼承權而受到背叛。在憤怒與仇恨之下，她成功策劃一場計謀，藉此投入王子的懷抱，而王子的家族正是她如此悲慘不幸的原因。她一心想挽回自己家族的名譽，從而蒙蔽了雙眼，使她無法看清彼此在嬉鬧、歡樂，以及自己笨拙但異想天開的個性下，悄悄萌生出的愛意。她並不知道，一切很快都會變成一場空——王子會進入軍隊以證明自己的男子氣概，因為每部泰劇的泰國王子，就像每個柬埔寨社區的垃圾柬埔寨男人一樣，總是渴望達成某些更高的目標。

不過，女孩現在正沐浴在王子炙熱的喘息中，因突如其來的愛撫而驚顫，並受到迫切的壓制與挑弄。嘿，至少她不是那個臭Gay閨蜜。因為他現在就在這裡，在同一個白痴故事的不同版本裡：一名同性戀被排除在外，曝晒於大太陽下，不被期待因男人而感到歡愉，而是因自己支持的女孩得到了快樂，才有所滿足。

當然，撇開這些令人沮喪的想法，也不管這種感覺有多侮辱人，我都鬆了一口氣，因為在等待馬莉和里西做完愛的同時，自己終於能享有一些平靜。我甚至為她感到高興——在這如噩夢般的一天中，能夠從自己的玩物男孩身上尋得慰藉。然而，這只是我對她感受的猜測。她從未認真談及過自己的媽媽。

我往英婆婆屋子的窗戶裡看進去，她自八〇年代就開始居住在這裡，早於馬莉的媽媽（也就是她的姪女）自殺之前，早於她收養馬莉之前（那時馬莉她爸就證明了自己只是另一個比垃圾還不如的柬埔寨男人）。英婆婆態度凶惡地指著其他阿婆，指導她們為今晚的宴會製作菜餚，而且其中還沒有阿莫克。她可能還在氣馬莉對儀式表現得不怎麼尊重。我不禁思索著英婆婆的感受，她絕望地緊抓另一個機會，期盼自己死去的姪女能夠回到身邊，讓轉世的力量施展巫毒般的奇蹟，使迷失的靈魂重獲新生。尤其是那些像馬莉的媽媽一樣死得毫無意義的人——無法擺脫大屠殺記憶的移民婦女、獨自撫養兒女的母親，不斷盼望美好的明日到來，最後卻只空等到更多的苦痛與折磨。

坦白說，若是想得太深，我就會很生氣。我知道這樣問很糟糕，但為什麼馬莉的媽媽會想生小孩呢？為什麼只有她能夠說離開就離開呢？好吧，現在說這些也沒用了，因為她必須去面對另一段生命，而且同樣還在Ｇ區。

英婆婆家的車庫門打開，屋子裡傳來一陣高棉人的喧鬧聲。我在ＤＶＤ專賣店看過的兩個阿婆開始掃地，我們會在宴會期間於此處祈禱和用餐，也會坐在莎草蓆上，腿上會因此留下一條條紅色、隱隱作痛的印痕。我再次轉身面對廚房的窗戶，但英婆婆已經離開了我的視線。我的雙手握在方向盤上，想著現在就可以立刻開車逃往大學，留下那些毫無價值的財產、二手的衣物——所有的一切。我終於可以重新開始自己的生活了。只是我辦不到，無論如何，現在還不能，因為來幫忙的阿婆們已經把車停在我後方，擋住了車道。

我準備緩緩入睡，通風口吹來的冷氣，以及午後悶熱又乾燥的熱氣，爭相往我的皮膚襲來，這時馬莉突然從車窗下跳起來，尖叫道：「哇！」

「靠，妳幹麼！」我嚇得咳出幾聲，她被自己滑稽的惡作劇逗得大笑。

她將一根大麻捲菸丟到我腿上。「說謝謝。」她對我說，並對車庫裡的阿婆們揮手，露出虛假的笑容。她們只是盯著她，抓著掃帚，像準備要用來打我們一樣。「至少我們現在不用清醒面對這些破事。」

如同她每次都會把酒和潤滑液藏在我房間，也讓我共用一樣，馬莉在照顧我的同時，也會保持她自私的本質。「好吧，我們不能在這裡抽。」我說道。「不能在英婆婆的手下面前抽。」

我們決定在打烊的DVD專賣店裡抽，因為我們喜歡在飄飄欲仙的時候，瞎弄叔叔的東西，於是便徒步離開G區，經過一棟又一棟的複式房屋，裡面擠滿了來自柬埔寨的家庭，由鐵絲網和一大片原本長滿青草的泥地圍繞著。前往店面的途中，我看見父母搬家前租過的粉色屋子，我還依稀記得，G區以前叫貧民區。我思索著一切多麼地無趣又乏味，無論是這些綽號，又或是這座社區，皆是如此。

到達店面所在的購物區時，我們已滿身大汗。賣酒的伊朗男子在人行道上抽菸，無視我們，忙著對墨西哥餐廳外的越南男孩們，投以斜視的目光。他們正往彼此身上扔迷你爆竹，並互相傳遞著保麗龍杯子——可能是歐洽塔（Horchata）[03]，那家墨西哥餐廳的熱門飲料——我想這些男孩長大後會成為里西，和他們自己的馬莉組成一

03美國知名饒舌歌手。西班牙傳統飲料，常出現在美國的墨西哥餐廳。

對。其中一個男孩被火花嚇壞，其他人開始爆笑。那可憐的孩子拔腿就跑，馬莉在後方喊道：「快跑，弗雷斯特，快跑！」[04]

在空蕩蕩的店內，我們點燃捲菸，各自抽了一口，我看著馬莉翻閱叔叔從前老闆那裡承接來的藝術電影。她通常會走到後面的房間，慵懶地躺在沙發上，但今天沒有。她假裝自己是顧客，只為了找些樂子，而我想自己也在假裝著——假裝還在她的身邊。我們通常也會一起喝特大杯的歐洽塔，身上的錢夠的話，還會加一份烤牛肉片捲餅（加州口味的，裡面塞滿薯條），但只有馬莉不會因此變胖，媽的混蛋。事實上，我不該抱怨，即便大麻會讓我的身材變得臃腫，但也沒什麼差。經過幾次在勝利公園尋覓獵物的經驗後，我發現只要保持嘴巴溼潤、控制好牙齒，男人幾乎不怎麼挑剔。當然，是馬莉教我如何好好吹屌的。

我又吸了一口菸，看著前面的房間。俗氣的銷售架上擺著十元的吳哥窟襯衫，叔叔還蠢到將糖果機（顯然要給孩子們使用的）放置在色情片區的紅色簾幕旁。這家店看起來就像百視達，但擺設貨架和箱子的間距不均勻，有些走道只能容納一人，有些卻寬到足以做開合跳。此刻，馬莉在其中一條窄小的走道裡，我則置身於另一條大走道，恐怖片區將我們分隔開來。

04電影《阿甘正傳》（Forrest Gump）中的主角，善於跑步，此為電影中的經典台詞。

叔叔實際上是我媽和馬莉媽媽的表親，他回去故鄉一個月——可能是去和外面的第二個家庭玩伴家家酒了——留下他弟來看店，我們則拿到備用鑰匙。叔叔不在時，另一個叔叔就很常在午休到關門之間的時段失蹤，甚至拒絕在週末工作，所以現在店面才是關的。一週前，老闆要求燒錄最新一批泰劇，好讓我們這些員工**有事可幹**，但我們反而輪流在巷子裡抽大麻，然後從糖果機裡取出香蕉糖果大吃一頓。只有前門在叮噹作響時，我們才會從沙發上站起來去收銀台。我不打算下個禮拜在家裡用二流筆電在 DVD Shrink 上複製盜版的肥皂劇。這也許就是為什麼，G區奶奶們的脾氣都如此暴躁、充滿著輕蔑感，她們的怒火彷彿連輪迴都消不掉。我們還沒燒錄新的泰劇，好像因此剝奪了她們在這裡唯一的樂趣——離家鄉千里之遠的美國，幾乎任何事物都難以忍受。至少我是這麼想的，畢竟現在早就嗨翻了。

「媽啊。」馬莉說道，就算在這兒——非法的DVD租賃場所裡——仍然戴著她那副過大的墨鏡。「這些電影也他媽**太怪了**。」在她黑色鏡片的反射中，我看見馬莉為我穿上她媽媽的舊裙子而同時我踩著高跟鞋搖搖晃晃的。我們還將嘴唇塗紅，也在眼皮塗上眼影，然後用我爸買給我的 PlayStation 2（意在希望我能像正常男孩一樣，儘管他根本付不起錢）播另一部電影——像是《糖果人》（*Candyman*），我們都看了很多遍——「呼叫維斯！」她喊道。「Videodrome 是啥鬼？」

我從茫然中回過神來，瞇眼看向馬莉手裡拿著的DVD，她就像拎著髒尿布一樣只捏著邊緣。「喔，這個，我看過這部。」我說，因而回想起上次和馬莉一起看一部真正好看的電影——《窒息》（*Suspiria*）——以及她怎麼樣都停不下來的大笑。「他媽的白痴。」當一個角色摔進鐵絲坑而被割喉時，馬莉如此說道。「這故事是在說一個很遜的白人男子，」我解釋，「痴迷於一家名為 Videodrome 的電視台。」我點燃了大麻，吐出環狀煙圈。馬莉仔細研究著DVD，皺起眉頭。「這個電視台播放，嗯，虐殺色情片。妳知道的，性虐待。」

「幹麼不看真正的虐殺色情片尻一槍就好了？」馬莉問。「為什麼要費心去看一部沉悶的藝術電影？」

「那是一個隱喻。」我回答。

「隱喻……什麼？」

「就是我們不斷受到媒體的侵犯……像是……電視廣告那樣……」我停止翻閱那些英婆婆強迫我們在小時候看的泰劇，這些讓我想起自己那愚蠢的大學論文題目：我們如何透過配音過的泰國電視劇學習高棉文——這些劇的情節混亂、攝影技術差勁，女角還全都由同一人配音。我還在當中提及過馬莉，以及自己的同志悲傷故事。「電影有一個部分，」我繼續說道，「那個白人男子的腹部變成陰道，然後，另一個白人把錄影帶強塞進他的陰道裡……就像強姦人們的思想之類的。」

我沒有承認的是，第一次看到這一幕時，感覺非常誘人，也因而討厭自己。我只是將捲菸遞給她，選擇緘默。

「有夠白痴。」馬莉將煙霧吸入肺中，然後呼出，將捲菸掛在嘴巴上，就像高達（Jean-Luc Godard）[05]電影裡的法國女孩，只差在皮膚是棕色的，也窮得多。「被媒體強姦也太扯。」她抽完剩下的菸。「要是沒有《朱迪法官》（*Judge Judy*）[06]，我們**還會**說英文嗎？」

「我想，這是我們唯一的生存方式。」我心不在焉地尋找自己可能認識的泰劇，尋找真正吸引或震撼我的事物。「就好像，我們小時候都不得不被那些喜歡的節目所侵犯……《歡樂滿屋》（*Full House*）、《一步一步來》（*Step by Step*）、《凡人瑣事》（*Family Matters*）——我們放學回家後，史蒂夫·烏克爾還會在 ABC Family 上操我們

05（西元一九三〇至二〇二二年）知名法國導演。

06 美國的法庭真人秀，法官會在模擬法庭中，裁決現實生活的爭議事件。

的大腦：「是我幹的嗎？」（Did I do that?）[07]

「維斯……你學得好爛。」馬莉回答，我們靜靜彼此互視，片刻之後，陷入笑聲。我們一直咯咯笑著，直到一部泰國電視劇終於引起我的注意。「喔，幹，還記得《鬼妻娜娜》嗎？」我拿起DVD放在面前，一個瘋狂女子的臉遮住了我布滿血絲的雙眼，她一身黑髮、皮膚蒼白，如幽魂般令人毛骨悚然，就像泰國低成本版的《怨咒》（*The Grudge*）。我放下DVD時，馬莉的臉看起來非常僵硬。

「幹，天啊。」馬莉一邊說，一邊摘下墨鏡。她試圖爬過一堆電影DVD，動作笨拙、緩慢，彷彿空氣成了厚重的泥漿。不知怎地，她一路掙扎來到我所在的走道，還摔倒在地，踢倒了庫柏力克（Stanley Kubrick）[08]的作品區，完成如此不必要的特技後，從我手裡搶走那張DVD。「我好幾年都沒想過這個了。這是完整版嗎？」她費力端詳著根本就看不懂的高棉文。「這不是有，嗯，一萬個小時長嗎？」

「我最記得那個瘋狂的尖叫聲。」我說道，並開始模仿娜娜（復仇的母親幽魂），但馬莉沒有反應，我便停下發出詭異的尖叫聲。我看著馬莉的表情，她凝視著褪色DVD封面，用腫脹的雙眼與娜娜對視著。

07《凡人瑣事》中的角色史蒂夫·烏克爾（Steve Urkel）的口頭禪。

08（西元一九二八至一九九九年）知名美國導演。

漫長的時刻過去，馬莉突然帶著詭譎的誠意說道：「我一直都覺得娜娜是厲害的狠角色。」她抬起頭，眼瞳在昏暗的燈光下顯得漆黑，直直穿刺過我。「我是認真的，」她說，「**媽的**……不知道怎麼說。就是她多年來一直糾纏那些王八蛋。」

就在此刻，我希望馬莉能和我一起搬到洛杉磯，我們能一直出去玩，直到其中一位——顯然是馬莉——被好萊塢的人發現，我也能為她拍電影，因為她或許真的會是一位相當出色的演員、完美的繆思，不然她還能做什麼呢？雖然拍電影也是我最不想做的事，而且自己也沒能去上電影學校——雖然報了名，也錄取了，但根本負擔不起學費。

「我知道這聽起來很白痴，」馬莉顫抖地說道，「但我希望媽媽就在外面……她……不也應該去折磨大家嗎？……那些曾經冤枉過她的人……」

「也是。」我開口，卻無法編織好自己的思緒，甚至不確定是否明白她的意思。我將手放在她的肩膀上——明知是無用之舉，卻是唯一能做的事。我們維持這個姿勢，沉默，彼此的眼神互不交會，直到馬莉不再顫抖。隨後，她將我推開，把DVD扔到另一條走道上。

她衝著我的面喊道：「你知道我們現在應該幹麼嗎？你這混帳東西，在你永遠離開我之前，我們應該來放一部電影。這次要看更刺激的——史詩級的那種，怎麼樣？我們來看點他媽的Ａ片！真的，不要再說什麼變成陰道的腹部了，就和我一起看色情片！看看我們的思想需要多久，才會感覺到自己被媒體強姦。」

我不知該如何理解她一時的衝動，只見她隨即衝向色情片區。「不會很奇怪啦。」她說，聲音離我越來越遠。「因為你是Gay，而我是女生。」

馬莉在叔叔的投影機上放映自己選的Ａ片，內容幾乎跟一般片子差不多——明亮的燈光下，除了跳動的乳房、腫脹的陰蒂和青筋暴起的屌之外，沒什麼其他特別的。對話生硬、表情生硬，吟叫也生硬，片中的演員們既令人羨慕，也令人作嘔。太多主觀鏡頭和特寫，刻意想讓觀眾身臨其境。看著溼漉漉的陰莖從上方進入溼潤的陰道裡，以專業節奏來回抽插，對我而言彷彿就是一場劇，自己只被期望旁觀，而非從中學習，就像奧運或總統辯論那樣，無從參與的分。我的陰莖虛弱無力，猶如不存在一般，不僅因為馬莉的存在嚇得它躲了起來，也因為我幾乎無法將自己投射到影片中；我到底算什麼，只不過是那被幹的女人的山寨版罷了，難道我的屌……只是多餘的嗎？

然而，無論我能否在這色情世界中看見自己，都不重要了——留著小鬍子的水電工帶著狡猾的笑容挑了一下眉毛，將豐滿的性感熟女脫個精光——因為，馬莉一如既往進入我視線中心，擋住眼前巨大的高畫質陰道。

「你看……他真的在猛肏我的腦袋。」馬莉站在作為投影螢幕的牆前方說道。從我在沙發上的位置來看，巨大的陰莖看起來像在抽插她的左耳，貫穿她整張臉。

「滿酷的。」我毫不掩飾自己半真半假的態度。

「有病啊你？」馬莉厲聲道。「根本就很蠢。」她來回踱步，在大麻帶來的快感中，一下試圖尋找樂子，一下又變得好鬥。異性戀男女交歡的畫面，在她身體周圍扭曲著，將她包裹在一片肉色之中。

「冷靜一點，好嗎？」我說。「這是妳選的 A 片誒。」

馬莉把手搭在腰間，對我投以厭煩的眼光後，才坐了下來。

色情片演員們的性愛變得越加激烈，我期望馬莉會開始嘲笑他們，對男演員的悶哼聲或是女演員的呻吟開玩笑。我也想要她發表一番評論，證實眼前這一幕是如此瘋狂——任何評論都好，我們將作為這個世界的觀察者、能夠看穿一切狗屁的局外人，觀看著除了我們之外的所有人。相反地，她只是悶悶不樂，迷失在思緒中，仔細研究這部色情片。於是，我們便靜靜坐著觀看：劇情逐漸接近高潮，男演員從女演員體內抽出，開始用力自慰，她則在狂喜中扭動著身軀。她的陰道彷彿在呼喚他的陰莖將愛液射出。確實如此，男演員射得對方的大腿內側上滿是精液，量是如此之多，以致馬莉從座位上跳了起來，像是獲得某種新發現的動力。

「我得去看看那小傢伙。」馬莉說道，直直衝向門口。

我試圖將周遭的混亂收拾乾淨，再追趕上前。我停下影片，試圖找到ＤＶＤ盒，按下退出按鈕之前，不禁被那靜止的畫面吸引，愣愣地坐著，迷糊又陶醉。女人下體的精液使我感到著迷（當然不是陰道本身），儘管我有自己的喜好，這都在某種程度上，讓我想起了失敗——最深刻、最真實的失敗。

追上馬莉時，她已經跳過了親戚房子的圍籬。或許親戚不會介意我們偷偷溜進她的屋子，但我嗑得太嗨也太多疑，沒膽像馬莉那樣完全不在乎他人隱私，沒有取得許可就擅闖民宅。無論如何，為時已晚，我根本來不及讓她冷靜，去解釋這麼做非常不好——闖到別人家的嬰兒房裡（而且那孩子正是她已故的母親）——於是我只好提心吊膽地隨著她一路穿過後門。

親戚正在沙發上打盹，我止住想大喊馬莉快停下的衝動，沒有抓住她的肩膀，說這一切都不重要，我們不該相信老人家那些一廂情願的愚蠢幻想（以為生命還有另一條出路），——就算即將相隔三百英里，被整座山脈分開，我們依然能像以往有彼此陪伴。我只想說，管他們去死，別讓這些人將自己背負的苦痛強壓在我們身上。讓我們回歸到自己身上，不要再被他們所束縛。究竟誰會在意我們的家人？他們讓我們活著，只是為了跟著受苦，除此之外，他們還有做過什麼好事嗎？

我們順利找到嬰兒房，因為馬莉而陷入這無法脫身的處境，使我越加不安。進入房間後，瑪莉小心翼翼走近酣睡的嬰兒。她搖了搖頭，緊抓嬰兒床的欄杆，站在那渺小的新生命前，看著自己從小就缺席的母親。

「它比我想得還要醜。」馬莉說。

「不然妳以為會是怎樣？」我在她身後問道，想知道她在嬰兒的臉上看到了什麼——母親靈魂的一閃，又或者什麼都沒有。

「我……」她再次搖頭。「你覺得我的小孩會是誰？」

「妳還真的相信喔？」

「我假設而已。如果是英婆婆，那要怎麼辦？你知道，等她死之後。」

「那會是很可怕的報應。」

「**幹**，那真的會很慘。」馬莉說。「我完全不想讓英婆婆重生。她會從我的陰道冒出來，身上散發萬金油的味道，然後捏著我的耳朵，因為她……已經對我感到失望了。我不可能把英婆婆再帶到這世上來。」

我們笑出聲，直到失去笑意，便一起忍受著沉默。

「如果我知道——真的知道——英婆婆在自己的體內生長，我絕對會墮胎。」

「就算是死胎，或者轉世，她也會一直狠狠纏著妳。」

「可能吧，」馬莉斜眼看著我回應，似乎無法移開凝視著嬰兒的目光，彷彿有什麼正在迫使她面對眼前微小的生命。「維斯……我想要媽媽轉世成我的孩子，這會很奇怪嗎？」

「我覺得不會。」我如此回答，畢竟還能說什麼呢？

她將目光轉移，把手放進嬰兒床，我不禁想像馬莉會傷害嬰兒。我知道這毫無道理，即便她只是用手指輕輕撫摸著孩子的頭，還是擔心她會做出一些可怕的事情。

「我改變主意了。」馬莉說。「她其實很可愛。」

在所有事情中，這是最讓我感到窒息的。空氣突然變得悶熱，我感覺到房間的狹窄，以及嘴裡的乾燥，所有話語都試圖從我的喉嚨裡爬出來。媽的，我眼眶泛淚地想著，自己闖入的不是親戚的屋子，而是馬莉的內心世界、她與這嬰兒平靜相處的機會。當然，馬莉無論如何都會想和她的媽媽在一起。當然，她從來都不需要我。也許，我才是那個一直憤世嫉俗的人，對馬莉的媽媽、對所有人都抱有怨恨。一直以來，都是我。

就在此時，英婆婆打開了門，大概是準備要將孩子帶去參加宴會。她的眉頭皺起，很驚訝會看到我們，但只告訴我們快點，飯準備好了，和尚也到她家了，並命令我們帶著孩子前去。於是馬莉將嬰兒抱起來轉身，她站在我面前，懷裡轉世的媽媽如盔甲般壓迫在她身上，彷彿一生都在準備抱這個孩子，以往傲慢又混亂的態度如此輕易地被一掃而空。

「走吧。」她輕聲說，跟著英婆婆離去。

我過了一會兒才意識到，原來馬莉是在和嬰兒說話，也發現自己早被房間裡的寧靜所淹沒。有一瞬間，我成為了社區裡唯一遠離慶典的人，祖父母與父母，也包括我自己，以及孩子們，都與我漸行漸遠——所有的世代，舊的和新的，死去的和活著的，或甚至重生的，都離開了我的世界。徒留於此地，在馬莉的身後，我明白自己有多麼孤獨。

這晚——在和尚為馬莉轉世的母親獻上祝福之後，在所有人為嬰兒敬酒並開始享用盛宴之後，在喝到爛醉的叔叔唱了太多卡拉 OK 之後，在里西帶走馬莉但過了一小時又帶回來（只留下滿身吻痕）之後——我夢見自己置身於 Videodrome 之中。高聳的電視塔圍繞在我周圍，播放洗腦的節目，每個頻道都充斥了時代下的陰謀，馬莉的生活也在數百個螢幕上同時播映著。在每個畫面中，她是不同的女孩，有不同的照顧者，他們會以奇怪的方式表達自己的愛意，也為了撫養她而犧牲太多，最終出於各種原因而遺棄她。自我厭惡的混帳東西、自以為是的好人，以及道德敗壞的男男女女，在她的生命中任意進出、踐踏，大多數時候會傷害她，但在她幸運時，會將她推入類似幸福的境地。無論如何，她最終都會擁有自己的孩子，有時很多，有時只有一個，雖然她可能永遠無法搞懂自己的孩子，但都深深愛著他們。儘管馬莉的每個生命中，都帶有一絲叛逆的痕跡，以及不同的瑣碎細節，但它們都有類似模式，遵循相同道路，最終走向一模一樣的結局。

我受到馬莉的幻象所包圍，惋惜自己無法記得她的每一場生命，但我將永遠保留這點：身處於 Videodrome 當中，看著表妹在所有輪迴中成長為同一個母親，而我也思考著自己的性別角色，思考如何面對這般的人生。

接著，我便從夢中甦醒。坐起身子，環顧房間四周，窗外傾洩進來的陽光照耀著飄浮在空中的塵灰，彷彿一道投影機的光束，如幻影般虛渺。最後，我開始收拾行李。

修車行

THE SHOP

應對顧客的時候，我通常會稱爸爸為老闆，如果要聽起來更專業，我就會說引擎檢測人員，但還小的時候，我一直認為他只是個柬埔寨修理工（出於刻板印象）——省吃儉用攢夠錢後，開了自己的修車行。大學畢業後的那年夏天，因為發現實在不太認識爸爸，而覺得自己根本就是個笨蛋，但我為自己辯解，這就是柬埔寨男人會做的事。他們不是修理汽車、賣甜甜圈，就是靠救濟金過活。

至少韓醫生的妻子是這麼說的，無論她的車是否需要維修，總是會出現在等候室裡。回顧難民時期，柬埔寨人剛踏足加州，只有她的丈夫在學校待得夠久，能夠從事一些正當的工作，例如成為一名醫生。她總在店裡大聲談論自己丈夫有多優秀，特別是我大學畢業後，未能以符號系統學學位找到工作——這個學位是針對那些不夠聰明、無法處理複雜工作的程式員而設計的——然後搬回中央谷地的時候。韓醫生的妻子總將頭髮紮成一團不成型的亂髮，妝容過淡，不知從何處冒出來，晃著那花樣絲綢衫的袖子，一屁股坐到空調前，說著像「我老公韓醫生，給病人看病的時候從來都不會查任何東西。他比其他人聰明得多，他什麼都記得。」這樣的話。

有一天，我剛開始在店裡工作，韓醫生的妻子批評了我這一代的人有多麼懶惰。「你們這些孩子到底是怎麼回事？」她說。「自從我老公——韓醫生——成為美國醫生以來，都沒有柬埔寨人在這裡當過醫生，甚至那些有公民身分的也沒有！我這一代人一無所有，逃離了共產黨。像你這樣的孩子，到底在幹什麼啊？」

我正忙著應付一位對自己的車子感到不耐煩的顧客。「先讓我問一下引擎檢測人員。」我對他說，盡力透過表情解釋，儘管韓醫生的妻子口氣很大，頭髮看起來也凶，卻是相當無害的。

顧客出去接電話時，韓醫生的妻子走到櫃檯前，用捲起的雜誌打了我的頭。「你幹麼不去當個醫生？」

她試圖再次打我，但我躲開了她。「阿姨，請停下。」我說。「暴力解決不了我們的問題，模範少數族裔的神話[01]也同樣無能為力。」

「淨說些沒有用的話。」她嘲笑道。「這就是你在大學裡學到的東西。」我笑出聲，難以與她爭辯。

沒人知道為什麼韓醫生的妻子來這麼多次，連我媽和她很愛八卦的朋友也毫無頭緒。自從我爸開店以來，她每天都不請自來。像我十二歲時，布萊恩和我輪流到街道對面的銀行存支票，那家銀行經常被一些蠢蛋搶劫，後來才被一間教堂炸雞（Church's

01泛指少數族裔在面對少數劣勢與歧視時，卻在學業與就業上有所成就的迷思。

Chicken）[02]取代。像我十七歲時，當時忙著準備ＳＡＴ測驗，顧客對我爸漲價一事表示不滿。像我開始在店內晃悠時，不是因為爸爸付錢給我——他都在養我了，我為何還會得到酬勞呢？——只是因為沒有其他更好的事可以做。無論何時，她不曾缺席。

布萊恩認為韓醫生的妻子在年輕時，一定曾經愛過我爸，只是在他和我媽初次見面就求婚之後，澈底喪失了希望。按照這個邏輯，韓醫生的妻子來到這裡，只是想在我們面前展示她生活過得有多好，比她當時愛上爸爸時所能想的還要好：開著Lexus汽車、手戴歐米茄手錶、提著散發新鮮皮革味的ＬＶ包包——它們如此巨大，彷彿有了意識一般，只要違逆它們的主人，就會把我活活吞噬掉。

誰知道呢？也許布萊恩是對的。而爸爸根本不在乎。他多半不理會為韓醫生的妻子，也不去招呼顧客，反而花許多時間在修正他的員工所犯下的錯誤——變速箱問題誤判、輪胎調整過度、車內被汽油弄髒，因為員工忘記在座椅上鋪乾淨的保護墊。爸爸心腸很軟，對其他柬埔寨同胞們相當寬容，盡可能多雇用朋友，遠遠超過實際負擔得起的人數，並且讓他們為所欲為。儘管經營存在缺陷，但還算得上很好的事業、完整的生態系統，既為社區提供服務，也讓十二位柬埔寨男人有了工作。他甚至採取

02美國知名速食連鎖店。

私下支付薪水的方式，好讓一些人保有拿救濟金的資格，但僅限於有小孩要養的人。爸爸對員工如此寬容，也是我們會陷入營業困難的原因。當然，這是我成年後在店內工作時所發生的事；這絕不是第一次陷入困境了。

七月底時，楊叔叔試駕完一輛修好的貨車，忘了拔鑰匙，停在修車行旁邊的購物區。我們把所有修好的車停在一家小型美髮店前面，那家店提供按摩和全方位的美甲服務，還可以買到用香蕉葉包裹的椰漿飯。隔日一早，貨車消失了。嚴格說來，楊叔叔的職位是副理，卻未真正做過副理的工作。

「啊，老闆，對不起，我不知道發生了什麼事。」楊叔叔只聳了聳肩。見到副理面對自己闖下的禍，表現得若無其事的樣子，爸爸驚得一愣。

「什麼叫你不知道發生了什麼事？」韓醫生的妻子驚呼道，當然，她也在場目睹了這場對話。「你弄丟了一輛車誒！不是車的一部分，是整輛**車**！」

「好啦，好啦，會沒事的。」爸爸說，向等候室的所有人保證，除了他自己，他的臉色看起來有點不適，太過蒼白，根本看不出來像沒事。「托比（Toby），去找找那輛車。」他當時這麼對我說。「拜託了，就去吧。」

這完全是個不可能的任務，某個喝醉的流浪漢可能跌跌撞撞上了貨車，就這麼開著它繞街區兜風——幾年前確實**曾經**發生過。那個流浪漢叫做艾斯（Ace），他還親自把偷來的車還回來，直接走到櫃檯將鑰匙交給爸爸，把這家店當作租車公司一樣。年輕時的我可能會拒絕爸爸的要求——他到底認為世上還有多少個善良的艾斯？——但我不怪他想嘗試的心情，抱著一絲希望，相信一切都可能會好轉，生活中最糟糕的部分已然過去，所以現在發生的事不可能那麼糟。

「好吧，我這就去。」我說，他勉強笑了笑，盡量顯得樂觀。爸爸是那種經常笑的人，但他的眼裡從來不會流露出悲傷的神情。畢業不久後，我就意識到了這點。爸爸的另一個員工——羅叔叔——也是引擎檢測人員，但沒有做太多引擎檢測的工作，他開玩笑說自己總是處於壓迫的政權之下——先是波布的暴政，然後是他妻子的獨裁，而楊叔叔正在街區的派對上練習電子琴，搞得整個社區都快瘋掉——爸爸笑個不停，當他停下時，眼神與我相會，我看見了一絲微弱、難以磨滅的悲痛，深藏在那雙眼眸裡。

我應該在小時候就有所領悟，或許這就是自己一直在店內擦地板的原因。真的，我應該去找灣區[03]的工作，公平又有福利的工作，而不只是和爸爸以及他的假朋

[03] 又稱舊金山灣區，是加州北部的大都會區。

友——索圖伊（Sothuy）叔叔——共進免費的午餐，那叔叔在好市多對面開有一家修車行和這裡競爭。我知道應該去找到一份正經的工作，但在我生命的這個階段，對於家的頓悟似乎是如此寶貴、緊迫又轉瞬即逝。

「我也要去。」韓醫生的妻子對爸爸說，緊抓手上的 LV 包包，彷彿做好了戰鬥準備。她又補充道：「反正我也要跟這個傢伙談談。」並指了指我。

我們鑽進我那輛本田 Accord，這輛車已有二十年的歷史，但無論它多麼想壞掉，都永遠不會澈底報廢，因為爸爸會一直修理，讓它能持續運作。開這輛車很舒服，它從媽媽那裡傳給布萊恩，再傳回給媽媽，最後轉給我，唯一缺點就是空調不夠強。

「我的潮熱[04]很嚴重，非常嚴重。」韓醫生的妻子邊說，邊用我過期的註冊單搧風。「之後娶女孩子，一定要確保她媽媽有良好的更年期。這是會遺傳的，你知道，一切都是遺傳的。一切都是被傳承下來的。」

「我是同性戀。」我告訴她，一邊轉向斯萬路（Swain Road）——修車行附近的住宅街道。我盡可能開慢一些，逐一檢視停在路邊的車輛。「我們在找二〇〇五年的豐田 Tundra 貨車。」我補充道。「顏色就像泥巴金。」

「對，我知道。」她如此回答，但肯定不知道。她正在用自己的 LV 錢包（剛

04 一種引起皮膚發紅、燥熱、多汗和心跳快速等不適的生理症狀，好發於女性更年期。

好和她的ＬＶ包包相配）搧風。「你還是可以娶女生。」她說。我還以為她會開始推測，我的血統裡是否有遺傳同性戀的可能。

「我很清楚，」我說，「法律允許我和女人結婚。」

韓醫生的妻子捏了捏我的臉，自顧自地展開一段獨白：「笨蛋！聽我說。我是認真的，一直以來都是。我不開玩笑，也不要把我說的事都當成笑話看。我只對你，還有你這年紀的年輕人最好。怎麼男孩子都特別笨呢？同性戀的男孩子應該比其他的男孩子聰明，不是嗎？那你怎麼不是這樣呢？不管怎樣，都應該娶個女孩子，因為那是分內的事。我不是說你不能當同性戀，做個正常的同性戀有多難呢？你要娶從柬埔寨來的女人，一個漂亮的女孩子、有錢人家的公主，她的父母會給你五萬，至少五萬，來娶他們的女兒並讓她得到綠卡，而你們會生孩子，因為那是分內的事——生孩子。五年後，她通過公民入籍考試後，你就和她離婚，拿到孩子的共同監護權，再把五萬拿去投資股市。你之後的生活就能穩定下來，你也可以隨心所欲去過同性戀生活。這就是計畫。」

我們駛入一條更繁忙的街道，她的獨白逐漸轉弱，開始列舉出商業頻道標記為最佳投資的公司。我們經過六家速食連鎖店和三座停車場。開到埃爾多拉多街（El

Dorado Street）時，韓醫生的妻子對我大喊，要我停在吳哥藥局的停車場。我停好車後，她隨即跳出車外並衝進藥局，而我開始思考她對我人生的計畫。對我而言，整個假定的前提都無比滑稽，彷彿將我的未來當作一場粗俗的鬧劇，就像《喜宴》（*The Wedding Banquet*）05 那樣，只是這次主演的是膚色較深的冒牌亞裔。

環顧購物區，看見美元樹商店（Dollar Tree Stores），過去常常在那裡買學校用品，以及被我偷過東西的唱片行，因為鋼琴課的費用和樂譜實在貴到負擔不起。還有那家便宜的壽司店，販賣肥嫩的鮪魚和可怕的仿蟹肉——我永遠不懂這種組合——我曾在那裡向高中交往的女友和舞會的舞伴出櫃。最後，在停車場一旁，有一家媽媽偶爾會光顧的柬埔寨超市，但只有她對更好的柬埔寨商店老闆生氣時，才會願意前來。一群膚色黝黑的亞裔小孩穿著寬鬆的衣服，讓我想起兒時玩伴，他們手裡拿著美元鈔票（大概是鈔票），四肢細長又笨拙，看著他們動作如此之快，我想起年輕時的自己是如此渴望逃離這座山谷——我的父母便是在此地，遭到遺棄與被忘——緊握自己所擁有的承諾，為了夢想而拚命搏鬥。我說服自己，真正的機會在電視上的大城市，現實生活會在那裡展開，我可以盡情做我自己想做的同志。希望車上的空調沒有故障，我擦去額上的汗水，轉念一想，簡直不敢置信，**我這大學畢業生，居然坐在這台破舊**

05 電影內容講述一位住在美國的台灣男同性戀者，計畫娶一名上海的非法移民，讓她取得綠卡。

的本田車裡，考慮要否爲了錢而娶柬埔寨公主。即便如此，這種想法仍然相當誠摯，如此荒唐的安排，或許真的能夠彌合不同的世界，修補原本破碎的人生。

吳哥藥局內，韓醫生的妻子靠在櫃檯上，與店主交談，他忙著翻閱一堆文件，連連點頭，肯定沒將對方的話聽進去。她回到車上時，我問道：「拿到藥方了嗎？」她卻一臉困惑地看著我，彷彿我的問題太過愚蠢，根本無法理解。

「藥方？——你在說什麼？」她說。「我去吳哥藥局，是要提出新的商業計畫。他們必須開始販售非藥物的商品，看看沃爾格林（Walgreens）[06]做得多好啊！」一聽到這番話，我便失聲笑出來，她瞪了我一眼，生氣地說：「我不是告訴過你了嗎？不要笑我。我可不是好笑的女人。」

然而，我按捺不住笑意，手緊握著方向盤，就是停不下來。「所以妳還有其他要去給建議的『蠢男孩』嗎？」我駛出停車場，被自己老掉牙的笑話噎住。

「妳不是我唯一擔心的人。」她說。

我們又開車穿過幾個街區，尋找失蹤的貨車，聽著高棉老歌的ＣＤ，自從本田車屬於媽媽之後，這張ＣＤ就一直放在音響裡。除了副歌的短句，我幾乎聽不懂歌詞，但我熟諳當中的旋律、聲音與音調，哀傷又迷幻，形成奇異的組合。當我試圖表

06美國最大的連鎖藥局。

達自己對家的感受，思緒會無可避免地回到這些歌曲，難以理解的想法與令人安適的事物互相交織、融合。我已經在誤解中生活過久，甚至不再認為它是糟糕的。它就在此處，深植於我所愛的一切。

回到店內，丟失貨車的車主正向爸爸高聲責備，揚言要起訴我們，號召社區將生意轉到別處。爸爸回應，警方目前已經著手調查貨車的去向，他也派了自己的兒子出去協尋，並表示願意承擔購買新車的費用。楊叔叔和我在車庫裡聽著。光站在那裡，我就能夠想像爸爸離開等候室，以茫然掩飾他的恐慌，結果楊叔叔仍舊表現出一副不以為然的態度，以笨拙為自己開脫，說道：「對不起，老闆，我不知道發生了什麼事。」

此後，生意一落千丈，貨車永遠找不回來，一些常客也不再上門光顧。布萊恩（Brian）參加家庭聚餐時，開始談論爸爸應該賣掉修車行，擺脫那些經營開支，轉而投資租賃房地產，這是他一直希望爸爸做的事情。當時，布萊恩是一名房地產經紀人，在城裡出售蓋有豪華大門的房子，所以對這方面很瞭解。

「聽著，這就是我所說的，」布萊恩在一天晚上說道，「房地產市場已經跌到最低點了，現在正是買入的好時機。價格很快就會回升，我不想讓我們都後悔死。我告訴你，貸款很快就能還清的。」

爸爸嘆了口氣，彷彿他的大兒子還是沒有學會，他多年都在試圖傳遞的重要教訓。「你為什麼認為房地產危機一開始就會影響每個人？你要小心生活，不能隨便相信銀行。」

「房地產是唯一穩定的投資！」布萊恩大喊，嘴裡還塞滿薑汁燒肉。「政府崩潰、社會陷入混亂的時候，剩下唯一可靠的就是土地，而我——」

「誒，」我說，「先把食物吞下去，再對爸大聲宣揚末日論。」

「我才沒有大聲！」布萊恩吼叫，朝我的手臂打了一拳。「我只是說——**我才是**那個小心謹慎的人。爸不能一輩子都在修車！」

他和爸爸繼續爭論，布萊恩陷入瘋狂的論述，認為汽車終將因創新發明而變得過時，爸爸一再讓他管好自己的事就好。偶爾，我會充當裁判介入兩人的爭執，指責布萊恩太過激動，一如往常；或者打斷爸爸說話，聲稱布萊恩的觀點其實不錯，儘管聽起來就像，他相信「奇點」[07]注定會毀滅我們一樣。整個過程中媽媽只滑著 iPad，偶爾將對話轉到布萊恩搬出去住的事上，指責他浪費租房的錢，布萊恩則答道：「媽，我都已經二十六歲了，不會有女生想和還住在家裡的男生約會！」

07 一個假設的未來時間點，那時科技的進步將變得不可控制與不可逆轉，完全顛覆現有文明。

媽媽對布萊恩翻了白眼。「想讓兩個兒子都住在我的屋簷下，有錯嗎？」她說完後又將注意力轉回 iPad，因為她討厭談論那家店。她已經花了太多時間和精力，苦苦哀求爸爸解雇那些她認為無用的傢伙——尤其是楊叔叔。記得我的童年時光裡，都會看到她為了平衡修車行的收支而工作到深夜。她的頸部在油膩、汙垢斑斑的發票上伸長，堅定的雙手不斷梳理著頭髮，彷彿錢可能從她的頭皮上掉落。我上高中時，她實在忍受不了爸爸不斷地開玩笑，說他的員工們都有妻小和賭博癖好要養，於是放棄了提高修車行利潤的使命，開始在社會安全局加班。至今，她不再負責平衡收支，而是在 YouTube 上追著翻譯成高棉語的低俗片。她不再談論金錢，而是開始幻想退休後，去泰國學習烹飪泰式料理，因為她早已徹底掌握每一道高棉食譜（也包括了她不喜歡的菜餚）。「泰國菜只是糟糕的高棉菜，」她曾經這麼說過，「不然我要做什麼？去學義大利麵嗎？」

她有時候會談到，將來和布萊恩、我以及她所期待的孫兒們一起生活，但在這些未來的計畫裡，不曾提及爸爸。她說：「我想要你生兩個孩子，布萊恩生四個。」我一直不明白為什麼，她希望我生的孩子比較少。老實說，我一點都不想要有孩子。作為一名男同志，我對自己感到相當滿意，我當然知道同性戀也可以有孩子，但為了這個想法而經歷磨難——代孕或收養、各種文書申請的工作——似乎不太值得。我唯一一次認真考慮生孩子，是想到所有已經死去的人的時候，兩百萬個靈魂[08]仍然困在深淵等待轉世，像我這樣的柬埔寨年輕人，應該將更多柬埔寨人帶到世上，尤其是那些有大學學位的人，他們的孩子可以享有「傳承錄取」[09]的福利。

很快地，顧客只剩下柬埔寨人。如果白人、黑人、拉丁裔，甚至主流的東亞人都不願上門，就可以知道自己的生意有多糟糕。當然，這裡有很多柬埔寨人，但不足以建立起強大又穩定的客戶基礎。畢竟沒有人的汽車需要**如此**頻繁的保養或修理，況且，這些柬埔寨人都有親戚關係，或是有朋友之間的交情，所以爸爸總會給很多折扣，我們幾乎無法從中獲利。爸爸的員工們開始在車庫後面玩牌，那裡的泰國裸女海報和生肖日曆，爭相吸引他們的注意力。等候室不再有源源不絕的顧客，我整理著舊發票，並刮去表面上的油垢。我甚至試圖學習如何平衡收支，但爸爸總在解釋所有費用時，感到相當沮喪。自修車行開業以來，等候室第一次這麼乾淨。然而，想到家店看起來越好，經營狀況卻越差，讓我不禁難過——無論怎麼說，這都非常不公平。

沒有更多油垢可以刮除後，我開始在手機上瀏覽徵才招聘的資料，一遍又一遍重

08紅色高棉大屠殺導致超過兩百多萬名柬埔寨人死於非命。
09美國大學優先考慮錄取校友子女的措施。

新整理校友就業網站。韓醫生的妻子給了我一堂訓斥，說著返回學校修讀藥學預科之類的事。我並未申請任何工作，因為自己在大學參加的就業博覽會和面試都表現得慘不忍睹，讓我十分灰心。儘管如此，滑著這些招攬資料，就足夠我假設可能的未來——數據分析師、技術寫作人員、UI設計師，並覺得自己還是有在做事的。然而，越是深入思考，越是無法想像自己從事這些工作：穿著西裝，和同事閒聊天氣，以及他們最喜歡的健行路線。

最終，白日變得越來越短，夏天慢慢蛻變成秋天，有些晚上，修車行打烊後，我會和布萊恩的老友約炮。我們先前在好市多偶遇過。那時的機油正在促銷，但一次只能買三盒，因為當地法律規定每位顧客一次只能購買固定數量的易燃物品。於是，爸爸每隔幾小時就會派我去好市多補貨，我當時站在結帳隊伍中，祈禱著收銀員不會認出我早上有來過，而當保羅（Paul）從美食廣場走來時，我們正巧碰到對方。我可以從他身上感受到，不曾離開家鄉的人獨有的焦慮，帶有一種漫不經心的感覺——他們堅守在塵土飛揚的加州土地上，沒有野心，亦無海灘。他向我寒暄，於是我拉著他買了三箱機油。我感謝他時，他低調地笑說，自己確信我會報答他的。事後，我們回到舊有模式：開車前往三角洲堤防的偏僻地帶。那裡是車震最安全的地方，尤其是覺得口交還不過癮的話。

保羅有一半的墨西哥血統和一半的義大利血統，女友是菲律賓人。他在一家AT&T擔任經理，若加上佣金，賺得不少。他留有鬍渣，總是不斷在我的背部或腹部上輕輕摩擦，讓我興奮得受不了。他的鼻子很大，比例卻很好，我有時會閉上眼睛，將眼窩壓向他的鼻子，感覺奇怪卻令人相當滿足，就像給眼球按摩一樣。不知道保羅是否喜歡如此，他來沒有說過什麼來阻止我。某年大學的寒假，我在他的Grindr[10]頭像裡認出他那件火星之音樂團（Mars Volta）T恤的圖案，於是傳了訊息給他，在我畢業前，我們時不時就約出來。他會開著那輛紅色的Sienna小客車，那曾是他姊用來接他、布萊恩和我去上八年制學校的車，也在我們的青少年神話中惡名昭彰，高中生們甚至將之稱為派對車，因為在午餐時間，保羅的姊姊會盡可能多載朋友，去好市多的美食廣場吃飯。保羅上了高中並接手這輛車時，便承擔起接送同伴去吃便宜食物的責任。十年後，依舊可以在好市多看到保羅在吃美金一塊半的熱狗。

有一晚，保羅射在裡面後，我們在後座，背部和他的身軀交疊，沾黏著汗水、潤滑液和精液。我們保持不動一會兒，保羅將下巴埋入我的肩膀裡，車窗因肉體的熾熱而起霧。突然間，他問我是否能把車開到修車行，他需要換機油。我開玩笑說，除非

10男同志使用的約會軟體。

他說服整座城裡的白人、墨西哥和菲律賓司機們，也把車開到那裡，否則不准他去。

「問題是，我對墨西哥人來說太白，對白人來說太墨西哥。」保羅一邊以手指梳理著我的頭髮，一邊說道。「而且我可能也請不到菲律賓人，你知道，我背著女友和你亂來。」

「別傻了，」我說，「開玩笑而已。」

「我只是想確認一下，只怕有點尷尬。」

「一點也不會。」我說，想起年輕時的一個片刻——坐在同一輛紅色小客車的後座上，那時和保羅在一起感覺很尷尬，他姊則在限速二十五英里下，開著五十英里的速度。他只比我大三歲，而我們現在都已經二十多歲了，感覺沒什麼特別的；但想到和年輕時崇拜的酷炫大哥（還聽著像火星之音那類的樂團）做愛，還是讓我很暈。我有時會想，要是高中時尚未出櫃、未被性剝奪的自己，能看到我現在的樣子就好了。但隨後馬上意識到，保羅實在太蠢了——還鎖在深櫃裡，太害怕和初戀女友分手。此外，火星之音其實遜斃了。

「你為什麼要在你爸那裡工作？」保羅問。

「有何不可？」我回答。「反正我也沒工作，那倒不如去那裡。」

「感覺那裡不適合你。」
「不然我適合哪裡？」
「算了，沒事。問問而已。」
「我沒有生氣。」我向他保證。「我是真的好奇。」
「我不知道，」他開始說，「你已經去上大學了，為什麼還要回來？我以為你現在應該住在別的地方，有一份很棒的工作，和一些很好的傢伙約會，你知道的吧？那種也有很棒的工作的人，像銀行家和醫生之類的。」
「我永遠不會和銀行家約會。」我回道，準備好讓保羅變得悶悶不樂。我們在一起時，有時會發生這種情況——他會在腦海中想起自己背著梅莉（Meryl）——他的女友——偷吃，並陷入沉重的愧疚感之中。梅莉是很好的人，也是虔誠的天主教徒，每次遇到我，都會真誠地問候我，用心傾聽我的回覆。顯然，我會像躲避瘟疫一樣避開她。保羅愛著梅莉（也或許是他自以為如此），但也喜歡和男人上床，這般尷尬的處境讓他感到不知所措，於是他便會說出一些令人相當難堪的話，比如「我不夠好」。
今晚，他說：「我只是……不懂你為什麼還住在家裡。」
「好了，」我說。「現在幾點了？我們該回去睡覺了。」

「誒，我是認真的，」他說。「你在舊金山一定會闖得很好。我的話，我會永遠留在這裡。我沒辦法放棄可以開車的地方，在大城市裡停車實在太麻煩。」

我不知道該說什麼。坦白說，我也可以一直這樣生活下去——在修車行度過餘生，被生鏽的機器聲，以及固定和解開螺栓的聲音所撫慰，並聽著爸爸和他的員工開玩笑，說美國的節食法不如紅色高棉的時候只吃煮熟青草來得有效。我只需要偶爾的性伴侶，能夠讓我不再只靠雙手洩欲。

「你知道我上的是最 Gay 的大學嗎？」我問。

「聽起來挺酷的。」他說，緊緊抱住我，彷彿這會是我們最後一次做愛，儘管我非常清楚事實並非如此。

「那只是一個在俄亥俄州的偏僻地方，有很多 Gay。」我擺脫他的擁抱，開始收拾自己的衣服。「那裡有一大堆主修戲劇的人，和有抱負的音樂家、藝術家。其實，我把第一次給了一個主修戲劇、音樂和藝術的人，不過我想他現在應該在程式訓練營裡。總之，我前兩年的性經驗都很糟，搞得屌和屁股都很痛。我甚至沒辦法好好上課，必須一直側身坐著。」

保羅笑了。「幹麼和我說這些？」

「因為很好玩，」我繼續說。「但是，你知道，回想在大學時期，就會發現也不過是那樣。」

「我聽不懂你的意思。」他說。

「待在這裡，我很快樂——就是這樣。」我重新穿上褲子，傾身吻了他，將肚子上黏糊糊的精液塗在他臉上。

「幹。」他說，一邊擦掉精液，我們開始大笑。

後來，保羅開車送我回家，我沿路上都在看街上的車子。車燈閃爍黃色與白色的光芒，劃破夜空。天色太過陰暗而看不太清楚，但我仍試圖尋找那輛遺失的貨車，非常希望模糊之中，藏有那輛金色的豐田 Tundra。

幾天過去，保羅將他的紅色小客車開進修車行，布萊恩則在一旁陪著他。他們經過玻璃門進來，走在前頭的布萊恩穿著他最好的西裝，那套深藍色的西裝是他在完成重大交易時才會穿的——以突顯和藹可親的自信感，令人感到友善，卻也氣勢逼人，能迫使顧客步入無法回頭的陷阱，給人一種好像「是自己先要求被束縛」的錯覺。布萊恩從未搬離過這座城市，因為他在這裡表現得相當出色。知道家鄉有些事情，可以讓像我哥這樣的人成長茁壯，真是欣慰。

「我來這裡，是要阻止爸給這白痴打折。」布萊恩在櫃檯前說道，用大拇指偷偷指著保羅，彷彿他未曾如此低聲說過話。「好啦，說真的，保羅有在工作，他可以自己付錢。」

保羅掏出錢包。「傑先生，算我全額。」

「不用啦，」爸爸說，「只要你不會和這傢伙互相殘殺，就算是幫我一個忙了。」他帶著一種身為人父的愉悅、玩笑般的優越感，拍了拍我的頭，故障車的汙油沾上了我的頭髮。

「他不是因為這樣才喜歡你。」我對保羅說。「他還是會說到你吃榴槤的本事。」

「天啊。」布萊恩說，推開櫃檯，來回踱步著，同時伸展雙臂，彷彿在為抓住機會而做好準備。「我們現在可不可以不要談榴槤？光聽到就想吐。」

「你們根本就不像柬埔寨人。」爸爸揮手說道。「你甚至還不是柬裔美國人！榴槤是真正的高棉食物。」

「誒，」我反駁，「我可是喜歡榴槤的。我一點也不覺得它聞起來很臭，只是味道很像汽油而已，我的半生可都是浸泡在這味道裡……」

「榴槤是哪種食物？」保羅問。

布萊恩停下伸展，抓住保羅的肩膀，開玩笑地搖著他，喊道：「那是安德魯．席莫（Andrew Zimmern）在《古怪食物》（Bizarre Foods）[11]裡唯一拒吃的食物！你自己想一想，那厲害的傢伙敢吃烤蚱蜢，卻覺得榴槤很噁心！你知道，這種水果有巨大的刺殼包裹，對吧？簡直危險又致命，它們會從樹上掉下來，把大象砸死！這不就是我們不該碰這東西的跡象嗎？」

「喔，對。」保羅說，瞇起眼睛。「我想、我確實喜歡榴槤。」

爸爸朝布萊恩扔了一隻筆，哼了一聲。「我的小孩都被寵壞了。」他說。「任何能吃的東西，都應該吃。不然你覺得我們在赤柬時期，每一餐的味道都**很好聞**嗎？」

我笑了起來，享受這種在大學每天都會懷念的笑話。「阿爸，你不能再用大屠殺來贏得爭論了。」我說，但還未等到他回答，甚至還未笑出聲，韓醫生的妻子就衝進了等候室。

「我已經向和尚確認過了！」她差點撞到保羅後說道。「我知道你必須做什麼了！」

爸爸挑了挑眉毛，嘆了口氣。對於這位熟悉的女子所說的任何事情，他總是抱持懷疑的態度。韓醫生的妻子毫不在意他的反應，從自己的ＬＶ包包（比前幾天的更

11知名旅遊美食節目，介紹世界各地令人作嘔、特別且古怪的食物。

大）中翻出一尊金色佛像，將其重重放在櫃檯上，發出一聲巨響。「你需要增強業力。」她繼續說道，轉動佛像，將祂的笑容面向我們。「這會是你成功的關鍵。」她突然說起高棉語來，使我頭暈眩、難以理解，我猜她正試圖講解著某種宏偉計畫的細節，爸爸只是在一旁默默點著頭。過了一會兒，布萊恩示意我到外面去見他。我將空白的發票夾在寫字夾板上，連同筆一起遞給保羅，離開到外面的人行道與哥哥會合。

布萊恩凝視著等候室。「阿爸今天怎麼樣？」他開口問，眼神嚴肅，雙臂交叉。

「不知道。」我回答，透過玻璃門往裡頭看去，韓醫生的妻子正在到處放置佛像，大概在測試不同的位置與方位，以發揮最佳的靈性效果。「就我看起來，他還好。」

「你完全沒在注意嗎？」布萊恩質問。「他的生意失敗了，所有人都知道。」

「這只是個低谷，」我聳了聳肩，「因為那輛被偷的車才收到負評。我們之前遇過更糟的事。」

「蠢蛋，」布萊恩搖搖頭說，「看看那傢伙！」

我照做，眼前的人看起來完全正常——疲倦，但相當愉快。「我想我應該去問問他。」我說，不知自己是否已經習慣見證爸爸失敗，是否再也無法區分二者的差別。

布萊恩的臉上露出一絲些微的憤怒。「對，去問問他。」他說。「不要再當蠢蛋了。」

我向他保證自己不再當個蠢蛋，然後發現自己正盯著保羅，他的目光從寫字夾板上升起，與我對上了眼神。他微微一笑，冒著風險眨了眨眼睛。有夠老套，實在太他媽的老套了，我再次感覺自己像個孩子，對年長的心儀對象滿懷愛慕。但這一次，我也感到自己被暴露在布萊恩、爸爸和韓醫生的妻子的注視之下。

接下來的幾週，柬埔寨人在店裡進進出出。有些人真的會開著自己的車子來維修，而每個人都會帶來佛像，各種尺寸與顏色的佛像，用來裝飾整間等候室，其中還有一尊漆成亮粉色的佛像。韓醫生的妻子精心策劃了這場行動，告知社區這家店需要更好的業力。阿公阿婆們、叔叔阿姨們——我一生見過的所有柬埔寨長者——都盡力幫助爸爸。我們將佛像放在任何有意義的地方：一群中等大小的佛像放在小冰箱頂部，一群小佛像排列在桌子邊緣，一尊巨大的佛像與角落的竹子盆栽擺在一起，還有一些佛像塞在桌子和牆壁之間，以確保完全覆蓋了整個地方。

佛像擺完之後，他們開始在紙上寫下潦草的符號，將十幾張貼在牆上，旁邊還有引擎檢測證書和我加入青年棒球隊（修車行還曾贊助過）時拍下的照片。我阻止了一個半盲的阿公在電腦螢幕中央貼上紙符；最後決定黏在右下角。

每當柬埔寨人帶著紙符走進等候室，爸爸都顯得更加不悅與失望，好不容易聽到門被打開、等到新顧客上門，卻發現只是過去曾與他一起在集中營採過稻米的人。修車行所累積的業力，似乎正一點一滴從他的靈魂中被竊取殆盡。儘管如此，他們只是出於善意，爸爸還是會招待這些柬埔寨人，問候他們的孩子、手足以及在柬埔寨的親戚。看著店裡被這些靈性物件占據，實在不得不欣賞使社區能夠生存下去的那點樂觀——這種教義承諾著我們現世的生活，以及轉世後的生活，怎麼樣都還是可以忍受的。

我不再瀏覽求職網站，反而將大部分時間拿來鼓舞爸爸的心情。我告訴他，就算是其他族裔的顧客，也可能會覺得這些迷信很有趣。他們在等待汽車修好的時候，可以玩數數遊戲，就像兒童雜誌上的那種遊戲。「你可以找到多少個墨水漬和胖佛像？」爸爸笑了，直到他又無法支撐自己的嘴角，再度垮了下來。

午餐時，爸爸會開始將31冰淇淋[12]的容器回收利用，拿來裝剩下的白米。他死死抱著發票，埋首在裡頭，有時都害怕他因此窒息而死。我不記得爸爸是否一直有如此大的壓力，是否一直這樣抱著發票不放？當我還小，他會避免去看醫生，從不想支付看病的錢，更妄論去看眼科了。然而，這還是難以解釋他的行為。

12美國知名連鎖冰淇淋專賣店。

在修車行的「業力改造期」，保羅和我幾乎每晚都會約出來。我們的性愛變得更粗暴、激烈，像是剛在 Grindr 初識一樣。我有幾次忘了帶潤滑液，而保羅從來都不帶的——要是被梅莉發現，該怎麼辦？——所以我們只能用口水。疼痛、擦傷和痔瘡都不太好受，但隨著日子一天天地步入冬季，我對修車行的擔憂就越深，更需要肉體的慰藉來緩解。

「真讓我很有成就感啊。」保羅在一晚開玩笑說道，從我疼痛的屁眼中退了出來，因為我沒五分鐘就被幹到射了。

「對不起，」我說，「那……我幫你弄出來。」

過了一會兒，我穿上衣服，將頭和手都塞進T恤裡，保羅這時開口：「等一下，梅莉在忙教會的事，所以我整晚都有空。而且我有事要告訴你。」他幫我脫下衣服，將我拉入他的懷中，力氣是如此之大，使我重重摔到他身上而作痛，可能是痔瘡讓我全身變得敏感了。「我想，我終於準備好要出櫃了。」他說，而我不知該如何回應，只是轉過身凝視他的表情，如此真誠、平靜，帶著溫和的笑容，就像保護著修車行的佛像一樣。「我要是不出櫃，」他補充道，「對梅莉很不公平。」

「真的？」我脫口而出，但他仍不為所動，保持著微笑。「是什麼讓你下定決心的？」

「我終於鼓起勇氣。」他說。「其實，你是我的動力。你面對你爸和其他事情，都是那麼自在、冷靜。」

他捏了捏我的胸口，我不禁思忖，他是否期望我成為他的新梅莉？然後我想，也許這樣挺好的。我想像著我們的生活，買了一棟靠近父母的房子，每週在柬埔寨超市購物。我們將成為社區裡公開的同志伴侶，對年輕人，對任何曾經以為他們必須離開家鄉、家人和過往生活，才能做自己的人來說，這將是一種愛的激進象徵。

「你為什麼一直不搬走？」我問。「老實說，我一點也不特別。我只是有過機會離開而已。」他皺起眉頭，好似這是他多年以來，遇過最難回答的問題。「這問題一點都沒有意義。」他說。「我離開要做什麼？」

「你不知道 AT&T 隨處可見嗎？」我開玩笑說。

「白痴喔，我是認真的。」他說，一邊揉亂我的頭髮，一邊搔癢著我的腰。

「好啦，好啦。」我笑著推開他，要他停下來。「那什麼時候要正式告白？」

「我們拭目以待吧。」他回答，而我不知道，我在他的「我們」中扮演什麼樣的角色，也不清楚我是否想成為其中的一部分。

接下來的一週，爸爸似乎瀕臨崩潰。他對我大罵，只因為我用了藍色紙巾來擦窗戶，而不是舊報紙。楊叔叔還胡亂開著玩笑，說他沒幫大家訂午餐而不是好老闆，讓他氣到威脅要將員工們都打發回家。

「算你幸運，我還能站著看你的臉！」爸爸對楊叔叔吼道，他依舊一副嘻皮笑臉的樣子，直到發現爸爸並非在開玩笑。

下午，終於出現了一名新顧客，本週以來的第一位。她是年邁的白人，穿著白色的祖母毛衣。爸爸很興奮，打開了一盒新的筆，以便她能輕鬆在發票上留下聯絡方式。他承諾，**老闆和引擎檢測人員**會負責維修，且在說話時，盡力抹除任何口音的痕跡。這位顧客的語氣十分慵懶、緩慢（我以為她差點要在等候室往生了），再加上爸爸極力避免強調單字的最後一個音節——就像老一輩的柬埔寨人常做的那樣——使整個互動變得相當平緩，彷彿以慢動作進行。

看來，爸爸不再相信他的員工能完成任何事，哪怕最簡單的項目也一樣。他親自為顧客進行初步診斷，而其實這並不是必要的，因為車只需要換機油而已。顧客在等候室問道，對面的超市是否有開門，我回答：「有的，女士。」即便我一生中從未如此稱呼過任何人。她前去購物時，我還在考慮是否該告訴她，那裡賣的都是過期的罐頭食品，但我不想影響到她再來到這一帶的意願。

顧客離開後不久，楊叔叔來到等候室，手裡拿著一小疊文件。「你還記得怎麼讀樂譜嗎？」他問道。

「我看看。」我說，記得十幾歲時，我曾幫楊叔叔將樂譜轉譯成簡譜，甚至還寫下應該由哪隻手指彈奏哪個按鍵的提示。在我轉譯八〇年代（柬埔寨人移民的時期）的經典搖滾樂時，他會不斷盤旋在我肩上，而現在遞到我手上的樂譜則是〈妳的每一次呼吸〉（*Every Breath You Take*）。

「你能在這裡陪著你爸真是太好了。」他說揉著我的頭。「因為你可以幫我這個忙！」

「是啊，是啊。」我說。「這到底是要幹什麼用的？」

「等和尚來的時候，我會問他們，我們的樂團可不可以在柬埔寨新年表演。和尚們都喜歡史汀（Sting）的歌。」

「和尚要來？」

「你不知道嗎？他們明天會來。」

「是不是不太好了？」我向左方看去，視線穿過車庫敞開的門，爸爸正將頭埋在車子的引擎蓋下，我只看到他的屁股翹在空中。

「和尚上門——是失敗的象徵。」楊叔叔嘆了口氣。「他們會在剛開業的時候來獻上祝福，之後就不應該再出現了。不行，我們不應該需要他們……誒，繼續寫啦！樂團是我的 B 計畫。我不能一輩子都當副理，壓力太大了。」

「喔，」我盯著無盡的音符說道，「這就說得通了。」

顧客帶著裝滿罐裝鷹嘴豆的塑膠袋回來時，爸爸已經完成修理工作。他非常仔細地寫好發票，記錄下價格和工作事項。顧客付款並取回鑰匙，對我們的服務感到相當滿意，而這時，韓醫生的妻子突然在我腦海中浮現，她在本田車上的那段獨白不斷迴響著——娶一位想要得到綠卡的柬埔寨女子。我好奇，要換多少次機油才會花到五萬元？需要多久的時間才會達到這個數字？

那晚回到家時，媽媽正在廚房裡準備春捲，爸爸在沙發上小睡，一旁的電視則播放著橄欖球比賽。我問媽媽可否幫忙，她回道：「你今天有時間陪我了啊？」她從碗裡舀出肉末，放在春捲皮上。「我真幸運！兒子居然不像其他晚上那樣拋下我一個人。」

「這是明天要給和尚的嗎？」我問，她翻了個白眼。

「如果有人願意聽我的話，就不會需要這個了。你認為我平日還有時間做一百個春捲嗎？」

「我能做什麼嗎？要我幫忙包嗎？」

「不行，你笨手笨腳的。」她搖搖頭。「去調魚露做成蘸醬。」

「怎麼用？」我問。「我……忘了。」

媽媽將沾滿生肉的雙手舉過頭，沮喪地假裝弄亂自己的頭髮。她想讓我知道自己有多笨，因為我根本記不住她的食譜，坦白說，我也同意她的看法。她走到櫥櫃前，拿出空的塑膠圓筒（那種餐廳會用來裝剩菜的廉價容器），沿著側面由上而下貼了三段藍色膠帶，彼此不均勻地間隔。她指著每一片說：「溫水倒到這裡，魚露加到這裡，醋加到這裡。加糖和烤花生來調味。」

「要是我們把這個容器弄丟，該怎麼辦？」我拿起它，開玩笑說。「沒有妳，我們怎麼做蘸醬？」

「我死掉之後，最好別把我的東西都丟掉。」她回答，然後又舀了些肉。「所以，我們什麼時候能見他？」

「見誰？」我問。

「跟你出去的那個男生。」

「你從哪裡聽來的？」我一邊燒著水，質問道。

「別跟我說，你每天晚上出去都不是跟男生在一起。別對我說謊，我是你媽。」

她將做好的春捲舉到我們的眼前。「你看，」她說，「這才是完美的。」確實如此。

我避開關於保羅的問題，將配料混合完，拿起裝滿清澈青銅色液體的外帶容器，感覺到它的重量從左手轉移到右手。當然，根據媽媽的方法，很容易就能記錄蘸醬所需的準確比例。然而在這一刻，出於某種原因，未來顯得如此不穩定、不堪一擊——像這樣的一個傳統，全得依賴於容易破裂的塑膠容器，宛如置身於懸崖般，無比脆弱。

「我沒有在和別人約會，真的沒有。」我最終這般告訴媽媽，腦海中仍思考著我們的文化，思考像我們這樣的柬埔寨人，如何透過食物來保留自身的族群認同。春捲使人激起對家鄉的眷念，在嘴中綻放出對昔時過往的牽記，直到被唾液一一分解，並漸漸消逝在喉嚨深處。媽媽一臉懷疑地看著我，又做了一個春捲。

我們收拾完廚房後，我坐在床上傳訊息給保羅，說自己不舒服，但明天一定會約的。我將手機收起來，陷入深眠。隔日早晨，媽媽在後院煎春捲的香氣撲鼻而來，我隨後便去上班。讀了保羅昨晚發來的訊息。**噢——沒關係的，但就是很硬很想要。然後，我覺得今晚我就會說了。我要去告訴梅莉。**接著，便不再有訊息了。

我想回覆，**結果如何**，感覺比我願意承認的更為興奮，卻也有些不安，彷彿一段簡單的文字，就能鞏固我還沒準備好的關係。最終，我什麼都沒送出。

距離和尚們到來還有幾個小時，我和爸爸將車庫地上殘留的油垢都拖乾淨，把等候室裡的佛像擦得閃亮，也拆下掛滿整片牆壁的泰國裸女海報。我們安置一張摺疊桌，鋪著乾淨的布，擺上媽媽做的春捲，旁邊則放著員工妻子們準備的其他菜餚——香茅牛肉串、炒米粉、淋滿魚露的青木瓜沙拉，當然，還有一大鍋熱氣騰騰的白飯。整個過程中，爸爸的神情都格外嚴肅，彷彿共產黨正在發起另一場政變。我想為他打氣，讓他知道，沒有人會看不起他，但不知該如何說出口。

中午時分，五名和尚跟隨韓醫生的妻子前來，他們都穿著焦橙色袈裟，腳踩淺褐色的鱷魚鞋，手裡拿著一袋又一袋的線香。我和爸爸雙手合十，依次向和尚鞠躬。他們繞著修車廠走動，檢視每個角落與縫隙，在布滿油漬的牆壁撒上祝福的聖水。檢查完畢後，和尚們在每個房間都點上了香，連儲藏室都不放過（那裡擺滿一箱箱易燃的機油）。我猜想，燃燒的花香會產生一種力場，阻擋邪靈入侵，同時吸引顧客上門。

修車行瀰漫著輕薄的煙霧，韓醫師的妻子在車庫地上鋪了幾塊編織墊，激動地對我們揮手示意。「跪下！」她咬牙切齒地喊道。「不能把自己置於和尚之上，他們需要坐下！你們還站著幹麼？」

我們跪在地上，和尚們也跟著坐在中央。他們開始以低沉、細語的聲音吟誦，我從小便聽過這種祝詞，但從未費心去理解其中的奧義。看著他們祈禱，我們再次雙手合十。十五分鐘過去，吟唱不曾停歇，麻木感漸漸爬上大腿和臀部，香煙產生的煙霧令人窒息，不斷灌入毛孔、衝進鼻孔，彷彿試圖堵塞住我體內的細胞。一陣頭痛劈穿頭部，我忽然想起，爸爸第一次真誠地對我闡述關於大屠殺的過往。

我那年剛滿十歲，正式步入二位數的年紀，那時正值柬埔寨新年。某些比較大的孩子注意到我腳上穿的新鞋（或是其他東西，我記不太清楚了），於是我成為了他們的目標。在寺廟後面、球場一旁，臨時攤位散發出燒烤的煙霧，他們將我推到生鏽的鐵絲網上，質問我是否有共產黨的親戚。「死臭 Gay，你的阿公一定殺過人。」帶頭的人說道。「還可能吹過波布的老二。」我不懂他的嘲諷，但還是十分惱火，哭著跑回爸爸的身邊。他否認我們的血統與共產黨有任何關聯，但坦承了那段他不願回首的歷史——所有人都失去了至親至愛。

「就是發生在我們身上的事，僅此而已。」他說道，一邊抹去我的眼淚。「你現在最好把這些都哭出來。事情發生之後，哭是沒有用的。」他將我抬到肩膀上（儘管我那時已經長得很大），我們一起去了寺廟。眾人聚集在和尚面前，我們加入人群一同禱告，祈求好運與祝福，並為來年的生活，以及未來的輪迴轉世祈禱，而我卻陷入澈底的絕望。我們為何得遭受此等殘暴？我們的國家和文化，在過去一定承受著無比可怕又沉重的業力。

油膩的地板鋪著與柬埔寨新年有著相同風格的編織墊，跪在上面時，這些擔憂又再度湧上心頭。難以理解的禱詞，使我的心情更加陰鬱。我無法忍受，看著爸爸訴諸這些破碎的信念。

於是，我想到了保羅。他是個正派的傢伙，有一份體面的工作。我喜歡他，願意將他帶入我未來的藍圖中（但我現在的生活還是一團糟）。如果他有出櫃，沒對女友說謊，會更正派。我想，自己可以在保羅身上碰碰運氣。我可以安定下來，努力和爸爸一起工作。我可以成為父母能夠依賴的人、第二個盡責又成熟的兒子。然而，除了當修車行的清潔員，以及幫楊叔叔轉譯樂譜之外，我不知道自己還有什麼本事。即使如此，想到搬離家鄉的前景，我還是覺得自己很自私。

「阿爸。」我低語著，他要不是沒聽見，就是刻意無視。無論如何，我繼續咕噥著：「阿爸……阿爸……**阿爸**。」

「專心一點。」爸爸回道，而我不知道該專心在什麼身上。

「阿爸，別擔心。」我繼續說，雙腿因麻木而顫抖。「我會幫你的。我不知道怎麼做，但我會幫修車行好起來。」

「阿弟，」爸爸粗聲粗氣地說，「你能不能擔心你自己就好？」他嘆了口氣，將臉轉向我。「我們有這家修車行，就是為了養活你。」

那悲傷的眼神再度襲向我，但這一次，不留任何餘地。過去的一年在我眼前一閃而過——我在店裡無所事事的日子，找不到正當工作。我思索著，大家會怎麼想我，對爸爸又會有什麼看法？他的兒子失業在家，大學學位也白白浪費掉。我開始意識到，自己完全就是個孩子，一個把父親束縛在失敗生意上的孩子。爸爸將注意力轉回那些試圖修復業力的和尚身上，而我喘不過氣來，幾乎無法相信自己。

保羅再次浮現於我的腦海中，我們應該在那天晚上見面的。我剛才所設想的生活——扎根於此地的生活——儘管能在情感上給予很大的慰藉，聽來卻相當愚蠢。我從口袋中掏出手機，悄悄放在地上查看通知。保羅的幾則訊息突然跳出來，但在開啟之前，和尚停止了吟唱，所有人也停下禱告。

韓醫生的妻子將空碗放在和尚面前，並將盛滿米飯的碗遞給我們——修車行的代表。我們仍跪在地上，排成一列。我們在編織墊上匍匐前進，用湯匙將飯舀入每個僧侶的碗中。當儀式結束，和尚們開始享用他們的盛宴，而我站在等候室門口，一手插在口袋裡，另一隻手緊握手機。隨著閱讀訊息的動力逐漸減弱，我開始觀察起修車行的車庫。現在感覺變得窄小許多，曾經顯得龐大的機器，現在只到得了我的肩膀。

我在等候室外，聽見韓醫生的妻子正在和爸爸交談，我偷偷往裡看去。她站在櫃檯前說：「你需要捐款，趁和尚還沒吃飽之前寫下支票，快點。」

「好的，好的，好的。」爸爸說，彷彿在吟誦自己的禱文，他寫下支票時，我試圖理解他那沮喪、挫折的表情，那眉頭上的皺紋——它們為我拼湊出了某些意義，來自宇宙各處，來自轉世人生的積累，來自每個我們曾經歷過的舊日。他的皺紋似乎正在訴說著：「如果今天能夠盡可能多利用業力，比這個社區以往所見的靈力更強大，也許修車行的生意就會好轉。當那一天來臨，希望能夠盡快回收我們的捐款成本。」

我站在等候室和車庫之間，看著爸爸在支票上簽名，看著他將那張薄弱的紙遞給韓醫生的妻子，而她將之塞進自己的大包包裡。那筆錢可能是整整一個月的收入，現在卻置身於那包包散落的零錢之間。我不再關心保羅的那些訊息、修車行的狹小、大快朵頤吃著春捲的和尚們。我身後的一切似乎不重要了。一切消散在香煙繚繞的煙霧中，淡化在所有佛像的陰影裡。

我只希望著一件事——向爸爸在宇宙中的訊息傳送回覆，將之刻在自己額頭上，作為向蒼穹太空發射的信號。「但是，」我準備好問道，問及那些我與爸爸曾經活過、失去過的每一場生命。「我們之後要做什麼？」

和尚

THE MONKS

在寺院待了兩天，除了數數，幾乎無所事事。天花板上的點、一炷香燒成灰燼需要多久、通往廚房的步數（奶奶們總會在那裡說著別人的壞話，甚至當著對方的面互相批評）……寺院裡的一切，應該要更有靈性、更能打開眼界，並使人增長見聞，如同電影裡的牧師高聲喊著禱詞一樣——這裡的一切應該要能鼓勵普通人，以不同方式來看待自己。然而，我只是在這裡數著橘色袈裟上的白色縫條，再數著正在一旁祈禱的和尚身上，另有多少道縫線。

如果夥伴們發現我在寺院的生活只是在數數，肯定會取笑我。如果他們發現我睡在一間狹小又散發怪味的房間裡，一定會非常不屑。這裡的怪味不是那種很難聞的氣味，反而更像一對情侶在香灰裡做愛的味道。我的朋友們會說，就告訴過你寺廟都很假吧。就是一群沒工作也沒地方住的悲哀蠢貨，才會成為和尚。還有馬莉，她簡直氣壞了，不想讓我為了爸爸的冥福而剃光頭，辦完初步儀式之後，還說我看起來就像個流產的外星胎兒。「等你的頭不再看起來像隻大屌，再給我回來。」她說，並將我踢下床。「不敢相信你要在那個有病的王八蛋身上，浪費整整一個禮拜的時間。就算他是你爸也一樣。」她還這麼說。儘管如此，我還是前去了佛寺，以確保爸爸的靈魂（不管現在是什麼）能夠平安轉世。

爸爸的葬禮結束後，我最後一次發洩了欲望，和馬莉匆匆搞了一場。她因為我剃光頭而不肯吻我，但我十分感激能和她親熱。在那之後，就沒有體會到任何的肉體歡愉了，連一次自慰都沒有。不過，數數能讓我放鬆，也能打發百無聊賴的漫長時間。如果可以，我想數一數自己活了多少個小時，或者幾秒鐘，或者還有多久自己就要被送去參加基本戰鬥訓練，但我沒有那個耐心。我不是什麼神童，也不是活在像《為人師表》（*Stand and Deliver*）那樣的環境裡[01]。我澈底搞砸了自己的課業，老師們也一點都不在乎，只忙著在課堂上播放《為人師表》，好讓他們不用教導學生真正的知識。

或許可以在住持的辦公室弄到一台計算機，如此便能算出更大的數字。然而，他只會叫我冷靜下來，嘮叨著宇宙是怎樣、業力又是怎樣的話，然後叫我去刷掉路面上的彩帶（自柬埔寨新年就一直黏在那裡）。都是為了涅槃啊，他會這麼說道，並站在門廊上大笑起來。「孩子啊，你如果要去打仗，最好得累積一點業力。」

扶地挺身，四十五下（比叔叔早上做的多五下）

仰臥起坐，六十下（比叔叔早上做的多十下）

01電影講述一位老師在學習環境不佳的校園，努力克服難題並鼓勵學生學習，最終將學生們送上知名大學去追逐夢想。

想起馬莉身體的次數，記不清了，也許是全程？

剛來的前幾天，住持遞給我一本記事本。我們站在祈禱廳中央，鍍有假黃金的巨大佛像在台上俯視著我們。這個台子自我上中學以來，就一直處於瀕臨倒塌的狀態。背景播放著高棉音樂。少了一群跪著的爺爺奶奶們，感覺很不尋常、赤裸。我想像著那些年邁的柬埔寨人，如漲潮的海水般圍繞著我們，用他們滿是皺紋的頭上下搖擺著祈禱。「我要在這裡寫佛教的東西嗎？」

「把你的感覺寫下來。」住持粗聲粗氣地說。白色 Polo 衫將他的身體淹沒，我能夠看出那件衣服是仿冒品，因為馬的標誌是原本尺寸的兩倍大，也恰好位在乳頭的位置。「我是在電視上看到的。」住持補充道。「脫口秀採訪了一個女士，她每天寫作，持續了一整年。這樣能夠幫助她忘掉死去的丈夫。」

「你是說，這有助於她忘記自己的悲傷嗎？」我問，盯著他乳頭上的標誌看，搞不清楚布料是否有這麼一個塊狀，還是住持的乳頭凸出來了。

「你知道我是什麼意思。」住持揮揮手說，像是受夠了一樣。「拿去寫吧。」他將手置於我的手上，把記事本推得更靠近我。

「懂了。」我說。「還有什麼事我該知道，或是該做的嗎？」

「你明天開始做些雜務。」他答道。「我們都是靠自己謀生的。你的房間裡有袈裟，別弄壞了，我們可不是有錢人。」他指著左方走廊。「第二扇門。別像個笨蛋一樣迷路了。」

我開始詢問，是否有一天的活動安排行程，或是應該達成的（佛教）事項清單，以替爸爸求得冥福，但住持打斷了我。

「替我向你叔叔問好。」他說，彷彿我在寺院待的一週已經結束。「我會在『撲克牌之夜』（Poker Night）02 上打爆他。」他還這麼說道，隨後便跨過禱告墊，徑直走向他的辦公室。我在房間裡將記事本翻開，看見上頭沾著不少油漬，以及用泡沫字體印刷的字樣，下方還有一輛有著圓圓大眼的卡通汽車。住持並不知道，叔叔家裡有數百本這樣骯髒的記事本。我多年來都和叔叔住在一起（因為爸爸一點屁用也沒有），所以看到住持送的這份禮物，讓我感到相當空虛——只是把叔叔送給他的東西再轉送給我罷了。整個下午，我都在房裡等著另一個和尚來接我，也有可能是住持自己來——他的工作基本上就是在和尚與像我這樣的普通人之間，充當中間人——但根本沒人前來。我最終還是離開房間去找吃的，而和尚們看到我時似乎都很感驚訝，大

02 線上卡牌遊戲。

概是忘記了我為何在這裡。

我現在要在寺院裡待上五天，自從住持送給我記事本以來，都沒什麼特別的事發生。我沒有太多值得動筆寫下的感受，只寫下了數東西的列表。住持一看見我在認真寫字，就不會呼喚我為和尚們做事。他以為我正忙著面對自己的悲傷，於是讓我獨自一人待著。其實只要那些事情有意義，只要能對爸爸的靈魂有所作為，我不介意為和尚辦事，但住持只將之視為待辦的雜務，不值得特別花費心思在意。

我在書寫時，偶爾會想到叔叔，想到他可能還在家裡，過著日復一日、一成不變的生活。叔叔每晚修車回來，都會清數自己賺了多少錢，將薪水、帳單、開銷，以及當天早上做的伏地挺身次數，都記在他那本髒兮兮的記事本上。我一旦試圖扔掉那破舊的記事本，他就會將空啤酒罐扔到我頭上。我思索著，圍繞在一疊又一疊的記事本裡，沉浸於其中的味道，對叔叔來說，大概是一種記錄自己的生活有多少收穫的方式吧。

從房間到

——祈禱廳（我在祈禱的時候總會忍不住睡著）的步數，二十五步

——廚房（裡面的奶奶們會偷偷塞更多的食物給我）的步數，五十八步

——噴泉（那裡相當寧靜）的步數，一百一十五步

不是說我不喜歡和尚，有些還是挺隨和的。其中兩人會在早上完成禱告和雜務後，和我一起分享香菸。我稱他們為B和尚與C和尚，因為我們不交談，也不分享關於自身的事，例如自己的本名。我們在噴泉邊抽菸，遠離花園裡所有的佛像——大概是想向諸佛隱瞞他們的菸癮。

然而，A和尚不怎麼喜歡我。他總會因為掃錯地方或弄亂香盤，而大聲責罵我。據住持的說法，他因為我參軍入伍，而認為我是個混蛋。也許我確實是如此，所以並不責怪他。住持說了什麼來著？喔，對，他說：「對我們來說，戰爭是禁忌話題。你難道對紅色高棉一無所知嗎？」現在起，我應該牢記這一點。

以下是我對和尚們的瞭解：A和尚很瘦，C和尚則不然，而我弄不明白這點，因為這裡的食物不多，除非有舉辦喪禮、婚禮或是柬埔寨新年。不過，B和尚卻很壯，手臂上還有黑色刺青。前幾天，我問他是如何練壯的，是否有遵循某種和尚的訓練。他只是聳聳肩，繼續抽菸，然後遞給了我一支菸。他一定有在做伏地挺身，或引體向

上。他房間的天花板也許有管路，可以讓他掛在上面練習。我應該再溫習一下高棉語，如此便能與和尚們溝通了。至少要能感謝他們給的菸，而不會聽起來像個笨蛋。

B與C和尚待我很好，但那是因為我是寄人籬下的訪客，而不是一位真正的和尚。他們可能也為此感到遺憾吧。沒人期望我遵循傳統，連叔叔也很驚訝。「我不懂你為什麼想留在寺廟裡。」他說。「每個人都知道你爸是個王八蛋。」他還這麼說道。我告訴他，我覺得有人應該為他做點好事。因為在最終，在生命的盡頭，他一無所有，也無人陪伴左右。

還有一位新來的——D和尚。歲數與我差不多，身高體型也相仿，比起其他和尚，英語講得不錯，也不會在噴泉旁抽菸。他將大部分時間都花在跟隨A和尚學佛。我敢打賭，他仍然感到相當不自在，無法融入這個地方。我從住持那裡，無意中聽到D和尚的真名。無人以那道名呼喚他，所以不確定那是否仍是他的名字。我思考著，那些年長的和尚們，是否會在心中說出自己的舊名，他們是否只將自己視為和尚，而不再擁有其他身分？也許當我入伍後，這種事就會發生在我身上——不再擁有自我，而是成為群體的一員。我想知道，這會讓自己變成更好的人，抑或是更糟的人。

睡前
伏地挺身，八十八下
仰臥起坐，一百二十五下
深蹲，五十五下
波比跳[03]，五十下

在寺院的第三夜，我在外頭的後院慢跑了一圈。D和尚盤坐在地，面向花園的一尊佛。我坐在他身旁時，他幾乎沒怎麼看我，但彼此確實互相打了招呼。我說，我們倆似乎都覺得寺院裡的睡墊不夠舒服，無法好好入睡，他點點頭。他看起來不想談話，但我還是留了下來。我不打算主動結束這場對話，畢竟他是和尚，不能對和尚無禮。

「你看這尊佛，是不是有點奇怪？」D和尚問道。我仔細環顧花園裡的其他佛像。的確，這尊佛像和其他的不太一樣。彩漆剝落、褪色，製作者也在佛像的袈裟下，凸顯肌肉的線條。我想這位雕塑師大概是厭倦了，人們總在買筷子時將佛陀看成搞笑

03 結合深蹲、伏地挺身和跳躍的運動。

的胖子。我仔細觀察佛像，發現祂有一對鬥雞眼，看起來就像愚蠢的運動員，不斷收縮瞳孔才使目光完全混亂。

「怎麼會這樣？」我問，其實也不期待D和尚會知道原因，或是繼續講下去，但他卻娓娓道來有關這尊佛像的事。據A和尚所說，這尊佛像是一名每年都會捐款的人贈予寺院的。A和尚不想冒犯道這位捐款人，於是將他的佛像與其他從柬埔寨運來的雕像，一起安置在這座花園裡。這人曾是個技藝純熟的雕塑師，但在大屠殺中失去了幾根手指、一隻眼睛和大部分的家人，現在則成了一所學校的清潔工。他仍會製作雕像，但成品看起來總是相當古怪。

凝視佛像，想著那位雕塑師，他沒有家人能夠讓他為生計忙碌，好遺忘對失去才華的依戀；他沒有孩子需要供養，以此作為不再製作雕像的藉口。

「你有女朋友嗎？」D和尚打破了我們之間的沉默，我說自己確實有。「既然都有女友了，怎麼還會留在這裡？」他問道。

「因為我應該在這裡。」我回答。「你難道不也是這樣嗎？」

「不是。」他搖搖頭。「我在這裡，是因為我想在這裡。」他站起身，拍去袈裟上的塵土，轉身回到寺院裡。

D和尚離開後，我繼續在後院慢跑。我以那尊鬥雞眼佛像作為計數的標誌，每跑完一圈，腳步都會變得越加沉重。或許是慢跑漸漸使我筋疲力盡，但也有可能是那尊佛像正在消耗我的能量，彷佛受了詛咒般，如鬼魂那樣悄悄奪走我的性命。要是那座雕像只是一尊普通的胖佛像，沒有多餘的肌肉線條，感覺還比較有道理。

叔叔罵我爸是垃圾的次數，大約一天五次

叔叔談到媽媽的次數，很少，但有時還是會談到

叔叔一邊喝著低卡啤酒，一邊罵我爸是垃圾的次數，多到數不清

我同意叔叔的次數，通常都會同意

早晨醒來時，住持讓我在午餐後去辦公室見他。我迫不及待，匆匆忙完雜務，甚至想將灰塵掃進更小的祈禱室來草草了事。我希望住持最後能教我一些需要完成的儀式，以安撫爸爸焦躁不安的靈魂，確保他能夠過著平靜的新生活，不再遭受這一世所經歷的悲慘。

住持的辦公室比我預想的要小，只有一間儲藏室這麼大。我無法想像住持如何從門口搬進他那張書桌的。A和尚與住持的位子在同一側，坐在不匹配的摺疊椅上。他們坐在一起，手臂互相靠近。這裡沒有任何一把留給我的椅子，我認為是A和尚將原本在我這一側的椅子拿走了。我站在他們面前，略感尷尬。

「里西，目前都好嗎？」住持問道，A和尚點了點頭。

「很好。」我回答。有那麼一瞬間，我考慮要蹲到和他們同高的位置，不確定該以什麼樣的姿勢面對他們。我現在十分確定，低頭俯視和尚是不敬的行為。

「我們想確認你的狀況。」住持說，翻閱了一疊文件。他的桌上還是有一大疊叔叔的骯髒記事本。「確認你在這裡過得好。」A和尚這次沒有點頭。

「就這樣？」我脫口而出，A和尚的鼻孔瞬間撐大。

「小子，最好注意你的口氣。」住持說，抬起頭來看我。「還有什麼話想說的嗎？」他瞇起眼睛看著我。

「我的意思是……我已經在這裡三天了，除了打掃什麼都沒做。」

「然後呢？」他問。

「我難道沒有更重要的事需要完成嗎？」

「待在這裡就足夠了」他回答。「沒必要擔心那些。」

「我不是應該擔心嗎？」我說。「這不就是重點嗎——擔心我爸的靈魂？」我的聲音漸高，並揮舞著手臂強調話語。事情就這樣發生了，我無法控制。

接著，A和尚開始用高棉語斥責我。他的語氣嚴肅、令人生畏，試圖要我冷靜下來，但我偏偏執意如此。

「如果不能直接幫到爸爸，我為什麼還來這裡？」我繼續說。「只是在寺院裡待著，除了你們能少做一些雜務之外，怎麼能幫到其他人？」我手指向A和尚的方向，澈底激怒了他。他用高棉語對我怒吼了很長一段時間，比我曾經在婚禮和葬禮上，聽到他對著觀眾講話的聲音還大聲。他說得如此之快，詞語都黏合在一起、變得模糊，而無法以同樣的速度翻譯，使我的頭作痛。

「拜託，」我打斷了A和尚，「我需要些空氣。」沒等待回應，我便離開了住持的辦公室，深知自己可能會給人留下了粗魯的印象。我來回踱步著，受夠了A和尚與住持裝得好像他們都有在幫忙一樣，也受夠了對寺院的厭煩、對我所做的一切感到困惑不清。

其他的和尚們在庭院的另一頭看向我，默默抽著菸。他們安靜地站在那兒，彷彿從未離開過那些位置一樣，除了以抽菸自殺之外，什麼事都沒做一樣。

我目前為止在寺院打掃過的房間，五間
我目前為止在寺院完成的伏地挺身，至少三百下
我一週工作的時數，六十個小時
我目前為止與和尚們抽過的菸數，至少一整包
我接送上學的親戚小孩，四個
我在寺院外欠人的錢，多到不敢想

住持告訴了叔叔我們之間的衝突。他再次喚我進到辦公室，讓我想起高中被送到副校長室的情景。我曠了太多堂課也錯過了其他破事，在紀錄中被標記為逃學。副校長並不知道，我為了幫叔叔支付醫療費，有時得曠掉第六節和第七節課去賺點錢補貼。那是一段非常艱難的時期，叔叔的脊椎出了問題，需要休息一陣子，無法每天在修車行工作十小時。

A和尚不在辦公室裡，只有住持一人，備用的椅子卻還是留在桌子另一側，我認為他是故意的。過了一會兒，住持指了指放在桌上的電話。我不得不傾身接起，因為那是老式電話，有電線連接在上面，而我將話筒舉到耳邊時，叔叔尖聲的「你到底

在亂搞什麼啊？」嚇得我差點往後跌倒。

「天主啊。」我說，隨後又感覺在寺院裡說「天主」十分奇怪。「叔叔，你幹麼這麼生氣？我只是想讓爸能享有冥福。」

叔叔哼了一聲。「我一點也不在乎你爸的冥福。」

我看著住持茫然的神情，想知道他是否也一樣不在乎。

叔叔繼續說道：「你要是想待在寺廟裡，就要好好做，別讓我難堪。如果有和尚要教訓你、想把你的蠢頭殼打碎，最好就乖乖待在原地讓他打。」

「我正試著做好，」我說，「只是需要一些指導。」

「你聽著，傳統不一定要合乎邏輯。」叔叔說，語氣聽起來更像是疲憊，而非生氣（當然還是相當生氣）。「你還指望什麼？又不是在家裡，外界的東西不一定都有道理。現在停下這些想法，照著別人所說的去做。」我想問，根本沒人告訴我該做什麼，我又該如何照著別人說的去做，但叔叔補充道：「別忘了，你得幫忙修屋頂。回來後最好別忘記。」這是他掛斷電話前的最後一句話。後來，A和尚將我最後一週的工作量增加了一倍。

此刻，我正在打掃整棟建築。我應該要學到的教訓，大概就是不能無視一位氣到怒吼的和尚。老實說，我想過要離開寺院，打電話叫馬莉來接我，但我得重修與和尚們的關係，否則就無法好好面對叔叔了。

打掃祈禱廳時，D和尚走近我，將手放在我的肩膀上，感覺像是想擁抱我，但他只是指了指喇叭。「你有聽到嗎？」他問。

「有，」我回答，「是一首禱告歌。」

「注意聽。」他說，手指舉得稍微更高。

我閉上雙眼聆聽音樂，跟隨著節奏聽了一會兒，於是便明白了。「這是〈嘿！茱蒂〉（Hey Jude）的翻唱。」我笑著說。

D和尚點點頭，對我微笑，然後走開。

忙著完成剩餘的雜務時，我思考著叔叔對我說的話，關於不在家的話。如果必須選擇，我想無論馬莉住在哪裡，那裡就會是我的家。雖然入伍後，我們可能就會分手了。她不是那種會等著男人的人，我也不需要她如此。我並不是為了更多壓力才參軍的，那正是我不想要的。難以理解的是，我在這座城市活了整整一生，卻不曾稱呼此地為家。

馬莉和我在一起的時間，二年（十八歲就開始交往了）
馬莉甩我的次數，四次
我甩馬莉的次數，二次
馬莉幫我吹的頻率，通常，但從不在我運動後吹
我幫馬莉舔的頻率，有時，但也許還不夠
我們做愛的持續時間，一整集《辛普森家庭》，所以是二十二分鐘
我們嗑藥時做愛的頻率，我們從不在沒嗑藥的情況下做愛

我不太能適應和尚早睡的作息，即便因為加倍的工作量而疲憊不堪，在第四晚卻還是無法入睡。我找到了藏在房裡的大麻捲菸，以手指捻弄著。整整一個小時，我都在考慮是否要直接在睡墊上點燃它。

我先前便將捲菸塞入鞋子裡夾帶進來。我之前在學校很常幹這種事——在第五節課後，躲在男子更衣室後面抽大麻。有時壓力實在太大，不得不抽上一根來放鬆。抽碰過腳的捲菸真的很噁心，但能夠達到效果就好，吸個幾口便能讓我昏昏欲睡。即便如此，我還是很努力在戒除這個習慣，不能再依靠抽草來入睡了。而且，我打算把這

支捲菸留到最後一晚，等到爸爸的冥福儀式完成之後再抽。

我認為，留在寺院裡能幫助我遠離大麻（至少暫時遠離），但朋友們都不理解，因為在我參加基本戰鬥訓練之前，明明還有一段時間可以好好放鬆。他們告訴我，應該盡可能把握時光縱情享樂，一天中的二十四小時都該如此。「這東西不會讓人上癮，還會有什麼問題？」他們認為，入伍只會讓我徒增痛苦。

有一陣子，我只在爸爸來買大麻時才見到他。每次安排交易，他都會用不同的號碼打給我，我也從來沒和任何人談及我與他見面的事。就算爸爸現在已經走了，叔叔知道的話肯定還是會大發雷霆。在媽媽過世後，他總是揚言要為了保釋金而一腳狠狠踹在爸爸的屁股上。就算他的問題這麼多，還是得肯定他一件事：過去這些年來，他始終牢記著我的手機號碼。

我們通常會約在非柬埔寨人經營的甜甜圈店見面，因為爸爸想要低調保密，且試圖讓整場交易看起來像一頓普通的家庭早餐。他會買咖啡之類的給我，也會記得帶上我最喜歡的炸麵包圈。他會問我關於生活上的問題，但從未談論過自己的事情。我知道，我們兩個都不想坐在甜甜圈店裡討論這些事。我想他大概對大麻不怎麼感興趣，畢竟那傢伙每個週末都在注射毒品，或許只是需要額外的動機，才能在清醒的時候和我說話。我敢打賭，他有時只想感受二十分鐘的正常，或至少認為自己這麼做了。我敢打賭，他有時會忘記自己是誰，並說服自己去找兒子吃甜甜圈。後來，當他再度想起自己，便會發現已經吸完了毒，也抽了大麻。也許正是因為正常的生活糟糕透頂，才使他難以回到清醒的狀態。若非因為人生如此坎坷波折，他為何還會走上這條歧路、落得這種下場？

有一次，我差點帶馬莉去見他。這是爸爸的主意，他說自己要確認馬莉不會像老一輩的柬埔寨人所說的那樣，是一個提著破洞籃子的女人。我差點就要傳訊息告訴馬莉這些事。我想讓爸爸看到我和女友在一起，這樣便能讓他理解，我所說的一切並非毫無意義。但我知道馬莉可能會試圖為我辯護，斥責他不曾以父親的角色陪伴在我生命中。我不想要讓這種事發生。他經歷了如此多的劫難，我還是覺得自己虧欠著他。那傢伙熬過了大屠殺才將我帶來此地，甚至還失去了自己摯愛的妻子。無論如何，他都值得好好休息，就算是放下父親的職責，我也不責怪他。

我離開後會想念的事物——

和馬莉做愛
馬莉
和夥伴們一起抽大麻
看功夫電影
柬埔寨食物
能夠自己做決定

我今日和D和尚共進了晚餐。之後，夜幕漸漸蓋過天色，我們走進寺院後方的田野。可樂空罐和塑膠袋散落在腳下，跨出的每一步嘎吱作響。此時正值冬季，即使四月的新年活動已經過了數月，枯死的草地上依舊滿布當時留下的垃圾，幾乎遍及整片田野。

「你知道嗎，」我說，「我以前覺得和尚住在城外很酷，感覺就像黑幫一樣。」

我從B和尚給我的一包香菸中，點燃了其中一支。

「但我現在只覺得悲哀。我想大概是城裡沒有土地可以建佛寺了。」

「一切都是悲哀的，這就是事實。」D和尚說道，將一支菸放入嘴中，但因風的緣故而點不了火，示意我幫忙。我們的臉龐彼此靠近，香菸觸碰彼此並點燃。

「真是一團糟。」我後退一步環顧四周。上次站在這片田野中央，是在和一名軍方的招募人員談話。這不是軍方第一次在柬埔寨新年設攤，倒是我頭一次見到亞裔這麼做。我認出他是在學校比我大幾年級的苗族[04]小伙子。他身穿制服微笑著，無視柬埔寨爺爺們凶惡的眼神——他們總會毫無正當理由地仇視苗族人。我們開始交談，他問我生活過得怎麼樣。我沒告訴他自己上了社區大學的第一學期就退學，當時還忙著兼兩份很爛的工作。我只是聳了聳肩，說了聲：「唉。」他也很識相地回答：「明白了。」然後遞給我一疊軍方宣傳資料。一週後，我翻閱了這些小冊子。我喜歡標題、副標題和項目的組織方式。我在內心驚嘆，他們居然可以如此詳細描述一個人的未來去向，每分每秒都被安排得相當妥當。

「你有你女友的照片嗎？」D和尚突然問我。

「我不會在袈裟裡放女友的照片。」我回答。

「那就形容給我聽吧。」

「先讓我抽完這支菸。」我瞥了一眼寺院，燈火都熄滅了，只留下一片漆黑，猶如巨大的黑色斑點。想到人們會去到那裡尋求答案、平靜或是其他事物，便不禁覺得

04源自中國的少數民族，在東南亞國家也有相當規模的人口。

怪異。我想著馬莉的身體——她總是以同樣的方式跨坐在我身上，我的雙手則會捧住她的酥胸，感覺自己在她的體內，感覺她緊緊包覆著我，帶來一絲溫暖，並陶醉於她的氣息中。袈裟下欲望逐漸挺起，但我不感尷尬，因為外頭的夜色已深，而且我在D和尚面前也相當自在，彷彿他一點也不會介意。

我抽完了菸，將菸蒂丟到一旁的泥地，向他描述馬莉的基本特徵，像是她有多高、頭髮的顏色等等。D和尚讓我停下。「不、不、解釋一下她是如何在這世上過活的。」他一邊說，一邊揮舞著手，讓香菸在空中盤旋。我開始更深入解釋馬莉，她的哪些部分讓我印象深刻，哪些部分又我永遠無法理解卻會一直欣賞的。他閉上雙眼，香菸開始熄滅，看起來很是開心。為此，我感到高興。

我是這樣解釋馬莉的——

能確切知道該說什麼話，讓氣氛變得有趣

走路的樣子像是始終知道自己要去哪裡，但其實根本就不知道

經常開懷大笑，彷彿能看見生活中不同的面向，當然不是那種刻薄的感覺，反而更像是她希望你也參與其中

很關切所愛之人，例如她的表哥表妹

聽起來很聰明，口音也很道地

我在寺院的倒數第二天，一切似乎都很正常。醒來後做了一些伏地挺身，也完成一些雜務。不知怎地，整個上午都很興奮，幾乎硬得受不了。在擦拭祈禱廳的聖物時，絕對是處在半勃起的狀態。

下午本來打算找個地方解決一下的，但在午餐時，住持讓大家在花園裡集合——最大的佛像旁，那尊佛像躺臥在地，就像在床上悠閒聽著音樂一樣。我們匆匆喝完剩下的冷粥，便走到戶外。A和尚已經到場，站在佛像巨大的腳邊，點燃了香火，將小木棍插在地上。他的周圍瀰漫薄霧，坦白說，看起來滿酷的，像超人一樣。

所有人都圍在A和尚身邊，他叫我站在一旁，其他和尚則坐在泥地上。他們擺出祈禱姿勢，將雙腿藏在屁股下方，像在做核心運動。A和尚開始念誦祈禱文，其他和尚也跟著吟唱，我則像個傻子呆呆站著、無所事事。我看了一眼D和尚，他對我嘻嘻一笑，讓我感覺好多了。

A和尚結束念誦後，將雙手放在我的肩膀上，其他和尚也注視著我。A和尚開始說道，我在這裡的時光即將結束，我爸看到我如此尊敬他的一生，肯定會感到非常驕傲。接著，他觸摸了佛像的腳，講述了一番漫長的演說——柬埔寨的人們過去常常爬上一座山，來參拜原本供奉這尊佛像的寺廟。他們會為大佛洗腳，以祈求好運，祈禱神佛指引人生走在正確的道路上。

不知不覺間，住持遞給了我一碗水，讓我去洗滌那雙巨大的腳。「來，去吧。」他說。「這就是你要的。」我一動不動，他將我推向雕像，並指著碗裡的溼抹布以及那雙腳。我蹲在地上，在石上畫下深色的圓圈。回頭一看，和尚們都低著頭，吟唱起另一首禱文。即便有一群觀眾在鼓舞著，我仍然感覺自己只是在做雜務而已。

我不會想念的事情——
洗碗和洗叔叔的衣服
叔叔對我談論未來
叔叔對我說及過去
想著爸爸、在城裡和他見面
和Ａ和尚互動

收到不知是哪個蠢蛋發來的訊息，說想來買大麻

被迫自己做決定

確定和尚們都進入夢鄉後，我又走出了戶外，想要嗑個藥放鬆一下。我走回大佛身邊，一邊抽著捲菸，一邊盯著祂的腳看，等待著大麻的幻覺降臨。我在一群和尚的吟唱中清理了佛腳，這雙腳現在應該要成為我的指導靈，為我解開世界的祕密，告訴我關於自己和爸爸的事情，賜予我超越肉體的經歷，帶我前往更美好的地方，任何地方都好。然而，雙足依舊沒有變化，我也是。只有一塊大石和我——平凡無奇的傻瓜，因為呼了大麻而開始胡思亂想。

D和尚走到我的身邊。「你一直瞞著我。」他說，手中接過了大麻捲菸。

我原本想請他解釋洗腳的儀式，但後來才發現A和尚早已解釋過了。「天氣變冷了，」我說，「去我房間吧。」我繼續凝視佛陀的雙足，等待D和尚將大麻抽完。我想著，如果一位真正的和尚吸食了大麻，這雙腳的力量也許就會釋放出來。但依舊，什麼事都沒發生。

我們坐在房裡的睡墊上，背靠著牆，亢奮到不行。我給D和尚看了一張馬莉的

照片，那張照片印在普通的電腦紙上，被我收在來寺院時所穿的牛仔褲裡。這張照沒什麼特別的，只是馬莉穿著比基尼、微笑坐在海灘上，是她最快樂的時刻——我喜歡這麼想。那是我們唯一一次離開城鎮的時候。D和尚對此讚嘆不已，將臉靠近照片細細觀賞。「別霸占我女友了。」我笑著說，推開他的手，如此我們都能注視著她。我們的雙手交疊，我撫摸著他的皮膚，享受那美好的觸感。

這張照算是馬莉的經典，看到D和尚如此喜歡，使我倍感自信，感覺自己有了馬莉作為女友，而成就了某些事。我將手伸向D和尚的大腿，他則將手放在我的膝蓋上，手裡還拿著那張照片。我們的目光都聚焦在馬莉身上，但我想，我們也看見了彼此，看見了自己。我將另一隻手伸進袈裟底下，開始輕輕撫摸，而他也一樣。我們兩個都沒急著完事，享受才是重點。

「我們不能亂射，」我說，「奶奶們不會想清理袈裟上的精液。」D和尚點頭同意，隨著手腕上下移動。我環顧房間，只有睡墊、平常的衣物和另一尊佛像。

「我們可以射在佛像上。」我開玩笑道。

「你想害我被趕出去嗎？」他說。

「和尚也會被解雇嗎？」我問。

D和尚放慢了動作。「我可不想試試看。」

「我想這是最好的地方了。」我指著照片。

「你確定?」他問。

我思慮了一會兒，如果射在馬莉的照片上，意味著什麼。接著，又發現自己花了太多時間擔心一張紙。我站起身，從他手中接過照片。「就射在背面吧。」我將其翻面。他也站了起來，以同樣姿勢面對著我，我們兩人宛如成了鏡像的倒影。為了保持平衡，他抓住了我的肩膀。我釋放了欲望，他也卸下了重擔。我感受到極樂般的狂喜，好像被帶入不同的世界。

我所期待的事情——

還不確定，但我確信會出現一些之前曾經發生過的事

叔叔來接我時，天色已暗。冬季的白日短暫，他的值班卻十分漫長。最後一天，我大部分都和D和尚度過時光，一起做雜務、在田野裡吃午飯，最後道別。我們沒有談論前一晚的事情，但想到彼此有一些共鳴，就像以前和爸爸一起吃甜甜圈時一樣，感到相當愉快。

「我們會再見面的。」要離開時，D和尚說道，一拳打在我側身。「等你回來辦婚禮的時候，我會為你祝福，而你得伺候我吃飯。」

「那當然。」我也還了他一拳。

坐在叔叔的貨車裡，我看著寺院在後視鏡中漸漸縮小，再度成了黑色斑點、一道渺小的陰影。看不見寺院的細節，也不見和尚四處走動。假的鍍金燈籠消失；剝落的橙色、黃色和藍色油漆也消失。寫著高棉文的生鏽停車標誌被黑暗完全吞沒。只能從輪廓看出這是一間寺廟。我思忖，這是否就是我們所能瞭解一個人的全部——只能看見他們的輪廓。我思忖，自己最終的輪廓會是什麼樣子，自己的道路會通向什麼樣的結局。

向左轉，寺院就此離開了視野。「住持很迷高棉翻唱版的披頭四。」我說道。

叔叔笑了。「嗯，用高棉民謠演奏這些歌更好。」他目不轉睛地看著前方。「因為美國一開始就偷走了我們的聲音。他們偷了我們的聲音，還往我們身上扔炸彈，而你現在卻想為他們而戰，你這蠢貨。」

他抓了抓我的肩膀，輕輕推了我一下。「開玩笑的。」叔叔補充道。「聽著，我知道住持讓你很不爽，但他沒有那個意思。我查了一下，入伍有很多好處。你可以上大學，而且一定會有工作。我很擔心你，擔心你會變得像你爸一樣，變成沒有用的垃圾。這是明智之舉，符合邏輯。」他繼續談論這個決定有多明智，列舉出我能獲得的經濟利益。我點點頭，不斷點頭。

隨著寺院越來越遠，街道慢慢變得更像城市。廢棄的穀倉減少，空蕩的停車場增多；更多的公車，更少的泥土。叔叔談話的同時，我意識到自己並未問過D和尚為何會來到寺院，但我能看出他的理由，很多很多的理由。可以看出，他過往生活裡塞滿了各式各樣的期望，包括他自己的，以及外界加諸於他身上的。所有的期望互相交錯而混亂，最終形成像科學怪人的巨人，澈底失能而搞砸一切，一瘸一拐地跛行，大聲呼喊出非語言的聲音，試圖受到他人理解。可以看出，他能夠在成為一名和尚的過程中，擺脫掉這些沉重的期望，並以其他東西取代——輪廓清晰的事物。我若將這些話都告訴D和尚，他肯定會朝我的臉吐出煙霧，然後笑著將菸遞給我，勸我冷靜。他會說，有些事是無法過多解釋的。我會說，我想它們並不需要被解釋。我們會說，人生就是如此。

我們本該是王子的！

WE WOULD'VE BEEN PRINCES!

I 夠多的軒尼詩，足以舉辦一場餘興派對

感謝神佛、和尚們，以及住持，感謝他並未如往常那般喝得醉醺醺的，反而以泰然自若的風度主持了祈禱與儀式，還有，別忘了那些把宴會廳搞得一團亂的派對動物們——表親們將其稱為阿姨和叔叔。因為，當然，招待會上所有人都有血緣關係，所有四十歲以上的人，肯定會是誰家的阿姨或叔叔——祝福所有人，**婚禮**結束了。**新娘**的表親們終於能夠擺脫自己的職責；褪去那些租來的傳統服飾（它們令人發癢，沒人知道是否真的有洗過）；不用再於華氏一百度[01]的氣溫下禱告，吟誦對**新娘**和**新郎**毫無意義的話語，還被酒醉的賓客拿棕櫚花砸臉；也得以終了最無聊乏味的環節——無論是誰，都得在**新娘團**的安排下，於日落時分的高爾夫球場中央（一旁坐落著人造湖），受盡無休止的拍照。十二小時後，夕陽在遠方閃爍光輝，**新郎**與伴郎們一一握手，而後同時牽起所有人，就像在玩結手結一樣，當然，也抓拍了一個**新娘**和伴娘補妝的鏡頭，然後**新娘**與父母合照，接著與手足、同父異母的手足、表親，再來換遠房親戚與親家，最後再和經營查克甜甜圈店的家族，以及另一個開吳哥藥局的家族合影

01 約攝氏三十七度。

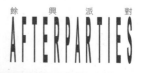

紀念——拍照全程穿著同一套的美式白紗禮服，一再擺出相同的姿勢。

那麼，現在開始真正的狂歡吧！聚會的新地點仍未確定，這無關緊要——只要不是龍寶酒家就好，那裡早已擠滿了三百名加州山谷的柬埔寨人。不再有自視甚高的叔叔假裝有皇室血統，將這座城當作他們的好萊塢，讓經歷過難民身分的名人閃閃發亮，並將埃爾多拉多街的人行道當作巨大的紅毯，供他們昂首闊步。他們也不再放縱自己在阿公阿婆面前痛飲。。年輕一輩都知道，在年過七旬、虔誠信佛的祖父母面前喝得醉爛，是非常不明智的舉動——他們所經歷的劫難不只是一場大屠殺，更是最慘絕人寰的自我屠殺[02]。尤其現在更不該如此，因為**新娘**第五喜歡的表親馬龍（Marlon）正在瀕臨醉倒的邊緣（看起來像一位還在康復中的癮君子）下與**知名歌手**瘋狂共舞，且後者還是直接從金邊邀請過來的當地的**有錢阿姨**。但現在大人們都走了！新娘與新郎已踏上前往拉斯維加斯的蜜月賭博之旅！連馬龍的弟弟龐德——新娘第八喜歡的表親——也鬆開脖子上的領帶。

知名歌手正在找車搭去**有錢阿姨**空置的出租屋，那裡既是新娘幫的總部，也是**知**

02指一國政府屠殺自己國內的人民，專指紅色高棉大屠殺。

名歌手的留宿地點。她因長時間的歌唱而使嗓子變得嘶啞，聲稱需要一杯熱檸檬水來舒緩喉嚨，而且只喝以 Evian 礦泉水沖泡的。

「我來救妳了！」馬龍大喊，一躍而起，落在**知名歌手**面前的椅上。他手持兩瓶未開封的軒尼詩白蘭地，跪倒在地，彷彿要以酒來求婚。「我開車送妳！」

「小子，你喝醉了。」**知名歌手**低聲說道，不願在非工作的時段提高音量。

「那麼讓我帥氣的弟弟來開車！」馬龍唱道，將酒瓶指向右邊，龐德（Bond）卻是站在他的左邊。「你得帶大家回去參加餘興派對。」他揮舞酒瓶，示意著散落在空蕩餐桌周圍的新娘表親們，他們都是只有二、三十歲的年輕人。

知名歌手將她那對稱的臉龐朝向龐德。「你喝了多少？」她問道，擺動的假睫毛似乎準備掀起一場暴風。

「我們要和妳待得更久！」馬龍嘟囔著。

「沒問題，我能開車。」龐德說，緊盯著**知名歌手**六英寸的高跟鞋。「怎麼樣？」馬龍站起身問道，露齒而笑。他毫不掩飾的醉意，以及如孩童般快樂的宣言，與那寬厚的肩膀很是搭配。「和我們一起狂歡吧？」

是血液湧上了**知名歌手**泛紅的臉頰，或者純粹出於母性的憐憫？英俊又可憐是馬龍的賣點，母親們都很喜歡這「明明有擁有美好前途卻又白白浪費掉」的落魄傢伙。「好吧，但我需要喝檸檬水。」**知名歌手**說，表親們歡呼起來。大家抓起一瓶剩下的軒尼詩、一盒龍蝦碎塊和浸滿龍蝦汁的炒飯，聚集到**有錢阿姨**的出租屋。

II 馬龍醉到記不清的目標

龐德知道早在一開始就該阻止馬龍的。他整晚都想試著從馬龍手中奪走海尼根，並像籃球員封阻對手投籃一樣，制止哥哥大口吞下白蘭地，但他一點也不像馬龍那樣擅長體育。他在舊金山擔任律師助理，卻將自己視作一位居住於奧克蘭、苦苦掙扎的畫家——儘管他在柏克萊加州大學修有藝術實踐學士學位，但「苦苦掙扎」一詞還是隨著時間的推移而越顯多餘。龐德開著爸爸新的Lexus SUV，瞥了一眼後視鏡，看見馬龍醉倒在後座上，**知名歌手**則在副駕駛座上補著口紅。要保持那麼好看一定很難，龐德心想，然後想起馬龍在接受戒癮治療的情景——他每天早上都會塗上髮膠，將頭髮梳成流順的黑色波浪。龐德認為，馬龍會這麼做，是為了好好記住自己究竟是誰。

馬龍坐起身，在後視鏡中，他的手腳似乎都回到了正確的位置。他向前傾身，支撐在中控台上，酒氣和汗水的味道湧到車廂的前半部。「威西斯（Visith）到底是誰啊？」

「爸媽的遠房親戚。」龐德回覆，語帶嘲弄般的嚴肅且平淡。「但是我們年紀相近。他還在三月巷開了一家珠寶店。你醉到忘了自己的叔叔嗎？」

「才沒有，我記得。」馬龍說。「我只是想知道，他為什麼……那麼重要。」

很顯然，他肯定忘記了！龐德更用力握住方向盤，厚實的高級皮革在他手中顯得尷尬。他克制住想摳擠痘痘的衝動。那晚的一幕重現在他的腦海中——媽媽流著淚，推開她那盤龍蝦，責備馬龍體內湧動的醉意，並獨自離席至一旁坐著。馬龍只是事不關己地說：「我又不是在吸安非他命。」餐桌中央放著寬大的玻璃容器，裡面擺滿浸水的蘭花，頂部裝飾著蠟燭。龐德多麼希望新娘能夠關掉天花板上的燈光；如此便能顯現出那些漂浮於空中的微小火焰，而成為最瘋狂、最令人驚豔的畫作。

此刻，**知名歌手**正以兩根手指，輕輕在眼窩周圍補上亮粉。「威西斯是個很好的高棉名字。」她說道。「不像你們兩個，根本就沒有高棉名字。」

「屁啦！」馬龍在他們耳旁大喊道。「我們是以馬龍・白蘭度（Marlon

Brando）[03]和詹姆士．龐德（James Bond）[04]命名的！這種邏輯簡直柬埔寨到令人心痛；用移民後看到的第一部電影來給自己的孩子取名，然後砰！」馬龍拍了一下手，聲音如雷。「美國夢就實現了！」收音機裡播放著肯伊．威斯特的歌曲，他隨著音樂上下搖頭。

「馬龍．白蘭度……史黛拉、史黛拉！」**知名歌手**開始唱起，馬龍跟著加入其中。

「**史黛拉**——！」[05]

他擺頭的動作越發激烈。

「總之，」龐德說，「我們得弄清楚威西斯到底在婚禮上送了多少錢。」這話意指，他們先前在小便斗旁尿尿時所協議的任務。馬龍的醉意暫時從身上退去，足以讓他意識到，自己肯定傷透了媽媽的心。他們在用餐聽稀釋過的粉色肥皂水洗手時，龐德告訴他哥，知道這一點後，會讓媽平靜下來。這是他們唯一能做的事了。「記得嗎？要幫媽媽做的事？」

「記得，」馬龍說著，將更多的酒氣帶入車內，「要幫媽媽做的事。」

03（西元一九二四至二〇〇四年）美國知名演員。
04〇〇七電影系列的男主角。
05馬龍．白蘭度在電影《欲望街車》中的著名片段，他在片中呼喊著妻子史黛拉的名字。

那晚，他們的母親含淚離去之前，**新郎**、**新娘**與**新娘團**依循傳統的程序穿梭於餐桌之間，收集伴娘們在每個座位上放置的紅包袋。大人們則站在椅子上，開始對新婚夫婦進行愚弄性的儀式——強迫新娘用牙齒從她頭頂上咬取裝滿現金的紅包，也逼著**新郎**和阿姨、阿婆以及喝到醉爛的阿公溼吻。

在他們的餐桌中也坐著馬龍與龐德的爸爸，他是一位嚴厲的傳統擁護者，熱衷於勝過自己同儕的優越感，最初還在紅包裡裝滿足足六千元，迫使他們的媽媽拚了老命懇求家人盡量減少開銷，以防可怕的事情發生，例如——雖然沒有明說——馬龍藥物成癮的問題又重新浮現，再次被送回勒戒中心。新娘的隊伍正行進而來時，馬龍目睹威西斯的身影走向了廁所。「哇賽，威西斯是想躲避送禮的職責嗎？」馬龍隨口問道，引起了媽媽憤怒的猜疑，而龐德知道，她現在肯定睡不著。眾所周知，媽媽的憤慨一旦被激起，便會加劇她長期失眠的問題。

「我向佛祖發誓，」馬龍說著，一邊將四肢慵懶地放回後座，「威西斯真的有把紅包塞進口袋裡，刻意躲過他們。」

知名歌手搖了搖頭。「那可不行。」她說。「他已經到了要給予回饋的年紀。**新娘**和**新郎**需要那筆錢來建立新婚生活。」

「對啊，而且我們的爸媽有夠小心眼的。」馬龍補充道。「他們會找藉口在威西斯的蠢婚禮上給他垃圾，妳知道的，特別是因為他不願意承擔職責。媽很受不了他，不想參加他下個月的婚禮，但爸還是逼她要去。那基本上就是一場綠卡婚姻，威西斯要娶一位馬德望（Battambang）的陌生小妞，她的父母還要買給威西斯一棟他媽的新房子。自從那混帳東西賣給媽假鑽石之後，她就一直很討厭這個混蛋了。」

「她還是有拿到退款。」龐德說。

「那是纏了他好幾個禮拜才拿到的。」馬龍說。「還說什麼庫存出錯之類的鬼話。」

「所以威西斯不值得尊敬。」**知名歌手**說道，同時在臉上塗上腮紅。「真可惜——他也有一塊勞力士，感覺像一個勤奮工作的人。」

馬龍用舌頭發出一聲難聽的怪音。

「他戴勞力士手錶是為了宣傳自己的珠寶店。」龐德解釋，馬龍則發出了更令人討厭的噪音。「不過，」龐德翻了個白眼，繼續說道，「威西斯的生意還不錯，很難理解他為什麼不肯出這點錢。明明家裡每個人都不需要捐超過一百塊。」他將車向左轉，開進了**有錢阿姨**坐擁房產的街道——那位女士幾乎買下了整座街區。他放慢車速，瞇著眼細細查看那些漆黑房子上的地址號碼。

「對啊，」馬龍說，「那混帳在李阿姨的麵店也從來都不給小費。」

「你喝醉了啦。」龐德說。「我們需要像樣的證據。就算不是為了幫媽，也是為了讓爸可以同意嗎。」

「你們不去問**新娘**嗎？」**知名歌手**問。

「天啊，妳見過她嗎？」馬龍挺直身子。「我們來讓他神智恍惚。」他說道，一手伸進他弟西裝外套的口袋裡，使龐德猛地將車急煞，輪胎在柏油路上磨擦出刺耳的聲響。

「他媽的！」龐德大喊道，用手肘撞了一下他哥。「你可不可以不要亂了？」

馬龍退後並咧嘴一笑，手裡舉起一根大麻捲菸。「我就知道你有一根！」他說。

「我們現在就去引誘他招供——吸到很嗨的時候總會說漏嘴。」

「讓他神智恍惚是不會有用的。」龐德說，從他哥手中奪過捲菸。「那不是我們的計畫。」

「不然你有更好的主意嗎？」馬龍質問，龐德皺起眉頭。

「好吧，可以。」龐德說。「這就是計畫，直到想出**更好的計畫**為止。」他差點脫口而出，**拜託不要再喝這麼醉了**，但隨後又發現自己想著，**好吧，至少他沒有在嗑藥**。

「真是個笨主意。」**知名歌手**不屑地說。「直接去問新娘會有什麼問題？」

「有問題。他媽媽和威西斯的姊姊是閨蜜。」龐德解釋道，一邊踩下油門。「而且兩個人的嘴巴都很大。爸媽不想讓任何人知道，他們有在考慮要冷落威西斯。他們討厭八卦。」

「才不是哩，」馬龍說，「他們是討厭在**說他們壞話**的八卦。」

龐德將車停在目的地前，已經過了午夜。這座房子坐落於三角洲堤壩的腳下——位於濱水的豪宅地段——其明亮的窗戶是這條街上唯一的光源。**知名歌手**解開安全帶，連這個動作都看起來相當優雅。「沒有八卦，」她說，「你們怎麼會知道，不該尊重那個有勞力士的男人呢？」

「說教吧，寶貝！」馬龍咆哮著，躍出車外，與**知名歌手**搖搖晃晃並肩走向屋子裡，完全忘記了Lexus敞開的車門，無論如何，他弟都會照顧好一切的，對吧？

在馬龍留下的寂靜中，龐德深吸了口氣，閉上雙眼。他看見自己以幾何筆觸呈現，坐在爸爸價值高昂的SUV中，被駕駛座車窗的框架圍住。深藍色、日光燈，以及自然的月光相互混合。背景：位於斜坡上的房子，窗戶照射出暖黃的光芒，還有兩道人影步上斜坡——一人是**知名歌手**，一人是更龐大的自己，宛如一股能量飄散而去。

III 伴娘們以瑪麗亞・凱莉的音樂爲派對開幕

他是有些微醺，但並非無法自理，也不是「大開酒戒」，每個人——尤其是他媽媽，當然還有他弟，都需要冷靜下來。馬龍站在客廳中央，步伐踉踉蹌蹌，一手握著干邑白蘭地狂飲，一手又灌著冰箱裡翻來的開特力，完全無人注意到，因為真的沒人在乎他那愚蠢的行為。

「為啥沒放音樂？」他喊道。「我如果要享受電解質，就需要跳舞！」

他將開特力拋向空中並接住，感謝佛祖他有記得將瓶子蓋好。自從他在家鄉那間骯髒的勒戒中心待了一個月後，一直開玩笑地感謝佛祖賜予了他所有財富，因為那裡每個團體治療的獨白都是以「感謝上帝我還活著」起頭。

「不是什麼都要我親自去做吧！」莫妮卡（Monica）尖聲道，她是**當地的會計師**，會根據大家在俱樂部合照的ＩＧ貼文數量，無償為他們報稅，同時是**新娘**最喜歡的表親和伴娘。

廚房中島的後方，莫妮卡在不斷翻找從接待會運來的塑膠袋。其他伴娘則不停從前門走進來，帶來更多垃圾來整理、分類、回收、拆開，並退貨以要求退款，**新娘**的父母討厭被訛詐，儘管他們在這場為期三天的婚禮中，一覽無遺地展露對奢靡的熱衷。現在更糟的是，她顯然還得為**知名歌手**泡出一杯熱檸檬水，就莫妮卡所知，她就是一位四十多歲、戴著假睫毛又自以為是的女歌手。

「哇靠，」馬龍搖晃不定地說著，「我大概是不會申請加入**新娘部落**了。」他指著莫妮卡的背心，其胸口上以紫色亮片寫著字樣。他有些蹣跚，於是龐德將手放在馬龍的肩膀上，嘗試幫他站穩。「沒事，**我沒事**。」馬龍說。「這叫**跳舞**。」

龐德聳了聳肩，走到廚房幫忙莫妮卡。

「得了吧！」馬龍在龐德身後喊道。「別上她的當！這真的必須現在做嗎？明天再做不好嗎？現在是餘興派對誒！大家下次什麼時候才會回家？在週末結束之前，讓我們好好享樂一下吧！不然之後就只剩下我一人在這座虛偽的城裡，沒有我的柬埔寨同胞可以相伴。除了在奇波雷（Chipotle Mexican Grill）[06]和 Tinder 上的對象約會之外，我什麼都做不了！」

有人拉住了馬龍的袖子，讓他倒在組合沙發上。「所以你就是這樣想你叔叔的！」威西斯說。「我對你還不夠好嗎？這就是我們都沒見到面的原因嗎？」威西斯束縛住自己的侄子，就像馬龍還小的時候叔叔們會做的那樣：當時的馬龍正專注玩著二手的風火輪，卻突然被扯進大人之間的爭論而被充當棋子——他們吵著道德與榮耀的話題，或者施亞努（Sihanouk）國王[07]是否比波布還殘酷，或者《殺戮戰場》是否真的是一部差勁的電影，或者為何有些柬埔寨人成天聽著嘻哈那種垃圾音樂，而其他的人則成為了讀護理、牙科或甚至會計的模範學生。

這傢伙肯定什麼屁都沒送，馬龍心想，一邊希望著龐德能直接與他的大腦進行心靈感應。「你這叔叔，」他說，「根本沒有對我們很好。」

「沒錯，威西斯！閉上你的狗嘴！」莫妮卡大喊道。「馬龍這次說得對。我要是開始叫你叔叔，就一拳打在我臉上。」她將一袋假的佛教婚禮禮品遞給龐德，裡頭都是裝滿了巧克力的銀色小高腳杯。

06 奇波雷墨西哥燒烤，知名連鎖墨西哥餐廳。
07 柬埔寨國王、首相。

「這些該怎麼辦？」龐德問。

「讓它們消失在我面前。」莫妮卡回答。

就在此時，其他伴娘、伴郎和雜七雜八的表親們——二代表親、三代表親、其他與**新娘**沒有血緣關係，但與她的家人一同穿越過布滿地雷的叢林而逃離獨裁政權的柬埔寨人——開始湧入客廳和廚房，一陣喧鬧的酒醉吆喝籠罩整個空間。裝著禮品的袋子從龐德手中消失，他感受到了自己回家時常常會有的感覺，彷彿他的父母生下他，就是要他在工廠的傳輸帶上勞動，上面滿是等著他應付的家庭問題，荒唐又離譜。不然，他還能如何解釋那些一直壓迫自己閒暇時光的責任呢？例如，被迫參加馬龍勒戒諮詢員的簡報會，因為他們的媽媽幾乎無法應對，而他們的爸爸則無視所有關於兒子們的問題——他的兒子們永遠都無法理解，**自我屠殺**所帶來的恐懼、夢魘和無盡的悲傷。

龐德觀察著整座開放的房間。**知名歌手**再度從臥室中現身，看起來比婚禮上更動人。一位伴娘手持招待會上裝飾的錢箱，隨即消失在走廊上。看見那堆簽名且封好的紅包，龐德想著，也許根本不需要打擾威西斯。威西斯正和惱怒的馬龍表現得十分親密。龐德希望他哥不會說出一些蠢話——不會直接指責清醒的威西斯，是否刻意冷落**新娘**——因為如此，威西斯便會感到冒犯，馬龍的故事就此被傳開，父母的名譽也會受到牽連，遭到柬埔寨社區裡的流言蜚語所攻擊。這是任何人都最不需要的東西。他又掃視了一次房裡，那袋婚禮禮品在人群之中不見蹤影。

一杯酒出現在龐德的手中，兩位伴娘在房間裡雀躍地走來走去，為莫妮卡之外的每個人倒上軒尼詩，因為她自己就有一整瓶，以緩解作為伴娘的痛苦。伴娘們找到聲響喇叭，並將傳輸線插入手機中。「沒有柬埔寨人喝醉的時候，是不聽瑪麗亞．凱莉的啦！」其中一人喊道。

〈你是我最想要的聖誕禮物〉（*All I Want for Christmas Is You*）從喇叭傳出，威西斯說：「白痴喔，都已經**七月**了。」

「那又怎樣？這是瑪麗亞最好聽的歌誒！」馬龍說，一旁的兩名伴娘跟著歡呼「讚啦」。他掙脫威西斯的束縛，開始在客廳中央跳舞，手肘貼近軀幹，肩膀上下擺動。他向自己的弟弟揮手，喊道：「喝吧！」

龐德嘆了口氣，扭過臉，一口飲盡手上的干邑白蘭地。

餘興派對正式開始，馬龍鬆了口氣。整個晚上，他都期盼能沉浸在那溫暖的虛無之中。肌肉記憶裡的劇痛在他的大腿、肩膀，以及感受到最多熱度的部位上，隱隱作痛。渴望在他的體內搏動，慢慢席捲全身。然而，他還是會活過這一晚的。只要所有人都盡情享樂，他弟也能夠冷靜下來，他便能做到——活下來。他想遺忘被自己毀壞的人生，跳舞、飲酒、偽裝，至少這一夜就好，他可以從自己所愛的柬埔寨同胞身上，尋求填補內心空洞的溫暖。馬龍隨著瑪麗亞·凱莉的音樂而舞動，他直視著廚房的日光燈，一股白光灼傷了他的目光，沖掉他的思緒。他又再痛飲了一口。

IV柬埔寨醉女在深夜一點十五分的獨白

「有人能夠拍我穿著這件『**新娘部落**』背心的照片嗎？這樣我就可以在ＩＧ上發文，標記新娘讓她開心，然後再換回我平常的衣服。」莫妮卡說。「要我頂著這顆頭，不如去死一死算了。」

莫妮卡喝了四杯酒後，情緒變得越加激憤，卻也對新娘更加盡職。此刻，餘興派對的歡樂已經蔓延至車庫與走廊，而龐德正在幫忙莫妮卡將袋子塞進櫥櫃裡，但他並不清楚為何要這麼做。

「妳一開始是怎麼脫掉禮服，然後穿上這件背心的？」龐德真心感到好奇。莫妮卡頭上那團緊緊纏繞的鬈髮，看起來就像一隻外星寄生蟲正在控制她的大腦。

「我也不知道。」她說。「禮服太緊，我一氣之下就撕下來了。」

也許那就是紅包的去向，龐德心想，瞥了一眼櫥櫃。若是如此，他便可以看看那裡是否有威西斯簽過名的紅包。「錢箱安全嗎？」他問，卻又覺得自己提出這問題真蠢。

「怎樣，你是想偷走嗎？」

「哈？——才不是——天啊。」他的手機嗡嗡作響，為了顯得不那麼慌張，龐德取出手機查看訊息。一張威西斯啜飲啤酒的照片彈出，還附有馬龍打的一段文字，上面寫著：「太晚了！車庫派對很火爆，我現在是**遊戲主持人**。」這是在回覆龐德先前所發送的訊息，**暫緩計畫，我有更好的點子了**。

「你該偷走的。」莫妮卡說道，她的臉籠罩在一層紅光之中。「偷走她的錢，發給每個人作為賠償。她結個婚就能拿到五萬塊？我們幹麼獎勵她啊？任何人都可以結婚，**我**明天就可以了。老白人只要在線上填填資料，聯邦快遞就會送新娘過去！」

她將瓶子放到嘴邊，聞了聞酒精，擺出一副想吐的表情。「我不能再喝了，不然會死掉。」

莫妮卡將酒瓶扔給龐德。他想到另一幅畫作，一幅莫妮卡俗麗的肖像——醜陋的髮型，怪誕的妝容，穿著印有「**新娘部落**」的背心，以誇飾的明暗對照呈現——接著又打消這股念頭。「不知道誒。」他說，整理著更正面的想法。「辦婚禮也還不錯。不然下次還有誰會付錢請**知名歌手**來表演？」

「別提她了！」莫妮卡大喊。「她整個週末都在使喚我去做熱檸檬水。還有一次我他媽泡了三次才泡『對』，怎麼能挑剔到**這種地步**啊？」莫妮卡取出她剛塞入櫥櫃裡的袋子，開始在裡頭翻找。

「看一下。」龐德說道，想起和莫妮卡在化學課做實驗的情景——她總是在每個實驗細節上吹毛求疵，為了取得好成績而使工作量倍增。他將袋子從她手中奪走。「**我**來就好。」

「你做不好的啦。」她反駁，抓回袋子，讓龐德氣得想拔光自己頭髮（或者是她的）。

「是錢的問題。」她繼續說道。「有錢會讓人腦子壞掉。四十年前，父母們好不容易從波布的手中倖存下來，但看看現在，我們到底在幹麼？對婚禮禮品耿耿於懷？

花上好幾百元做頭髮？你知道那個做傳統服飾的女士對我說什麼嗎？她說，我們雇用她來做婚紗是對的，因為這裡的柬埔寨人以前大多都是低劣的鄉下人，除了她，沒人會懂金邊的昂貴款式。你能相信嗎？顯然一旦有錢之後，就會出現虛假的問題！你該聽聽，別人跟我報稅時所講的屁話。」莫妮卡停止翻找袋子，注視著龐德，眼裡燃起一抹光芒。「馬龍就是個完美的例子！」她說。「他賺了很多錢，變得焦慮又沮喪，之後就沉迷於毒品了。這就是錢的問題，我發誓。你認為我們的父母在大屠殺的時候，有『焦慮』這東西嗎？沒有，他們只他媽的擔心該怎麼活下去。」

龐德抿了一口酒，咬緊牙關。沒錯，馬龍的確把他搞到快瘋掉，只有自私的蠢蛋才會在媽媽的面前喝得醉爛，而她卻得永遠擔心自己兒子會再度染上毒癮——然而，莫妮卡什麼時候夠格談論他家裡的問題了？在他家深陷於貧困時，莫妮卡又在哪裡？

「不懂就不要亂說。」龐德說。

「怎麼？你生氣了？」莫妮卡嘲笑道。「不用這麼有戒心啦，我又不是你媽。」

「馬龍真的很糟糕，他一直都是這樣。」

「我們**都**很糟糕！」莫妮卡尖叫道。「你認為我們之中有誰是不糟糕的嗎？人只要有錢之後，就會開始注意被自己搞砸的地方，試著去修補。而我們其他的人，**卻只**

能繼續面對這些困境！我無法想像，自己會用這場婚禮花的錢幹什麼。我真的無法想像，自己能有新娘父母的錢，或是，媽的，你父母的錢！」她不斷用力敲打著頭，以滿足深埋在她那頭亂髮下難以摸索的癢處。「天啊，你知道，新娘叫我們放好她的錢箱，這樣她就可以留作紀念。還一直發訊息提醒我不要把它扔掉！別逼我開始爆料——她在離開接待會之前，就要我們把紅包放到她車上，好像不信任自己的表親一樣。她又不是不知道我們住在哪裡！我敢打賭，她肯定一邊在給我發訊息，一邊在數著那些該死的錢。」

龐德更用力地緊咬牙關。他已經花了整整一個小時在莫妮卡身邊，聽她抱怨婚禮。他在一旁默許地看著，她試圖證明自己比新娘——比馬龍、比他、比所有人——都更聰明、更有責任心，因為什麼？因為她喝醉了就會做一些毫無必要的事情嗎？而現在，他發現錢箱裡居然是空的！

他媽的，龐德心想。莫妮卡也給我去死。她臉上所寫的譏諷，確切傳達出所有人對他們這對兄弟的看法。他想像所有人都在背後認為——他們的父母真是可憐，看看那些丟臉的孩子，他們因毒品成癮，以及對藝術懷抱愚蠢的幻想，而玷汙了父母的聲譽。為何這對父母要為如此黯淡不堪的未來而努力工作呢？

要是眼前這位表親能夠理解，他為家人所付出的努力就好了。在成長過程中，他打掃過整座公寓無數次，也會步行一英里去買雜貨來為家人做飯，因為爸爸在上夜班（或是在忙著應付工程學院的考試），因為馬龍和那幫憤世嫉俗的朋友跑出去鬼混，也因為媽媽正經歷週期性的憂鬱症狀，使她變得無能，使兩個兒子——在病情最糟糕的時候，各別才十二歲和十六歲——不得不哀求她起床、進食並活下去。看在老天的分上，他在此地密謀著，尋找證據來證明叔叔在表親的婚禮上沒有盡到送禮的職責。一切都是為了他媽媽。

忽然間，他發現一切都難以承受——莫妮卡的模樣、瑪麗亞·凱莉激昂的歌聲、疑似從車庫的舞蹈比賽中傳來的歡呼與咒罵聲。他推開莫妮卡並走進臥室，使她沒拿穩手中的袋子，數十根於接待會用過的蠟燭掉落在地。「我在**數**這些誒！」龐德聽見莫妮卡在門後大喊。

V遊戲主持人制定新的計畫來揭露威西斯

酒醉的表親們都不搞太懂喝酒遊戲的規則，但並未因此而停下來汙辱對手，像是他們拿著六位數薪水，來言語羞辱自己血親的。馬龍——自行任命的**遊戲主持人**——為車庫裡的人群設計出一個融合了投杯球（Beer Pong）08、沒有實際骰子的擲骰、有氧運動、真心話大冒險，以及飛鏢（用的是皺巴巴的紙張而非實際的飛鏢）的複雜遊戲。所有人都**全神貫注**，甚至連**知名歌手**也參與其中。無論是否已經戒毒，馬龍永遠都是那位**好玩的表親**。

最後一輪比賽開始了，威西斯正與另一位伴娘爭奪冠軍頭銜，卻因拒絕跳 HIP-HOP 而被一陣噓聲趕出舞圈之外。「這太蠢了！」威西斯說。「繼續玩投杯球啦。」

「你害怕在我們面前跳舞嗎？」**知名歌手**問道，她的語氣比平常還要更鄙夷。

「等等——我們可以『計畫轉向』。」馬龍說道，很自豪自己在程式設計課堂外，使用「計畫轉向」這個詞。爸媽付錢讓他去上密集式的程式設計課，因為他濫用藥物而在前老闆面前陷入精神錯亂，一手摧毀自己在金融業的前途。馬龍的腦中閃過一個絕妙的點子，他想在意志崩潰之前好好利用——他時常在午夜過後會出現這種感覺，彷彿整個世界都踩在胸口上一樣，沉重、無法動彈。他迅速環顧四周，將櫃子裡的物品都翻出來。馬龍努力抵抗著醉意湧上，暗自心想，這場行動將一勞永逸地揭露威西斯的真面目。

08常在飲酒時玩的分隊桌上遊戲，玩家將桌球扔過桌子，丟入另一端的酒杯中。

馬龍將物品放在車庫中央的桌上，開始將紙撕成一堆碎片。他偷偷標記了其中一張紙片，並將其他紙片連同筆一起分發給每個人。「寫下你送給新婚夫妻的禮金。」馬龍說，換來了懷疑的目光。他將紙片分別遞給威西斯和伴娘，並確保將標記過的紙交給叔叔。「別擔心，是匿名的。」

所有人都完成後，馬龍將碎片收集在一個罐子裡。「聽好了！」他站在最後兩位競爭者之間說道。「這是最後一輪：誰抽到的數字最大，誰就是最棒的表親！」

「很爛誒！」一位熱愛瑪麗亞．凱莉的伴娘大喊。「我想看跳舞！」

「各位，不要以為這遊戲看似簡單就被騙了！」馬龍用空著的手擺出手勢以強調自己的話語，他的心跳如戰鼓般重重敲響著。「贏家不應該由跳舞或技巧來取勝。相信我，選擇這些數字是一場命運的考驗，由宇宙來判定我們所應得的，也該由它來決定我們的贏家。一切都和佛祖有關，一切都和因果報應有關！我們注定會偉大嗎？還是會失敗？有些人天生就是贏家，我說得對吧？不幸的是，其他人注定是輸家。這就是我們在測試的！」

「趕快選一個數字，好讓那個酒鬼閉上嘴。」有人對威西斯和最後一位的伴娘說。威西斯滿臉通紅，渾身是汗，散發著白蘭地的酒氣。他走上前，捲起袖子。「我肯定會贏的。」他說。「我生來就是王子。要不是波布毀了柬埔寨，我本來會是省內最富有家族的長子。這是我與生俱來的資質。」

威西斯從罐子裡取出一個數字，馬龍不禁注意到叔叔手腕上的勞力士，手指上也戴著多枚鑽戒。他是否認為自己應該得到更多，馬龍如此思忖著，而這個想法卻釋放出整夜潛伏於他體內的疲憊感，感覺什麼都永遠無法滿足自己，彷彿他的存在缺乏某種化學產物——他想要再喝上一杯。

「七百！」威西斯喊道，高舉著他的數字。

接著，伴娘將手伸進罐子。當她取出紙片時，馬龍看見那正是他為威西斯標記的紙片。「五百。」她失望地說。

威西斯為自己的勝利而歡呼，對空揮拳著。「向最棒的表親問好！」他雀躍地喊道。

「太扯了啦。」伴娘說。「要是比跳舞，我一定會贏。」他挑釁地指著威西斯。「但你非得當個幼稚鬼！」

群眾大聲叫喊著，表示同意。「他沒資格贏！」有人喊道。

「趕快跳舞啦！」另一個人也喊道，吵鬧的表親們開始高喊：「跳舞！跳舞！」

「你們都去死啦！」威西斯含糊地說。「一群輸不起的人。」

馬龍從威西斯身邊退開，與人群站在一起。**這混帳一定在說謊**，他心想，絕對不可能給這麼多錢。

「讓我來告訴你們，輸贏之間的區別。」威西斯說，胡亂擺動著手臂，朝著所有人吐口水。「就是羞恥！輸家有羞恥，贏家則沒有！你們以為改變遊戲就會讓我難過嗎？」威西斯嗤之以鼻，嘲諷地大笑著，聲音之大，使表親們都沉默下來。「操你媽的。」他繼續說。「這就是我贏的方式！你們以為我家是怎麼變有錢的？為什麼有些人能夠富有，其他人只是坐在那裡，啥都不幹？是時候給你們上一課了，我要直接從嘴裡吐出真話，塞進你們愚蠢的腦袋瓜裡！」

威西斯擦去額上的汗水，準備將人群擊潰，並宣稱自己就是**大表親**，而馬龍突然發現自己的計畫有多蠢，隨隨便便都能在紙片寫下任何的數字，或許大家也都有理由將他視為**享有特權的輸家**，因為父母總是在幫他擦屁股，花錢將他從勒戒中心保釋出來。

「我的家族，」威西斯開始說道，「過去盡可能會利用一切優勢。我的曾曾祖父從中國千里迢迢前來，踏上了馬德望的一塊土地，然後決定：『這地盤就是我的了。』也不在乎是否已經有村民住在那裡。他開始建造米廠，說服村民為他工作會有好處。只要能按時上班、領取薪水，怎麼還會去在意土地呢？他有告訴村民比起他們，自己賺了多少錢嗎？當然沒有，他才不是該死的輸家。他毫不羞恥地做出商業決策，想做什麼就他媽的做什麼。」威西斯將胸口挺高，鼻孔張大，沿著自己與表親之間的無形邊界走著。「**這就是**為什麼我成功了，而你們這幫蠢蛋卻沒有：我記得我的家族是怎麼變有錢的。我不會讓任何事情阻礙我，明白嗎？——我他媽的才不在乎。」

威西斯走到馬龍和**知名歌手**身邊時，他低頭盯著馬龍，像個瘋子般竊笑、粗喘著氣，眼珠布滿血絲，身上散發濃烈的體味。「你懂我的意思。」威西斯撫摸著馬龍的頭說。接著，彷彿為了要證明他的觀點，威西斯轉向**知名歌手**，緊緊抓住她的腰，強吻了她。

車庫裡的表親們看到叔叔如此草率的舉動，猛地瑟縮一下，幾位伴娘甚至倒抽了口氣，馬龍則目瞪口呆地看著**知名歌手**將威西斯推開，重重打了他好幾拳——力道之大，足以表明此舉已遠遠越線，卻也足夠輕，避免真的引發爭端。馬龍心想，應該要有人來揍這混蛋一頓，念頭一出現後，他的右拳便狠狠撞到了叔叔的鼻子上，使他從喉嚨深處發出一聲痛苦的哀嚎，想當然，威西斯也報復了侄子，用拳頭猛擊他的肋骨（打斷了一兩根），馬龍痛到咒罵、發出呻吟，因疼痛而蜷縮起來，接著又猛撲向叔叔，兩人一同摔倒在地，重拳打入內臟，將頭部死死鎖住，雙手也被扭到背後，直到兩人都無法保持穩定的呼吸，真的，他們氣喘吁吁、唾沫飛濺，宛如兒童般幼稚，深陷於純粹的暴力之中。莫妮卡衝進車庫，命令所有驚呆的旁觀者**拉開**這兩個白痴的男嬰。

馬龍在房間的另一邊，看著眼前的瘋子被兩位表親踀住，他的鼻孔流出鮮血，繼續朝著馬龍尖叫。馬龍的思緒化作一片濃霧，感覺酒精從他疼痛、瘀青的身體中流失殆盡。他考慮離開這場派對，走出門到任何地方，就像之前隨意參與一支運動隊、開始另一項課外活動，或在另一座空蕩的停車場和朋友一口氣喝光感冒糖漿一樣，如此便能躲避父母和弟弟，不用再應付他們。當然，這場派對因滿地的鮮血而就此告終。

他本就生於混亂，又要如何避免這般的下場？

VI知名歌手教大家玩婚禮傳統的摸屁股遊戲

馬龍一直走到客廳，內心的愧疚感卻讓他停下了腳步。留下龐德一人獨自完成任務，根本不是一個選項。甚至又該走去哪裡呢？他不再是高中生了，沒有朋友可以找。在這屋子之外、這派對之外，甚至他的家庭之外，他皆一無所有。他唯一擁有的，只有龐德。他跌跌撞撞返回走廊，撞進每一扇門尋找他的弟弟。首先是儲存室，再來換浴室（一位伴娘才剛進去嘔吐），最後在臥室裡發現龐德正抽著大麻。一看見自己的弟弟，馬龍立刻平靜下來。「誒，那是**你**的畫。」他說道，並靠著龐德坐在床腳邊。

「阿姨在我第一次辦展的時候買的。」龐德說，將捲菸遞給馬龍。「車庫裡剛剛是怎樣？吵得跟動物園一樣。」

「沒什麼，威西斯的鼻子可能斷了，大概是我的錯吧。」龐德向馬龍投以會心的眼神。

「別這樣看我。」馬龍說。「他完全活該。大概吧。」

「所以他沒有送禮金？」

「他聲稱有送。」

龐德奪過馬龍手中的大麻，抽了一口，將煙霧吐在他哥的臉上。「你不值得抽，也不應該抽。」

「讓我抽一下嘛。」馬龍說。「被威西斯痛揍一頓之後，我整個人超清醒的。其中一根肋骨可能真的斷了。」

「嗯，喝酒也不應該這樣。」

「老弟……你也會想和自己的哥哥一起嗨的。」

「好啦，給你。」龐德將捲菸送到哥哥嘴邊，馬龍深深吸了一口菸，但立刻咳嗽起來。

「作為一個康復中的吸毒者，你真的很遜。」龐德說，兩人都笑了。兄弟倆注視著他們面前的畫作：他們的媽媽燙著一頭誇張的髮型，站在玫瑰叢中，身穿八〇年代印有鮮艷花紋的衣服。

「我一直很喜歡這幅。」

「是嗎？那你為什麼要在我展覽上茫成那樣？」

「真正的問題應該是，你怎麼不也這樣呢？」馬龍咧著嘴笑道，將大麻捲菸還給他的弟弟。「作為飽受飢餓的非主流藝術家，你太焦慮不安了。」

龐德嘆了口氣。「可能我以前是很冷靜的。」他半開玩笑地說。

他記得自己第一場展覽的晚上，立刻察覺到馬龍正在復發，也許有服用了一些止痛藥，肯定還有阿德拉（Adderall）[09]，以應付他長達十二小時的工作日。他看著馬龍黏溼的雙手、擴張又毫無目標的瞳孔，看著他油膩的頭髮不斷遮到臉上，便感受到這一點。他當時為何會准許哥哥喝下一整瓶酒，然後在角落昏迷不醒，而觸發了媽媽致命的憂鬱症呢？他看著馬龍，很難不欣賞哥哥的外表，完美融合了他們父母的特徵。

「可能是我闖下的破事，讓你不再那麼冷靜了。」馬龍凝視前方，神情嚴肅。「對不起，你知道的，作為你最差勁的哥哥。」

「沒事啦。」龐德感到胸口一陣悶痛。「要不是你，爸應該會對我主修藝術的學貸更生氣。」透過他恍惚的目光，眼前的畫作開始滲入牆壁，玫瑰在他的視野中蔓延開來。他想著，馬龍是否能看見自己所看見的畫面，然後意識到這是多麼愚蠢的想法，接著便注意到哥哥那淺淺的笑容中所潛藏的一絲痛苦，那是如此熟悉。他知道馬

09管制藥物，又稱作「聰明藥」，常被濫用來提升精神和生產力。

龍在等著他再說點話。也許他開爸爸的玩笑還不足以減輕哥哥一直以來承受的壓力、愧疚，以及洶湧的思緒。然而，他一個字詞都說不出口，更無法提及自己一整晚在沉迷的事——任務、馬龍的酣醉、他們的媽媽。

房門打開，龐德和馬龍看見**知名歌手**站在門口。「靠，」龐德說，菸灰掉落在他的褲子上。「你住這間房？」

知名歌手挑起一邊的眉毛，露出傲慢的神情，揮手示意角落裡成堆的行李。她坐了下來，接過龐德遞過來的大麻捲菸——以此作為諒解。

「在柬埔寨，我們會把大麻加在披薩上，」她一邊說，一邊吐出煙霧，「稱之為快樂披薩。」

「妳該為此寫首歌。」

「我確實有在寫。」**知名歌手**說，讓馬龍相當驚訝。她吸了另一口，抽完最後的部分。「你以為我在開玩笑，我沒有，我是認真的。我們柬埔寨人從不讓自己享受生活，總是在思索過去，擔憂未來。」

「這樣不好。」龐德回應道。

「你確定威西斯送了多少錢了嗎？還是得像我說的那樣，直接去問**新娘**？」

「還沒完全確定。」馬龍說。

「我對那孩子的期望不高。」**知名歌手**說，站起身撫平裙上的褶皺。「跟我來，我有個主意，一個好主意。」

馬龍和龐德在茫然中跟隨**知名歌手**進入客廳，那裡還播放著瑪麗亞．凱莉的歌曲。表親們在四處悠晃，一些人喝得太醉而無法去換歌單，其他人則醉到無暇顧及其他。威西斯坐在組合沙發上，脫得只剩一件汗衫。莫妮卡和其他伴娘站在廚房中島旁，憤怒地討論著派對上的蠢事。有人用干邑白蘭地和開特力調製了幾杯瑪格麗特，半空的亮綠色杯子散落在所有堅固的平面上，另有一些杯子不穩地放在柔軟的平面——比如沙發抱枕。

知名歌手讓馬龍和龐德將五張椅子排成一列，置於組合沙發和所有人面前。完成後，她站在一把椅子上，以專業的舞台魅力吸引全場的焦點。「某人告訴我，」**知名歌手**說，「威西斯很快就要娶一位住在柬埔寨的女生。」

「是啊，」威西斯說，「沒錯。」他怒視著馬龍，彷彿隨時就要將他按倒在地。

「嗯，你要是想娶一位柬埔寨女子，就得遵循傳統。」**知名歌手**說道。「我來教大家一個會在威西斯的婚禮上表演的儀式。」**知名歌手**向威西斯擺了個手勢。「來，站在我這位置，背對觀眾。」接著，她指向龐德、馬龍和其他兩個男生也站在威西斯一旁的椅子上。「我先扮演威西斯的新娘來示範一下。」**知名歌手**繼續說。「在這個遊戲裡，新娘會被蒙住雙眼，且必須摸所有男人的屁股，猜哪個屁股是她丈夫的。」

「怎麼可能有這種東西。」莫妮卡皺起眉頭說道，既厭惡又感到高興，**知名歌手**露出了嚴肅的神情，讓所有表親們都開始相信這個儀式的正當性。

「我現在來演示。」

房間裡的每個人都全神貫注地看著，**知名歌手**假裝拍打那些男生的大腿和臀部。這種尷尬場面讓大家都笑了出來，**知名歌手**令人驚豔的美貌差點讓威西斯滑倒在地，使全場都笑得合不攏嘴。有一瞬間，所有表親們，包括那些站在椅上的人，再度成為了一群稚嫩的孩子——在這陌生異邦裡的嶄新一代，仍在學習、摸索著柬埔寨人的身分，對他們有何種意義。

演示結束後，表親們又回到先前中斷的對話，繼續喝著半空的飲料，椅子上的五人也各自離去。回到組合沙發的途中，威西斯用力以肩膀撞了一下馬龍，但在任何人反應得過來之前，龐德便抓住了馬龍的手臂，將他拉到椅子上和自己一起坐好。「我不認為你會想再打一場了。」龐德說。「玩完祖先的摸屁股遊戲之後就不會了。」

不久後，**知名歌手**也坐在他們身旁。她偷偷將一個皮革製品遞給龐德，以僵硬而穩定的動作點點頭，以讓自己的頭髮固定不動。「這是威西斯的。」她眨了眨眼，暗示自己偷了他們叔叔的錢包。龐德立刻轉身以遮擋威西斯的視線，低下頭，將手中偷來的錢包翻過來，感受它的笨重。

「你還等什麼？」馬龍問道。

「好啦，」龐德說，「冷靜點。」他打開錢包，在一疊鈔票中找到一個紅包。「妳怎麼知道會在這裡？」他問**知名歌手**，她聳了聳肩說道：「我認為直接拿走他的東西會更有效——這只是簡單的邏輯。」

「所以是怎樣？」馬龍問。

「嗯，」龐德回答，「看來威西斯確實有把紅包藏起來，他騙了所有人。」

「靠，」馬龍驚呼，「所以我真的是對的？」

「對啊，那傢伙絕對什麼都沒送。」龐德說，將錢包扔到椅下。

「爸現在就有證據了。」馬龍說。

「而且媽會很開心的。」龐德說。「嗯，更開心一點。」

兄弟倆都鬆了一口氣，對著彼此露齒一笑——是的，令馬龍高興的是，龐德也笑了——如少年般興奮，飄飄然的感覺籠罩在他們身上。此刻，他們無法有所作為。

VII 柬埔寨夥伴在深夜三點四十二分的酒後長談

「有時候我都會忘記，我們是在相同環境下長大的，你知道嗎？」馬龍喝了一口逐漸變少的軒尼詩，開口說道。他們坐在房子外的草坪上，臀部被冰冷的晨露浸溼。「你還記得我們小時候，爸在發電廠工作嗎？我們會試著讓媽好過一點，給她做超級難吃的食物，像是用微波爐加熱烤起司三明治。」

「對啊，之後變成都是我在應付媽。」龐德說道，從馬龍手中接過酒瓶。「你高中的時候一直都**很忙**。」他將干邑白蘭地倒入嘴裡，仰望漆黑的夜空。「前幾天我突然想通了，我會開始創作，其實是因為那能夠消磨時間。媽會躺在床上凝望虛空，談論自己死去的兄弟姊妹，而我在她房間的地板上畫畫。」

馬龍注視弟弟的側臉，沉思著。他想到自己的一生中，曾多次陷入憤怒，常常太過認真地看待父母，使自己得滿足他們的期望，同時也想違抗他們，總在如此的矛盾中掙扎。「我當時實在太蠢了。」

「沒錯，我為此乾杯。」龐德說著，將酒瓶送回脣邊。

「好奇怪。」馬龍說。「我已經搬回家裡，你知道的，一切都和小時候相反。爸現在賺了很多錢，媽也很健康，會特別確保我不再復發。她每天都會做飯，還幫我洗衣服，我一直告訴她**我自己就能洗**——見鬼了，之前都還是我在**幫她**洗的。」

「所以，你想說什麼？」

「不知道誒。你不覺得有點奇怪嗎？」

龐德朝斜坡下、草坪對面望去，看見停在街上的 Lexus SUV。當然，他也注意到這一切，也經歷了如此的遭遇——他和哥哥一直以來都生活在只有一間臥室的公寓裡，突然有一天，在他步入青春期的時候，他們搬進了一間有四間臥室的房子，還位於一座有門禁的社區中。但有什麼好說的呢？他難以形容生活上天翻地覆的轉變，至少很難以文字與言語辦到。這也許就是身為畫家的詛咒——他確切的思想與感受都凝固在油畫中，只有畫筆觸碰到畫布上，將心中的形象化為真實場景時，才會緩慢地、潛伏地現身。

「喔，」馬龍說，「我忘了。」他在口袋裡翻找，取出一把婚禮上的禮品，將其堆在草坪上。「拿了一些糖果。」

龐德抓起其中一顆細看，嗤之以鼻。「幹麼？」

「我剛剛才發現自己有多餓。」

「**新娘**給食物真他媽太小氣了。」馬龍說。「那些份量有誰能吃得飽？」

「給一群柬埔寨人錢，」龐德回覆，「他們還是相信，政變終究會發生。」

「我美麗的兄弟啊，」馬龍說，「這就是讓柬埔寨人世界運轉的方式。」

龐德打開禮品，將走味的巧克力放進嘴裡。「不過，我也確實覺得滿奇怪的——我們最終都走到了……這裡。」

「嗯，的確如此。」馬龍回應。「很高興你也這麼想。」他將空的糖果包裝扔到街上，龐德想都沒想就用手肘撞了馬龍的側身，讓他停下。

龐德深深吸了口氣。他感到平靜，雙手卻在顫抖。酒精使他頭昏眼花，一陣頭痛襲來。他將注意力集中在鞋子上，緊緊抓住酒瓶，天空停止旋轉之後，他將整晚藏在心頭的話說出口：「我……我以為你過得很好。」

馬龍早就預料到了這點，呼出一口氣。「嗯，我也這麼以為。」

兄弟倆看著彼此，交換著自有記憶以來，都在默默給予對方的眼神——**就算你是**

個大蠢貨，我還是會一直守護著你。

龐德開口：「我知道這些只是酒和大麻，但是媽——」

「你知道我找過多少工作嗎？」馬龍問。

龐德搖搖頭。「我不知道你已經在找了。」

「嗯，我都不知道試了多少次了。」馬龍坦承。「我不是沒有接到面試邀請，但是我……我就是沒辦法再好好表達自己的想法了，你知道嗎？我在電話裡被問到各種問題，例如『你期望團隊中有什麼』，或是『描述一下你的優缺點』，我無法應對——腦中**一團亂**。」

龐德一言不發，將手搭在哥哥的肩上。

「就算被自我屠殺也救不了。」馬龍說著，倒在草地上。

「當然，」龐德回應，「絕對不可能。」於是爆出笑聲，這也使馬龍哈哈大笑。過了一會兒，他們停下胡鬧，回到飄然目眩的狀態，終於平靜下來，讓靜默籠罩自己、沉浸其中。

「下一次什麼時候才能見到你？」

「不確定。」龐德回答，意識到馬龍臉上難以掩飾的失望。「但我回來的時候，我們或許真的可以一起做些事來改變，像是，去打保齡球之類的。」

「一定會很好玩，不錯。」馬龍說。

「對吧？那就約好囉。」

在返回屋子之前，兄弟倆將剩餘的禮品都清空，有條不紊地解開每個包裝，直到一塊巧克力也不剩。他們想像著，可以一起做的美好事情。他們想像著，一個與自己過去的錯誤、繼承而來的歷史有所隔絕的未來，一個能夠不再被問題所困惑、不再感到猶豫不決的世界——他們將在那裡完成，自己所思所想的夢。

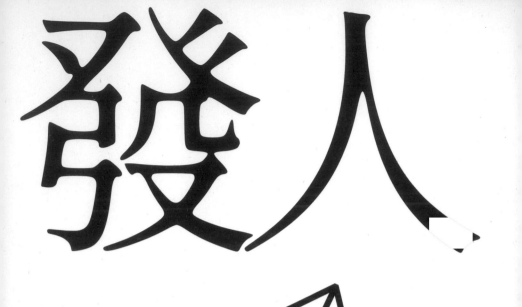

人類發展

HUMAN DEVELOPMENT

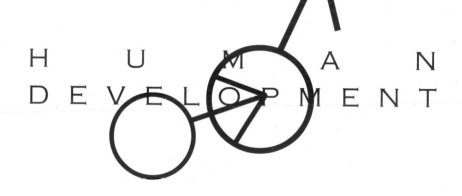

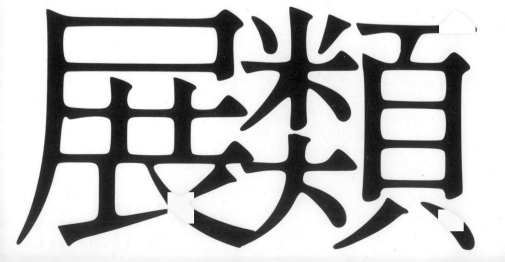

一場於使命區（Mission District）舉辦的陣亡將士紀念日的烤肉派對，我幾乎沒喝什麼酒，但還是拿冰涼的啤酒當作態度惡劣的藉口，大聲談論我們大一宿舍的數學天才白人——他之前（可能現在還是）總對亞裔女性虎視眈眈，像一個掠食者。「我**就是要**說出來！」我大喊道，投杯球桌上有一半 Gay 足壘球隊員都怒視著我。大學和成年之間唯一的區別，就是我的同儕們現在都有能力，負擔得起專為飲酒遊戲打造的桌子。

我們離開史丹佛大學已有三年，大多數人都留在灣區，我是唯一沒有從事科技業的人，因此也是唯一沒有科技財富的人。生活可算是相當悲慘，沒有科技業午餐、科技業洗衣服務、附 Wi-Fi 的科技業通勤專車、科技業節慶獎金、科技業客製化瑜伽課程、科技業補貼的 Equinox 健身房會員、科技業健保和無期限的科技業帶薪休假，當然，還有那些永遠不適合任何人的科技業公司 T 恤和連身帽，除非執行長要花錢和 Lululemon 與 Patagonia 聯名合作。並不是說我會因此感到孤單、受到冷漠，即便自己的銀行帳戶的確該讓我這麼想。我的工作是在一所位於馬林（Marin）的私立高中，教導有阿德拉假藥的富家子弟如何具有社會良知。趙健秀（Frank Chin）[01] 基金資助的「多元化」助教，是我這職位的正式頭銜，我才剛完成這份為期兩年的工作第一年，

01 美國劇作家，被視為美國亞裔戲劇的開拓者。

主要在服務學習部教授名為「人類發展」的課程。據我所知，這種灌輸教育只存在於最菁英的私立高中，也就是那些以大寫 *The* 開頭，並以大寫 *School* 結尾的學校，彷彿只有富人才能真正地有所「發展」。

多數時候，我會試著忘記自己的薪水遠遠不及這裡一年的學費，而且很多學生是透過信託基金來支付的。暑假剛開始，我雖然很需要額外收入，甚至一些社交互動，但還是沒有選擇當家教。儘管如此，不成正比的高中學費和教師薪水，仍讓我感到相當不悅。

「你幹麼說出那些話啊？」我雙胞胎姊姊的朋友問道——是她邀請我來參加這場派對的，而且先不說其他的，她可是在谷歌工作的台灣人。「下次先提前知會我們好嗎——天啊，安東尼（Anthony）。」

「為什麼這場派對要再度重振，兄弟會那些未出櫃成員的保守文化啊？」我厲聲說道，以確保她明白我想毀掉這場談話的企圖。

姊姊的朋友沉著臉。「你今晚幹麼**還來**？」她帶著蔑視問道。「你看起來好像很多天沒睡了。」

我不再回答，飲盡剩下的啤酒，心情十分鬱悶。

我已經浪費了整個下午，試圖澈底修改下學年的人類發展課程。我計畫要放棄關於微歧視[02]的課程、青少年拍攝的性同意宣導影片（非常尷尬）、將重大政治議題簡化為懶人包的PowerPoint——放棄所有服務學習部覺得「基本又適當」的內容，他們標準的價值觀實在都「白」得可笑。自從一名袋棍球隊員在我之前的課堂上，將「黑鬼」一詞與自由主義者說「保守派選民」的語氣混為一談後，我決定要求高中二年級的學生閱讀《白鯨記》（Moby-Dick）[03]，好讓他們學習如何做個正派的人。作為趙健秀基金資助的「多元化」助教，我非常認真看待自己教學方法的新方向，認真到在未通知我那位白人女上司的情況下，就擅自更動既定的課程內容。然而，我目前還無法這麼做，甚至連《白鯨記》都還沒開始重讀。

五瓶啤酒下肚後，我坐在一群後端工程師的旁邊，他們全都喝到茫了，背負著刺眼的異性戀身分，全神貫注地玩著《任天堂明星大亂鬥》（Super Smash Bros）的錦標賽。我傳訊息給姊姊：**這場派對開在世界的同志首都，但直男單身狗都在這裡打電動**。我等待著回覆，卻想起紐約市和這裡有三小時的時差，又傳了訊息給她：**還是不敢相信妳離開舊金山了，妳這混蛋**。

02 輕微而不嚴重的歧視言行，看似出自無意，其實潛藏著刻板印象和偏見。
03 美國作家赫爾曼．梅爾維爾（Herman Melville）的經典著作，故事講述一位名為亞哈的船長獵捕大白鯨的經歷。

我真的喝醉了，對著以前一名哲學課的同學吼叫。他之前曾在共同經營的組織工作，染著淺色頭髮，刺有普普通通的紋身，因為父母不再幫他出房租，轉而在 Palantir 公司擔任技術寫作人員。我的態度咄咄逼人，對他和其從事創投顧問的女友斷言，沒人想聽他開口談論漢娜．鄂蘭（Hannah Arendt）[04]。我其實很喜歡談論鄂蘭——她正是我學士論文的主題——但實在喝得醉爛，一點內容都記不清。當那位同學開始背誦《人的條件》（*The Human Condition*）[05]的第一段話，我咕噥著諸如需要K他命才能擺脫他的話，回到沙發上繼續滑 Grindr，封鎖了派對上所有踢足壘球的人。這麼做是一種政治聲明，並非性取向的偏好，我一抬頭就看見剛剛才封鎖的人也正在滑手機，一臉失望地盯著我，懊悔感猶如一記重拳，狠狠打在我的屌上。他本人比照片更性感，雙肩十分寬闊，膚色也因踢球而晒得黝黑，但我還是克制住了。我想被幹，**但不想**讓白人掠食者殖民我的直腸，不然會感覺自己像個偽君子。

　　需要真正的直覺與奸詐的伎倆，才能在一片「白茫茫」的自介中詳細篩選——從壯碩的老爹和瘦弱的青年、毛多的水獺[06]和電動玩家，到會試圖推銷類固醇的健身

04（西元一九〇六至一九七五年）政治哲學家。
05 漢娜．鄂蘭的哲學著作。
06 意指體毛多、體格稍大的男同志。

房達人和科技業菁英，都是白人的天下。我能說什麼呢？——寧願花六塊錢買咖啡拿鐵，也不想像種族歧視的同志那般，支付額外費用來隔離其他性對象。我連續向十位有色人種的對象傳了訊息，內容包含「嘿」、一個表情符號和一些裸照，好讓他們在我的各種角度中找到不同的吸引力。一名亞裔立刻回覆：**嘿，我也是高棉人！不敢相信會在這APP上發現你，你知道，只有萬分之九的美國人是高棉裔的男同性戀。希望我們不是親戚，因為你真他媽可愛。**

我打了個飽嗝，啤酒沿路湧上，灼得我喉嚨發疼。我忘記在自介打上「我是柬埔寨人」，好讓大家不再追問自己是哪裡人。之所以會忘記，是因為根本沒人會看我的自介，所以時常展開盲猜種族的遊戲，彷彿我們在Grindr上的對話，只是在一家曾受過歡迎的酒吧所舉辦的競猜活動。所有族裔的人，包括其他的亞裔男性，都對柬埔寨人在性方面有特定偏見。

我重讀了這則訊息，感到難堪，在他的IG上一一查看照片，確認我的家人不在其中。他叫林班恩（Ben Lam），留著一頭昂貴的髮型，骨骼結構如石雕般精緻分明。他全身上下都受過悉心修飾，儀表堂堂，每張照片裡都穿著緊身的衣服——天啊——連在臥室的自拍都是如此。他和許多灣區的柬埔寨人一樣，也來自我那位於山谷的家鄉——這裡應當聲明那**並非**矽谷，而是要再往東行兩小時才會抵達的乾枯之地，炎熱得幾乎難以忍受。我們似乎沒有血緣關係，那很好。他雖然已經四十五歲了——比我大了足足二十歲——但看起來就像那種每天都帶著狂熱的幹勁，去跑健身房兩次的老同志。

希望自己不會比他高，至少要有一七八，我回覆：**可以去你家嗎？**

半小時後，我搭上十四號公車沿使命街（Mission Street）駛入市場南（SoMa，South of Market），凝望著窗外的景色，試圖忽視一旁正在大聲爭執的同性伴侶——其中一方和另一人的前任上床，違反了他們開放式關係的規則。我的預算沒有餘地能夠讓我搭 Uber 共乘到約炮對象的地址，簡直糟透了。沿路上的時髦餐廳轉變為流浪漢的營地，再變成包裹著大片玻璃窗的企業大樓，我試著回想當晚決定做愛的那一刻。我不想總是待在公寓裡悶悶不樂，躺在那裡什麼都不做，網速太慢而根本滑不了手機，因為搬進我姊房間的菲律賓人很愛玩線上遊戲，癱瘓了整間公寓的 WiFi。令我震驚的是，那菲律賓人付了舊金山的房租，居然就是為了在每個該死的週末沒日沒夜地玩電動，而且還從不出門。

班恩住在一棟豪華的公寓大樓，根據外頭的廣告牌說明，那裡設施齊全，有門房和一座鹽水泳池。他開門時只穿一條白色三角內褲（不確定是否想讓自己顯得性感），我用單臂擁抱他來打招呼。我們的體型和身高完全相同，只是**我的**肌肉看起來比較正常。

「很高興你來了。」他說。「你叫什麼名字？自介上沒有寫。」

「我可以喝點水嗎？」我問道，感到一陣暈眩，沒有理會他的問題。

他指著一間房。「當然可以。就在那裡等我吧，你可以坐在床上。」

補充完水分後，我們開始熱吻，我將班恩推倒，跨坐在他身上，問他想不想幹我。

「當然，我想。」他說，並堅持要做保護措施，費了一番功夫才套上保險套並在屌上塗抹潤滑。我慢慢將他放入自己的體內，不自覺地發出一聲輕柔的呻吟，使他露出謹慎又困惑的表情，彷彿他才剛在擔心做得不好，卻又馬上受到一聲讚揚。他很明顯地不怎麼有經驗，讓我感到自己也相當生疏，但我們的精力很好，親密的情愫在彼此之間緩緩醞釀，進入自然且笨拙的歡愛節奏。

我不確定那表情是否離開過他的臉龐，因為我們最終選擇了某種狗爬式。他本來想要進行傳教士體位，卻似乎不太知道同性戀之間該如何進行。他把屌抽出來並拔下套子，問我想要他射在哪裡，我告訴他隨便，只是自己當時不想吞下去。不久過後，一道又一道溫熱的精液射在我的背上，他隨後便倒在了我身上。有一瞬間，我們交疊的肉體就像烤起司三明治，以不過多的起司黏合在一起。

他從我身上滑下，落在床上，撫摸著我的背。我不知道該如何過渡到現在的狀態，因為沒有繼續做愛而感到尷尬。此時，我們開始對話，彼此分享各自的故事，而非分享唾液、精液和愛撫，這樣互動感覺真怪。他是東埔寨人，來自比這裡更破爛的山谷地區——就跟我一模一樣，還有什麼是我該知道的嗎？

「你明天有要幹麼嗎？」他問，將右腿和一側的手臂擱在我身上。「我打算和一些朋友去步行金門大橋。」

「一場地震就可以直接把那座橋送進海裡。」我答道。「而我一點都不在乎，真的。」

他疑惑地看著我，不知如何回應，所以我笑了，確保他能明白我是在開玩笑。這種笑是我和學生打交道時，經常的強迫自己擠出的笑。他也放心地笑了一聲。

「你為什麼討厭金門大橋？」他終於問道。

我對這話感到驚訝，他居然會對我的理由有興趣。我又笑了一次，這次是真的笑。

人們通常會無視我對灣區知名景點的輕視。

「我在學年期間的每一天都會通勤經過，很快就看膩了。」

「難怪。」

「但我不介意再走一次。」我說。「對了，我叫安東尼。」

他微笑著吻了我，離開床上去小便。我趁這段時間確認床單沒有被精液或糞便弄髒，試圖讓一切保持乾淨。

接下來的三天，我都睡在班恩的公寓。屈服於他的肉體、豪華公寓的新奇感，以及剛來臨的六月初——這一切都讓我很有生產力。我每天早上都會走去常常光顧的咖啡廳，在那裡讀著《白鯨記》，標記出上課可以教的段落，一路工作到下午，或是直到班恩傳訊息叫我回去，看哪個先到。

穿上班恩整潔的衣服，重溫《白鯨記》的文字，感覺真好。這是我讀過第一本不著重於劇情結尾的小說，閱讀的過程中，讓我發現自己徬徨的人生經歷——探索著如白鯨或海洋那般，愚蠢又廣闊的事物——是有意義的。或至少，也讓我在所有的化學和經濟學課程都被當掉，最後才選擇哲學作為主修時，感到相當安心。我告訴自己，訓練青少年有能力嗅出社會上的荒謬，是這門新課程背後的邏輯。我希望學生們能瞭解亞哈（Ahab）[07]注定失敗的命運、以實瑪利（Ishmael）[08]毫無方向的生活所帶來的深刻寧靜，以及像亞哈那樣追求「目標」與像以實瑪利那樣找尋「意義」之間的區別。我認為每個學生都應該學習，如何好好迷失自己的人生方向。

我終於在一天早上，搭車回到位於內日落區的公寓，卻發現常去的咖啡廳已經被預訂來舉辦單身程式設計師的社交聚會。我看不下去這場聚會，廁所裡被貼滿了寫著「酷兒討厭科技業」的貼紙。這些毫無意義的貼紙之前曾讓我發笑過，因為自己認識的每個「激進」男同志，都在蘋果公司裡擔任ＵＸ設計師，看到這場聚會，便讓我對咖啡廳的管理階層感到憤怒，他們不去除這些貼紙，也不願承擔它們所代表的政治立場，媽的，甚至不在乎美觀上的問題。這家咖啡廳試圖兼得魚與熊掌——舊金山這兩種對立的次文化——我發了一則訊息給姊姊，說我已經對這個地方死心了。另外，我還附上一張照片，上面寫著「第一個幹我的柬埔寨人」。

07《白鯨記》中一心只想獵捕鯨魚的船長，是受到強烈狂熱與報復心驅使的人，為達目的不擇手段，因盲目的追求而在最終被後果吞噬。

08《白鯨記》中的船員之一，故事的主要觀察與敘述者，因在陸地生活中感到迷惘而到海上流浪，不同於亞哈船長，是平靜和內省的角色。

回到公寓時，姊姊瘋狂追問著關於班恩的事情——他生活中的細節，這些都是無法透過 LinkedIn、FB 和 IG 的帳戶進行統計分析而獲得的。我一五一十地交出自己所知的情報，班恩剛從線上的企業管理碩士班畢業，算是個大器晚成的人，三十多歲才公開出櫃。以前忙著照顧自己的媽媽，直到她最終死於糖尿病引起的中風——這也就是他一直處於深櫃的原因——之後才搬到舊金山與創業投資者共事。如今，靠著人壽保險金、自由受雇的數據庫編碼工作，以及在 Airbnb 上出租已故母親的房子為生。

姊姊傳送訊息給我：**他聽起來像是媽會替我安排婚事的對象。**

我回覆：**對啊，他有一點煩人，但他公寓的 WiFi 很穩。**

她回應：**笑死，還在用性來換免費的東西。很高興你還是沒變。**

姊姊沒有評論「班恩是柬埔寨人，年齡幾乎是我的兩倍大」這件事，可能因為她早就看慣了我和年長男性的韻事——我在大學時比現在更加討厭同年紀的人，只獨鍾年長的男性。儘管如此，我還是對她感到不滿，因為她無視了我這般奇異、愚蠢的悲傷——十年前的我還在幻想能有個完美的男友，而現在的我，卻只找了一個柬埔寨男人來幹自己。

我傳訊息說：**我討厭所有人，趕快辭職搬回來吧。**

她回道：**少來了，你可是趙健秀基金資助的「多元化」助教誒。還有，媽的，我喜歡新工作。**

我躺在床上，周圍堆滿了大學時代留下來的書籍，表面滿是灰塵。我實在懶得丟掉和整理這些經典小說與開創性的理論書，之後只要一發生大地震——幹，或甚至把門關得太大力——都可能直接把我活埋在這堆早已沒人在乎的思想紀錄中。我盯著天花板發楞，姊姊傳來訊息，講述著她古怪的新老闆說服了整個行銷團隊的人一起進行果汁斷食法，同事們也與她意氣相投，公司裡還有許多同樣是有色人種的女性員工，每隔一週的禮拜四，會包下整間酒吧來舉辦活動（即便辦公室的廚房裡早已備有精釀啤酒能夠享用）。這份夢幻工作，絕對值得她飛越千里離開故鄉。

我等著她問我，什麼時候申請研究所，報名GRE考試了沒，就像我們從史丹佛畢業以來，她每週都會問的那樣。然而，她只是繼續談論著自己的工作。**妳聽起來過得很開心**，我傳了這則訊息，便沉入睡眠，醒來後又開始了另一個注定會白白浪費掉的一日。

幾天後，班恩得知我都以咖啡廳的貝果來充飢，便開始為我做晚餐。「這是我至少能做的。」他在床上這麼對我說。我告訴他不需要別人照顧，他只是緊緊抱我，輕輕蹭著我的脖子，讓我感覺他有多硬（即便才剛做完愛）。他究竟是從哪裡得到如此多的精力，能在床上、工作上和生活中都這麼有幹勁，對我來說始終都是個謎。我真的那麼有魅力，可以讓他有所興奮嗎？我心存懷疑，有些反感，卻同時在胸膛中感到一絲暖意。我挪近他，他用手臂緊緊摟住我，力道之大，幾乎難以承受。我想要他炙熱的呼吸籠罩住自己的全身。

我和班恩只穿著內褲走進廚房。這間公寓以現代風格為主，附有白金色調的裝飾與簡約的家具，赤裸著身體站在其中時，感覺自己像是資金充裕的醫學研究中心裡用來進行臨床研究的測試對象。

「不覺得人生很美好嗎？」班恩說，一邊切著辣椒。「看看這景色！」他的手中還握著刀，指著那扇占有整面牆的窗戶，那片風景眺望著海灣大橋，與其跨越的廣闊水域，彷彿每道鐵縫中會迸發出無限的可能與機會。

「是啊，從我公寓看出去的風景，大概就只有這棟大樓而已。」我在餐桌上說道，使班恩發笑。他一心只想發現我話中所潛藏的積極面。「你怎麼會**沒有**男朋友？」

「他們受不了我。」我輕率地說，他則微微一笑，我的內心感受到那分溫柔，因此變得脆弱而赤裸。我有種扭曲的欲望，想要測試他樂觀的極限在哪裡。

我們享用了一頓傳統的柬埔寨料理，班恩將之改良成健康餐。他在椰奶中加入了生蜂蜜以替代糖，去除五花肉上多餘的脂肪，再將白飯換成搗碎的花椰菜。嘗起來相當不錯，基本的食材也都還在——香料、發酵魚和檸檬草，卻看起來十分詭異，宛如滅絕已久的古代生物，又在培養皿中透過基因工程復活。

「我想知道關於你的一切。」班恩說。

「你要是想的話，可以給你看我的 LinkedIn。」我說道，一邊咀嚼著變異的童年滋味。

「你喜歡 Prahok 嗎？」他問。「我有個志向，就是要用有機改良來顛覆高棉的食品產業。」聽著一個體脂率只有百分之四的男人談論健康，在話中摻雜科技術語，毫不帶諷刺地使用「顛覆」這詞，而且只穿著一條內褲，著實讓我頭痛不已。「我想策劃一系列線上的食譜影片，來為高棉人提供均衡的飲食。」他繼續說道。「你看，我媽死於糖尿病，而大多數的高棉人也根本不知道白飯很不健康——那基本上就是糖啊！」

「我願意花二十塊。」我說，又咬了一口以示強調。將他的傑作商品化，似乎讓他很高興。「所以你在開發的APP，是要用在高棉健康餐的嗎？」

「不是，不是。」他說，彷彿在拒絕過分的讚賞。「這更像是個長期的目標，而不是短期的目標。」他說「目標」這詞的時候，語氣就和我姊一樣充滿信心，認為成長心態無疑是一種美德。姊姊可以滔滔不絕地談論著人生規畫——在華頓商學院取得企業管理碩士學位、入選《富比士》的青年菁英榜單、四十歲前生下三個孩子——而我曲折的人生也跟著捲入其中。上大學期間，我證明了自己無能應付課業，她於是在共享的Excel表格上，繪製出我們的生涯目標。她將擔任自己行銷分析公司的財務長兼執行長；我則會在常春藤聯盟大學教授哲學。我們一生都將作為天才和榜樣，也注定成為取得偉大成就的雙胞胎。在我們的社區裡，或是所有的柬埔寨人之中，我們是少數能進入史丹佛就讀的人，而姊姊執意要以最大的限度來發揮這股潛力。她努力讓我們兩人保持在成功的境地，有實習和研究機會可以爭取，如此便能防止我們回到舊往的生活，以免落入百分之三十的柬埔寨裔美國人所深陷的貧窮——她常會在求職面試中引用這項統計數據，一定會特別強調這比全國平均高了兩倍。自從她搬去紐約後，我便再也沒看過她為我制定的未來目標了，一想到這點，就讓我感到十分疲憊。

「想聽聽看我的提案嗎？」班恩問。他吃完飯後，用手捂著腹部，好像在測量下次運動會需要燃燒多少卡路里。

「當然。」我答道。「但如果你要叫我簽保密協議，我真的會直接走人。連內褲都不穿。」

「哈哈，別擔心，我很信任你。」他說。這話讓我有些畏縮，但他毫無察覺。「好啦，你知道『獵豔』吧？」

我皺起眉頭。

「我就當作**你知道**吧。」他以一種經過排練的聲音說道。「就是有一天，我在，你知道的，**獵豔**的時候，突然想到：我們怎麼不把獵豔的概念——尋求被公眾忽視、排斥的親密連結——應用到社會的其他方面呢？尤其是那些躲藏於主流背後的人們的生活。」他停下來展開雙臂，以製造出戲劇性的效果。「你在生活中，應該很常希望自己能有一個可以很放鬆的空間，對吧？想像一下，篩選和你有相似身分特徵的人的自介，只需要發送一則訊息，就能建立起新的文化聯繫。想像一下，使用Grindr、Scruff和Growlr的技術，來建立一個新的社區，一個新的未來。我的APP會透過尖端的演算法和經過澈底篩選的成員網路，在個人和安全空間之間建立路徑。把它想像成一個數位介面，允許有色人種、殘障人士、LGBTQ族群尋找安全的空間——這些空間不是專門用於性的，而是為他們的一生所設計的。」

他結束了演說，盯著我看。整個過程中，我盡力讓自己顯得有在認真聆聽他的想法。我並非因為自己認為班恩的計畫不可行，才會如此敷衍。在我大一室友因設計出一款遛狗APP而獲得了一百萬的創投基金後，我便不再以他人於該領域取得成功的可行性，來評價他們的創業想法。他只是——我很努力，真的很努力不去在意——聽起來像個一無所知的孩子，剛在學校學到新的東西，就著迷似地談論著它不停。他從嘴裡吐出各式各樣的流行語——**LGBTQ、有色人種、安全空間**——就像機器人試圖模仿人類一樣。

「你覺得怎麼樣？」他追問。「無論何時何地，都能找到高棉人，聽起來很棒，對吧？」

我勉強擠出一點笑容。「還滿酷的。」

班恩解釋完自己的提案後，我們之間的關係——我對他的看法——發生了變化。當他端出豐盛的菜餚，我總感到內疚，坦白說，不吃他費心烹飪的餐點，而是吃微波好的冷凍披薩，我也沒什麼差。他以為，我想品嘗柬埔寨料理，彷彿那能為我的靈魂帶來滋養。「吃我們該吃的東西，感覺不是很好嗎？」他會這麼問，而我會點點頭，內心暗自想著，自己還能和他在一起多久。

我們的性愛變得——怎麼說呢？——更謹慎。他進入我的體內時，會以同情的目光注視著我，即便只插入兩根手指，還是會問我痛不痛。當然，我希望他能更粗暴一些。然而，我有時還是會完全迷失在他身下所感受到的歡愉，一陣一陣的酥麻與快感，隨著他的來回挺進，在脊椎不停上下傳遞。

幾個禮拜過去，我意識到自己唯一的社交對象只有班恩一人。他整日都在和各種不同的新創公司職員通話，閱讀關於矽谷引入更多棕色面孔的人以實現多元化的文章，說得好像這些人可以讓整個科技業不再如此荒謬、怪誕又輕浮一樣。他每天盯著筆電大約六小時，精力充沛地敲打著鍵盤——上午處理自由受雇的工作，下午則用來設計「安全空間」的APP。我絞盡腦汁也還是搞不懂，他為何總在設計程式時搞得滿頭大汗。

每逢週末，班恩會與另一位致力於健身和科技的東南亞男同志——文尼

（Vinny）——見面。他是越南人，負責幫忙班恩開發APP。我們第一次見面時，我問他的父母是否刻意將他的名字和族裔名押頭韻[09]，好讓他更能融入。他聽了就忍不住大笑，讓我很後悔提出了這樣的問題。班恩斷定我們會處得很好，他說：「一定會很好玩。」有幾次，我看著班恩和文尼忙著設計程式，同時規劃自己的課程，探入以實瑪利永無止境的沉思，以及亞哈不可阻攔的狩獵。我等著班恩停下工作，將手游移到我的大腿上。我思考自己和文尼唯一的區別，是否只在於我作為柬埔寨人的身分——是否因為如此，班恩才選擇了我。我有多輕易被另一個同為柬埔寨人的男同志所取代？誰知道。聽著班恩和文尼討論記憶體、演算法和遞迴的問題，看著他們互相按摩肩膀而感到舒適，完全不在乎我問題的答案。

我所知道的是，班恩的「安全空間」APP使我心緒煩亂。我真的為此感到冒犯，它讓我覺得，那正是自己應該想要的東西——偽裝成客觀上是好的東西——期盼所有的問題都能因此而解決。它讓我想起人類發展課程的課綱，腦海中浮出《白鯨記》中背風的海岸，我們永遠被束縛在那所謂的安全之地，連白鯨本身也是如此，使承諾無法兌現，夢也無法實踐。班恩希望科技能為人們帶來滿足，帶他們上岸，確保每個人都安全著陸，而我則冀望人生中的不確定性，能夠隨心所欲地離去，自由自在地迷

09 文尼原文為Vinny，越南人的英文為Vietnamese，兩個字的第一音節押頭韻。

失。

即便如此，班恩真誠的熱情還是讓我留下深刻的印象。他似乎不怎麼在乎能否賺到錢，只在意自己的願景是否澈底實現。他是如此專注，我在他身邊都感覺格外有效率。難道僅是因為我認為班恩的APP非常愚蠢，才抱著強烈的決心想要教授《白鯨記》嗎？我是在做有意義的工作，對吧？改變年輕一代的生活？誰知道呢？然而，就這一次，班恩以某種溫柔又醜陋的方式，讓我自我感覺良好。這就是以實瑪利被亞哈吸引的原因嗎？——清楚地見證亞哈的使命最終成了徒勞，無法真正殺死那頭巨大的白鯨。他是否看見了亞哈對著無法戰勝的白鯨吼叫，自己才因此獲得生命的意義？

六月底，也就是班恩和我第一次上床的一個月後，姊姊傳訊息給我：**這段關係聽起來真他媽認真**。

我答道：**如果真是這樣，我也不知道是怎麼發生的**。

她回覆：**抱歉，我一直沒辦法視訊。最近實在太忙了**。

沒事啦。我傳訊息。**我會找另一個也讀史丹佛的柬埔寨雙胞胎**。

她說：**哈哈，告訴班恩我想見見他**。

我未曾問過班恩我們之間的關係有多認真，因為我不想加諸期望在彼此身上，但他確實想見我的姊姊。他得知我有位雙胞胎也曾在史丹佛讀書時，我差點以為他腦動脈瘤破裂。「天啊，真的太棒了。」他說，像愛撫一件珍貴的物品一樣摸著我的屁股。「你們一家人為高棉人民開創了新局面，你知道嗎？年輕一代的柬埔寨人將會知道，進入史丹佛這樣的學校不再是白日夢。」我不想向他解釋自己會去史丹佛，也是為了逃離我的家鄉、我的社區、我的柬埔寨生活——沒有意義這麼做。

「你也許**該**見見我姊。」我告訴他。

他受寵若驚，將我們的手指緊緊交纏，爬到我身上，將我的臉深深壓入床墊裡，低聲說自己在我身邊時總是控制不了自己。他的屌摩擦著我的下背，將手伸到我的腹部下方，抓住大腿內側，張開我的雙腿，這一次既無關心也沒道歉。我屈服於他的肉體，有這麼一瞬間，我想著，有何不可？也許能夠永遠這樣繼續下去。被他壓在身下時，我感到安全。班恩讓我感到安全。

「可以和你分享一些想法嗎？」他隔天早上問道，接著開始一段長達十分鐘的獨白，解釋以深綠色來提升用戶參與的利弊。「一方面，」他瞪大雙眼，一本正經地說，「這顏色獨特且令人平靜，不只是普通的藍色或綠色，而且也象徵著安全的空間，對吧？社區應該要獨特且平靜。**另一方面**，你會不會認為更獨特的顏色，不比大家都習慣的顏色來得有**安全感**？熟悉的顏色會帶來安全感，對吧？而我所做的，不就是要讓人們感到安全嗎？」

「我不認為深綠色很獨特。」我唐突地說道，低頭看著自己的書。

「喔，」他說，「是喔……或許吧。那我們該用什麼顏色？」

「老實說，我覺得那沒有很重要。」我說，毫不在乎他聽起來像是受傷了。「你該問問你的搭檔。」我有些怨恨地補充道，但他還是接受了這項建議。接下來的一個小時內，他繼續和文尼通話，諮詢他的意見，而我在一旁假裝讀著《白鯨記》。

美國獨立日那天，班恩和我去多洛雷斯公園（Dolores Park）野餐，那是一場史丹佛大學的活動，不過這次是由球員都是 Gay 的壘球隊主辦。班恩想露個面，一直將之稱為「建立人際關係的機會」。

多洛雷斯公園裡人山人海，比舊金山的平均氣溫還暖得不合理。彷彿整座城的人們都在這裡的草地上啜飲啤酒、吸食大麻——絕望的嬉皮廢物、海港區那些崇尚菁英的勢利小人、愚蠢又無聊的同志族群等等，都聚集在此地。「你是不是也希望多洛雷斯公園也沉入海裡？」班恩問道，輕推我的肋骨。「還是你只討厭那座橋而已？」一群穿著昂貴紮染襯衫的青少年，在一旁吞雲吐霧，他緊握我的手穿越煙霧，拖著我進到人群的中心，灣區的中產階層貌似都集合在這兒，熱得令人窒息。

「我只是希望這裡不要這麼擠。」我說。「要是一直碰到光著身子又滿身是汗的傢伙，就會得到癬菌病。」

班恩笑了笑，隨即便融入了我史丹佛的同學們。他們開始玩飲酒遊戲，扔著橄欖球，談論創投公司的八卦。他試圖讓我參與其中，但我告訴他自己太累了，對論及未來的話題沒有興趣。我能看出他很失望，也預期他會發火，因為我貶低了他所熱衷的事物。然而，他卻未有如此反應——這就是我們關係本質上的缺陷。

一群人抬著投杯球的桌子前來，不久之後，文尼不知從何處冒了出來，將我拉入他的擁抱。「嗨，大家好啊。」他大聲說道，十分友善，使我相當惱火。

「你邀請了文尼？」我質問班恩，不滿地將聲音壓低，幾乎成了嘶嘶聲。

「不能嗎？」他答道。「他會幫我建立人際網路。」

他們是我的朋友誒，我想這麼說，不過對我而言，這些人際關係都是虛假的。然而，我聲稱自己需要冷靜一下，便離開了他們。一個月來，我首次感到自由，沒有和班恩束縛在一起，我在公園裡漫步，純飲著一杯伏特加，與人隨意交談的不適感漸漸被酒精沖淡掉。我想起了姊姊，她總是清楚地知道自己在任何時候的目標，甚至還能成功點到菜單上沒有的餐點，而我也總是被捲入她對生活的渴望。我思考自己現在想做的事——思考著是否要吃飯或離開公園，是否要在秋季申請研究所，又或是要在人群中找到班恩。

沒有一件聽起來是有趣的，我只想默默穿過所有人，溜到外頭去。然而，一不留神便撞到一個人，重重摔到草地上，痛得說不出話來。一隻粗壯的手將我扶起，我發現那位撞倒我而在道歉的男子，正是在上一次的派對中親眼目睹自己在 Grindr 上被我封鎖的人。

「靠，對不起。」他拍去我肩上的草，每一下觸摸都使我的肌肉緊繃起來。「我笨手笨腳的，把水潑到你身上，太慘了。」

我聳聳肩。「這是伏特加。」

「等等，你是安妮（Annie）的雙胞胎哥哥。」他說。「安東尼，對嗎？」

「就是我。」我回答。

「我叫傑克（Jake）。」他微笑著說，硬生生要和我握手。「天啊，我很想安妮誒。她真的很狂，你知道嗎？」

「對啊，結果她離開了，真是個混蛋。」我說道，他笑出聲。

「不過，我想這在某種程度上肯定也挺好的。」他說。「你現在可以被視為獨立的個體，而不只是她的雙胞胎哥哥。」

「也可以這麼說。」我答道。

「嘿，我很抱歉——你全身都溼了。」他拍了拍我的側腰，感受著溼潤的程度。我變得緊張、興奮，卻也發現他是如此誘人而感到內疚。我情不自禁受到他隨意的動作所誘惑，他的一舉一動都自然且輕易，但也十分引人注目，彷彿一張口說話，答案便會毫不費力地出現，簡單而完美。他似乎是那種不想證明任何事物、只想做自己的人。我在人群中四處張望，試圖在其他人的身影中找到班恩。

「你打算怎麼辦？」我問。「我的衣服。」

「我住在附近。我們可以，嗯……把你的衣服拿去洗。」

「走吧。」我不禁說道，深受他輕鬆的氛圍所感染。

傑克脫去我的衣服，將我完全吞沒後，班恩傳來了訊息，**你去哪裡了**。我太早就達到高潮，他的屌還在我屁眼裡奮力地來回挺進。我的性欲不再如此強烈，下半身因持續的摩擦而變得麻木。這場愛做得不算太差。知道我能夠這麼快就獲得解脫，感覺很不錯。

結束後，傑克前去檢查我的衣服。我發了訊息給班恩：**我不太舒服，先回自己的公寓了。**

他說：**你的一個朋友正在幫我安排和投資人見面！**

我輸入：**真棒。**

我看到了姊姊發來的幾則訊息，決定不予理會。

我們一直維持著先前的狀態，一起度過了夏季的最後幾週。我還是會忍不住在私下和傑克上床。七月底時，班恩甚至和我一起去了穆爾森林（Muir Woods）健行一日。我告訴他自己要走一趟漫長又孤獨的散步，需要新鮮空氣來思考《白鯨記》中的段落，但其實是要去找傑克的。班恩誤會我終於對美景產生了興趣，並聲稱必須帶我去目睹那片壯麗的紅杉林。我並不反對去看那些樹，但一切發生得太快了——規劃、啟程、開車，我幾乎沒有時間能有所反應。突然間，他還買了登山鞋，以防我們的腳起水泡，也帶上大量的柬埔寨健康食物，足以養活一整座村莊。

我們在健行的第一個小時內，幾乎一言不發，在沉默中慢慢度過時光。班恩用數位單眼相機，將大自然每一處的美好都記錄成高解析度的照片。我累得喘不過氣，看著他對樹皮展現出無盡的好奇心，而感到困惑且入迷。一群蝴蝶從灌木叢中飛湧而出，班恩驚得倒吸了一口氣，將相機緊貼著臉，瘋狂按下快門。不得不承認，那一幕還滿酷的。

蝴蝶遠遠離去後，他在相機的迷你螢幕上查看剛才拍攝的照片，瞇著眼睛快速點擊小按鈕。他的目光駐足在一張照片上，他旋轉相機，以不同的角度檢查照片。隨後，他抬起頭來，直截了當地問我：「你會想要有小孩嗎？」

「不會，」我回答，有些措手不及，「一點都不想要。」

「真的嗎？你怎麼能這麼確定？」

「為什麼大家總對這件事抱持懷疑的態度？」我說。「媽的，我就是和小孩一起工作的，一直都待在他們身邊。」

「如果是自己生的，不就會不一樣嗎？」他喝了一口保溫杯裡溫暖的蔬菜湯，據他所說，那是補充電解質的絕佳選擇。「你不認為，我們該為世界帶來更多的高棉人嗎？」他遞給我保溫杯的時候問道，我隱約感覺到，班恩真的相信自己可以改變我的想法。他也許還認為能夠掌握我的想望，只要有適當的堅持，就可以推翻我原本的想法——或許真是如此？「那是我一部分的動力。」他補充道。「而且，我還滿喜歡小孩的。」

「你真高尚。」我拒絕了蔬菜湯，希望他不會將我的拒絕當作是針對他的。我只是不想在這麼熱的天氣，吞下這麼燙的東西。「那你昨天不就該開始生孩子了嗎？」我問，雙手插口袋裡。「畢竟你老了，都該當爹了。」

「可能吧。」他說，將我拉近，一口咬住我的耳朵，我忍不住笑了起來。我本可以讓他繼續為非作歹幾個小時，但掛在他脖子上的相機擠壓在我們之間，我很擔心弄壞它。接下來的行程裡，我思索著班恩與傑克在床上的區別；班恩的撫摸是如此溫暖，彷彿永無止境，與我那天晚上和傑克猛烈的激情，有多麼地不同。

一個禮拜後，我們在經常光顧的咖啡廳裡工作。班恩忙著完成他的「安全空間」APP，並成功透過人脈安排與一家大型的創投公司進行推廣會議。在使命即將完成時，他開始陷入存在主義的沉思，就像我許多的史丹佛同學在畢業前一週所做的那樣。

「我這輩子虛度了好多時光，什麼都沒有達成。」他突然說道，目光直直盯著筆電，螢幕反射在他的老花眼鏡上。在過去的兩個小時內，他都忙著設計程式，偶爾才會用藍牙耳機和文尼商討問題，始終沒有抬起頭來。

「是因為你待在櫃子裡太久了嗎？」我開玩笑地說，闔上手中的《白鯨記》。我一直在規劃著「揉製鯨油」一章的課程，起草了一些筆記，描述以實瑪利將手伸進一桶鯨油後，卻在無意中因歡喜而握上船員們的手。我試圖找到方法，防止學生因此發出低俗的嗤笑，但又覺得他們能欣賞這轉瞬即逝的悲劇之美、透過這不透明的液體而意外得到的親密感，且不開有關精液的下流玩笑[10]，似乎是澈底無望的。

班恩無視我，俯身前傾，整張臉籠罩在藍光下。「安東尼，我離實現自己的目標只剩這麼一點點，不覺得很瘋狂嗎？當然，這也讓我意識到了很多事情，像是……我們沒有浪費時間的特權，尤其是經歷過那些事又倖存下來之後，就不再有了。我真的、真的好希望，之前有人能早點告訴我，努力工作對我——**對我們**——來說，有多麼重要。」

「你就是因為這樣才開始製作那個APP的嗎？」

「我就是因為這樣才跟你在一起的。」他將手伸過筆電，越過桌子，抓住了我的手。「我們在一起是有意義的，你知道嗎？我希望你能意識到這一點。」

一時衝動之下，我將手掙脫出他的緊握。他看起來很受傷，但什麼也沒說，在我能阻止自己之前，在我能夠開始理解為何想大罵他之前——因為他太過軟弱，因為他

10亞哈在《白鯨記》中所獵捕的抹香鯨在英文被稱為 Sperm Whale（直譯為「精液鯨」），因為過去的獵鯨人將抹香鯨頭部所儲存的白色鯨油，誤認為鯨魚的精液才得此名稱。

讓我感到軟弱——我離開了位子，朝著廁所走去，一團恐懼在腹中顫抖著。我坐在馬桶上，想打給姊姊，但是不想解釋自己的感受，也不想聽她談論生活，於是盯著貼滿隔間的海報發呆。那些「酷兒討厭科技業」的貼紙已經被谷歌贊助的廣告——變裝皇后的表演活動——所取代。我思索著，是否有可能對抗谷歌這般龐大的科技巨頭、社會大勢，只為了保持不確定性的價值能夠延續下去。

那天晚上，我最終還是和姊姊全盤托出——講了班恩、講了傑克、講了這一切。她在電話上專心聽著，適時給予評論。她並未站在道德的制高點上指責我，也沒有因為我不知該如何面對班恩的情意、因為我站在一家專為純種狗進行美容的豪華沙龍前一直開玩笑（那家沙龍占據著班恩公寓旁的店面），而感到沮喪。「這座城市真的要他媽的完蛋了。」我重複說道。「舊金山要被我們用富裕的小狗活活悶死了。」

「告訴他實話吧。」她說。「如果有需要，我會買張機票讓你來紐約。」

到了週末，班恩推廣完他的「安全空間」APP之後，感覺一切回歸了正常。我們在他的公寓裡吃著一頓早午餐——糙米和藜麥粥、醃芥菜炒火雞碎肉、全熟茶葉蛋，但去除蛋黃以維持膽固醇的水平。「對了，我邀請文尼過來吃晚餐。」班恩盯著碗裡說道。這幾天來，他一直對推廣會議的結果感到焦慮不安。「我答應要為他做一頓家常菜。」他繼續說道。「來慶祝，你知道的，完成APP的設計。」

「好啊。」我說，儘管一陣不滿的情緒正朝我襲來。突然間，我想傷害班恩，澈底激怒他，迫使他終於對我發火，這是我應得的下場。姊姊的建議回到我的思緒中。「我從獨立日開始，就一直在和一個男的上床。」我說，米飯從嘴中掉落。對於這次的坦承，我不期望有什麼結果。

班恩放下湯匙，皺著眉頭盯著我，貌似想搞清楚我是否在開玩笑。

「我想，我應該告訴你。」我補充道，並暗自決定省略不提傑克的白人身分。從他的表情中，我看見班恩承認了我話語中的真實性。他交叉雙臂，靠在椅背上。「我想，」他說，「我們從來都沒有認真討論過，我們之間的關係。」

我等著他繼續說話，也對自己的沉默感到愧疚，我是如此差勁，迫使他在我的坦白中懸而未決。過了一會兒，我又開始吃起東西，卻再也無法嘗到食物的味道。回想過去的幾個星期，班恩和我分享的所有親密時刻——這種親密感超越了性愛本身的侷限。回想起來，這感覺像是我對班恩所做出最殘忍的事，讓他以為一切依舊風平浪靜，以為我會願意對我們可能遇上的問題視而不見。

「如果你想的話，我們可以嘗試開放式關係。」他最終說道，在桌上緊握著雙手，彷彿在向我提供股票選擇。「我只是……如果你**想**和其他人約，我可以沒有意見。但我認為我們應該……再更努力一點——在一起。」

一陣苦澀湧上心頭。「不要這樣。」

「怎樣？」

「搞得好像我們**必須**在一起，好像這是義務一樣。」

「你在說什麼？」他的表情變得陰沉，好像改變了主意。「你到底想要我怎麼做，安東尼？」

我憤怒地看向他，感到冒犯，卻也發現這問題有多麼地合理。

「我只是覺得，我們想要的東西不一樣。」我說，因為自己沒能提出什麼具體的論點而羞愧不已。「**我**想要生活在一個不需要特意追求目標的世界，而你……你想要有影響力，一直以來是這樣。」

「那你教的那本書呢？」他說，聲音中的違抗逐漸變成了絕望。「我是說，我們都有抱負，我們都有關心一些事。」他惱怒地舉起雙臂。「我們為什麼要說這個？這和你跟一個——」

「我不能只是為了和柬埔寨人在一起，就找一個柬埔寨人來交往。」我的話語猶如一股蒸氣，從口傾洩而出，班恩的臉漸漸垮了下來。他低頭看著自己的腹部，搖了搖頭。幾週以來，我第一次注意到，他實在比我老得太多——疲勞使他的眼圈加深，笑紋也在嘴邊突出。我已經起頭了原本想迴避的話題。

「對不起。」我繼續說。「不是特別針對你，也和柬埔寨人無關……這是道德問題。」

他嘆了口氣，轉過頭去，朝窗戶的方向扭曲著臉。「我們沒有那樣的事，不是嗎？我們沒有人能夠承擔**道德**的責任。」

「也許道德這詞並不合適。」

「我想你根本就不知道，我們欠下彼此多少。」他說道，聲音慢慢化為微弱的低語，好似動力來源即將耗盡一般。他站起身，開始收拾我們半空的碗盤。「你吃完了嗎？」

我點了點頭，將碗遞給他。「我確實知道——我是說，我知道我們的歷史。」我說，他已經走向了廚房的水槽，我最後的藉口只能在他的背後落空。

那日午後，我們躺在床上，不知該做什麼、該去哪裡，也不知是否該繼續討論彼此之間的問題，或者只是休息一下。幾個小時後，我們開始接吻，將手伸進對方的褲子裡，但也就僅此而已——似乎不太可能擺脫目前的分歧。

傍晚時分，班恩的電話響起，我們那時還躺在床上。他離開了房間，我聽見他嘟囔著幾句斷斷續續的話。十分鐘後，他臉色蒼白地回來，看起來既興奮又害怕。

「我剛剛……我剛剛得到了五十萬的創投資金。」

「哇靠。」我不敢置信地說。「太棒了吧。」

「這比我想像的還多。」

「我們應該……**做**些什麼。」

他結結巴巴地說不上話，大腦正經歷著資訊超載。「對，我們應該做些什麼！」他終於將話語吐出，閉上雙眼，重新集中精神。「喔幹，」他突然說，「文尼要過來了。」他看著手機，接著看向我，又再看手機，如此不斷反覆。「我就取消吧。」

「不用啦。」我笑了。「這對文尼來說也是一件大事！我們該玩得開心點。」

文尼一個小時後到來，我們告訴了他這項消息，讓他高興得不禁大喊出來，我確信班恩的鄰居一定會提出噪音投訴。經過一陣狂喜與歡慶，我們三人自然而然地躺回床上，喝著白葡萄酒而微醺，並談論著未來的可能。

「你們兩個會澈底改變安全空間的概念。」我真心說道，喝得有點醉，而他們兩個都笑了。我親吻班恩，一邊撫摸著文尼的大腿。吻上文尼時，連我自己都感到驚訝。我離開文尼的嘴唇時，瞥了一眼班恩，他看起來既困惑又著迷。「沒事的。」我向他保證，輕輕咬了他的耳朵，將文尼拉得更靠近我們。

很快地，我們開始吞食彼此，將對方的一部分化為己身。我的心跳動得如此之快，我發誓那是房間內唯一能聽到的聲音。我們在每一個姿勢、每一個角色中輪流，彷彿成為了不斷改進的性愛系統。我體驗著這般強烈的快意，幾乎難以喘息，唯一能讓我保持清醒、繼續呼吸的，是與班恩的對望——即使彼此都與文尼那完美、如雕塑一般的肉體緊緊纏繞著，我們的目光每隔一會兒仍然會互相對上。

在三人行的過程中，我看見了一種可能性——每次收到的舒感、每次給予的恩惠、每根被吹的屌、每個被填滿的 0 號、每個感到滿足的 1 號，都能激發人回饋比起初更多的東西。我清楚見到了班恩對世界的理想願景，一種可以維繫社區、保護安全空間並確保政治持續進展的生存之道。狂喜與亢奮蔓延全身，血液湧上頭腦。我感受到難以承受的希望。

最後，我們結合為一的肉體開始解開，嘴因吸吮而疲憊，屁股因抽插而痠痛。我們的陰莖腫痛難耐，手腕無力。我們射精，達到高潮。我們癱軟在床上，重新回到了自己的身體，變成三個不同的個體，每個人皆因這一切的歡愉而筋疲力盡。

「太刺激了。」班恩對著天花板說。

「對啊。」文尼答道，從我們中間跳起，雙手撫摸著兩人的大腿。「班恩，我們聘請安東尼來新創公司工作吧。」

班恩笑了。「更具體點。」

「由東南亞團隊領導的安全空間技術公司，如何？那該有多棒啊？《富比士》（*Forbes*）、《商業內幕》（*Business Insider*）或甚至《GQ》（*GQ*）都會想來做專訪。想想看……我們的標題可以叫做『從難民到矽谷：美國夢的成真』。」

「那我該做什麼？」

「不知道誒。」文尼回答。「你可以幫介面寫說明，或是攝影、當人力資源的主管。」

「我會考慮所有符合資格的人。」班恩說，一邊輕撫我的耳朵。

文尼拍了拍肚子。「我們可以一邊吃飯一邊討論薪水。瓦倫西亞街（Valencia Street）上有家新開的壽司店。」

「聽起來不錯。」班恩說。

他坐起身，示意我們離開，但我搖了搖頭。

「安東尼，」他輕聲說，「來嘛。」

「沒關係，我待在這裡就好。」我站起來，將頭靠在班恩的肩上。「我只是需要……想一下。」我在他的脖子旁低聲說。

他感到失望、疲憊——我看得出來——他以手臂摟住我，吻了我的額頭，嘴唇依附在我的皮膚上。文尼前去浴室時，我們維持著這個姿勢，默默處在一片寂靜中。班恩的呼吸平穩、深沉，我閉上雙眼，聆聽著那有力的節奏，感受它在班恩的胸膛中迴響，也慢慢地進入我的胸膛。

兩人洗完澡並前往使命區之後，我在客廳晃蕩著，全身赤裸、滿是精液。孤身一人而十分寧靜，我望向窗外，凝視著海灣大橋的斑斕燈火，直到先前的所有印象都剝落，或者褪色，或者溶解在我的內心深處。我與班恩之間的衝突此刻顯得如此遙遠，彷彿發生在很久以前，甚至是在我們的相遇之前。

我穿上衣服，帶走我的《白鯨記》、鑰匙和錢包，前往內河碼頭站搭車。雖然手機在口袋裡沒電了，但搭乘N線的過程出奇順利。我早就忘了回家有多麼容易。

暑假即將步入尾聲，八月的舊金山總是沒來由地寒冷。再過幾個星期，我將開始第二年的教職，工作日也將重返。看著斜坡上的維多利亞建築從旁經過，我想到了開學第一天的課程。即便仍計畫要上《白鯨記》，但我會提出上學期一開始就問過的同一個問題：這門課的目的是什麼？我記得學生們之前的回答，他們的信念仍然脆弱無比，相信所有知識都可以歸結為愚蠢的陳腔濫調。我們將學習如何成為公民，他們嘗試回答。**每個人都需要參與社會活動。一切都關乎政治。**

列車到站，我下車步行。來自海洋的濃霧，受到山谷——也就是我童年居住的家鄉，班恩的前世所生活過的地方——的炎熱所引入，緩緩爬入街區內。我看不清遠方，但深知自己要前往何處，我想起以實瑪利在裴廓德號（Pequod）的桅頂上「工作」，他恍惚的思緒擴散至清澈的天空，與我現在清醒的時刻截然相反。穿越迷霧時，我思忖自己是否可能並不存在。然而，我就在此處！生活於舊金山某處，那裡迴響著這座城的死寂。作為同性戀、柬埔寨人，尚未滿二十六歲，身體卻承載著戰爭、大屠殺和殖民主義的悲劇。然而，我的使命是教導比自己年輕十歲、彼此有著相隔整座大洋之差異的孩子們，身為人類意味著什麼。多麼荒謬啊，我承認。真他媽可笑。我卻異常興奮又期待著。

索馬里——瑟雷，索馬里——瑟雷

SOMALY SEREY,

自我從母親子宮冒出來的那一刻起，索馬里（Somaly）便抱著怨恨纏上我的身體，難怪我依舊會夢到自己成為她，也永遠無法擺脫她。阿婆和阿公說過，我曾是個虛弱的嬰兒，瘦得骨頭都穿過稀薄的脂肪。長成蹣跚學步的幼兒時，就算消耗了好幾磅的食物，始終無法增重。每當我吃到三碗飯時，就會召喚索馬里，吟唱只有死者才知道的祕密。

儀式需要用到白飯。加入任何東西，都會破壞穀物的潔白，將她驅逐於凡間之外。畢竟，米是神聖的，是索馬里在她父親——馬德望的米廠之王——遭到慘忍殺害後，唯一能吞下肚的食物。就在波布垮台的前幾天，集中營的管理者割出他的腹部裡的肝臟，為了祈求好運而將之大快朵頤。他們相信，那肝臟裡蘊含他失落財富的滋味，只要在飯上澆入他的膽汁，將每一粒米都染成紅棕色——血液混合泥土的顏色——便能讓他們在越南的入侵中倖存下來。阿婆和阿公便是如此解釋，為何索馬里會厭惡受汙染的白米。據索馬里說，她的父親並非一開始就注定失敗，只有我知道這件事，因為我這些年來都一直背負著她的靈魂。

或許這就是為什麼，我是唯一在照顧失智症病患的單位裡，不將患者的休閒時間稱為「放牧垂死的牛隻」、「行屍走肉的午後」或「生鏽的拉屎機器的遊戲時間」的護士。因為不同於安娜護士（Nurse Anna）、凱莉護士（Nurse Kelly），甚至我的朋友珍妮護士（Nurse Jenny），我對迷失方向有所瞭解。我曉得與違背邏輯的過往共存，是什麼樣的感受。

當我扶著三十九號房去上廁所時，她噴出了糞便，叫喊著已去世十多年的丈夫，說必須要將痛風藥摻入他的炒蛋中。「妳是想讓麥克（Mike）的腳腫起來嗎？」三十九號房在我的懷裡哭泣，糞便從她的睡袍滲到我的工作服上。我身上沾有屎，但盡量不去責怪她。他的痛風肯定很嚴重，連讓妻子蹲個馬桶都等不了。

「應該要有人去拔掉三十九號房的插頭。」珍妮在員工更衣室說道。

「太地獄了。」我說，身上只穿著胸罩和內褲。三十分鐘的休息時間即將結束，我還在用去漬筆試圖除掉棕色汙漬。這已經是過去一個月來使用的第五枝了。「再這樣會讓我們失業的。我可不想在麥當勞上班。」

「這就是為什麼，我沒有趁病人在睡覺的時候把他們悶死。」珍妮笑著說道。我們兩人都很年輕，剛從護理學校畢業，蠢到同意在照顧失智症病患的單位裡工作，那裡收容的老人皆失能不堪，心智如攪爛的泥漿，是聖約瑟夫老人照護中心（Saint

Joseph's Elderly Care）裡最糟糕的一群病患。珍妮總是說要離開這座垃圾場，在護理界取得晉升，轉去凱薩醫療機構（Kaiser Permanente）工作——那顯然是護士的夢幻工作。凱薩位於城裡的高級地帶，市政府會修剪那裡的人行道樹木，並在聖誕節期間進行裝飾，甚至不用特地開車就能在附近買到食物。

「哇，那味道真難聞。」珍妮繼續說。「她有在吃憶思能（Exelon）嗎？我發誓那會讓他們的屎變得更臭，妳知道嗎？就像他們吃了一堆自己的屎**之後**，又再拉屎一樣。」

「沒事的，」我說，「這和給小寶寶換尿布沒什麼兩樣。」

「小寶寶的大便是很純淨的，」她捏起鼻子，用鼻音說道，「就像消化過的紅蘿蔔泥和母乳一樣。我們清理的東西裡全都是藥物，像變種人的屎，妳知道嗎？化學調配過的。」

「就像屎的X戰警。」我答道。

「說是屎的X戰警還太仁慈了。」珍妮的話語彷彿迴響著，「我們的病人簡直是一袋袋腐爛的肉。」

我試著以更大力道擦去汙漬。「很壞誒。」

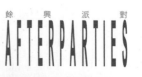

「**妳**進去二十九號房，告訴我那裡有沒有東西腐爛發臭。我隨時願意用二十九號房換二十三號房。」

「**妳**之前叫我負責三十到三十五號房誒。」我生氣地說，想起珍妮之前說過，額外的班次是給主管們留下好印象的機會。

珍妮嘆了口氣，交叉雙臂。「瑟雷（Serey），這實在太不公平了。我病人的房間連窗戶都沒有誒。」

「幹，他媽的。」我咒罵一聲，將工作服丟進水槽裡。「汗漬洗不掉。」

「拿我備用的那件吧。」珍妮說。「別擔心。」

「謝啦。」我閉上沉重的眼皮，靠在置物櫃上。我已筋疲力盡，但還有四小時的輪班要忙。

在雙腳得到休息之前，我又回到了走廊，趕著去換三十四號房的床單，替她洗澡並餵她服用醫生開的藥。我懷疑這些藥物只會讓她腦中的化學成分變得更加混濁不清。我格外關注三十四號房，因為她是英婆婆，我已故祖母的遠房表親。她總對我們之間的關係有著古怪的執著，而不只是出於老人痴呆的緣故——當然，老人痴呆讓一切變得更加嚴重。

社區裡的阿公阿婆都認為我是索馬里的轉世。出生時，羊水仍覆蓋著我的皮膚，英婆婆在我還是嬰兒的臉上看見了她死去的姪女索馬里，叔叔和阿姨們都一致同意，連和尚也點了點頭，英婆婆的幻象便如此纏著我的一生。社區舉辦了一場慶典紀念索馬里的靈魂，以及她平安的轉世。和尚們為此獻上祝福，將她的轉世視為我未來的好兆頭。這件事本該就此結束，我也從未**活得**像她一樣，但就在一年前，英婆婆被送到這裡並開始以索馬里呼喚我時，一股熟悉的感受朝我襲捲而來。

我敲了敲三十四號房的門，猶豫了一下節拍是否符合要求——儘管病患從未清醒到能辨認敲門聲，但主管們還是要求執行這項禮節——走進房裡，發現英婆婆熟睡著，嘴中還低吟著高棉語。我輕輕呼喚英婆婆，她猛然驚醒，用那雙凹陷的眼睛看著我，瞳孔放大、轉動，尋找自己能夠辨認的事物。

妳胖了，索馬里，她用高棉語對我說。我低頭看了自己的身體，發現珍妮的工作服比自己的大了好幾碼。英婆婆捏住我的耳朵，差點要把它扭斷。對於一位患有骨質疏鬆的老婦人來說，她的力氣可謂驚人。**妳不會是偷了共產黨的食物吧？妳會害死我們的！**

阿姨，我是來給妳洗澡的。我忍著痛告訴她，結結巴巴說著高棉文，並且記得以

「阿姨」稱呼她。每當我堅持自己不是她的姪女索馬里、她是我的姑婆、我是她的侄孫女、而且她已經認識我二十三年了（我目前的一輩子）……英婆婆就會開始生氣，甩我一巴掌。她會告訴我別再那麼幼稚，就算我最終承認自己就是索馬里的轉世，她也不怎麼領情。我配合她的幻想有段時日了。**我沒有要偷食物**，我說，將她的手指從我耳朵上撬開。

如果他們要槍決我，她說道，**我至少還會是乾乾淨淨的。共產黨殺了妳父親時，他臉上還沾滿泥土。這對他來說一定很羞辱。**

沒有人會處死妳的，我說。

扶她下床後，我們走進她的私人浴室。我彎下腰，用雙臂抱住她的腰部來支撐。她既沉重又輕盈，過胖又憔悴，一種混合了成熟肉體、衰弱器官與脆弱骨頭的年老身軀，我總覺得難以撐起。想像一下抱著一顆正在洩氣的熱氣球，我是如此形容她的。

上個月，英婆婆打了安娜護士一巴掌，並不斷毆打她，使得她只能蜷縮在地上挨打。安娜護士本就因英婆婆很難照顧而埋怨，我翻譯出英婆婆口中所大喊的高棉語後，她就變得更加憤怒。**又矮又胖**，她不停說著，**又矮又胖**。安娜護士不斷抱怨英婆婆對她拳打腳踢，而主管們不希望工會介入，於是將她的崗位調至離英婆婆很遠的走廊上，減輕工作量，讓我負責安娜護士原本值班的房間，包括三十四號房的所有工作，早中晚的班次都由我一人來承擔。我以前只需在早上負責照顧英婆婆，但主管們不願再冒險指派另一位不懂高棉語的護士到三十四號房。我問他們是否需要轉介自己認識的柬埔寨護士，他們說資金到位後會再與我聯繫。

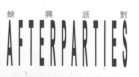

我幫英婆婆脫下衣服時，她的肥肉隨著舉起的動作而升起，後又覆蓋到骨頭上。我終於問道，到底是誰又矮又胖。她說，**那個殺死我全家的妓女**。清洗英婆婆下垂的乳房時，我腦海中閃過了往昔的片刻。

記得自己坐在客廳裡，周圍都是大人。我穿著一件特大號T恤、帶有猴子圖案的睡褲，還戴著掛有翡翠的金項鍊。祖父母餵我一碗又一碗的白飯。**告訴我們關於索馬里的事吧**，他們一邊高呼，一邊喝著海尼根。胃裡因塞滿了大量米飯而膨脹，使我昏昏欲睡。終於睡著時，我的嘴巴不自覺動了起來，低喃著從不屬於我的話語。一位阿婆聽到了**蕩婦**，還有人聽見**妓女**。一名阿公一把抓住我，將我放在他的膝蓋上。

這都說得通，他說，拍拍我的頭。**阿妹，妳做得很好**。他轉向人群，說他現在知道為何索馬里的靈魂會在我的體內如此不安了——她想向父親的情婦報仇。他解釋，在紅色高棉接管之前，索馬里的母親——索婆婆——拒絕讓丈夫的情婦跟著全家一起逃亡。但索公公那老傢伙實在沒救，放不下他的情婦，害得所有人沒能逃脫，所有人都得受苦！簡直是場悲劇。

胡說八道，英婆婆說道，堅信自己姪女的靈魂只是想和她的女兒——馬莉——再度相聚。她走到阿公面前，將我抱起。**讓小孩好好睡吧**，英婆婆說，把我交給了母親，不知惡夢將在夜晚糾纏、折磨著我。

是時候清洗英婆婆的私密處了。依照病患協議，我會告訴她自己的手將要清洗哪一個部位。珍妮從不澈底清潔病患的生殖器，我知道，這違背了安娜護士所堅持的工作原則。「又不是在做愛。」她開玩笑說。我算不上最好的護士，但我會為英婆婆盡心盡力。在三十四號房裡，我切換到超速模式，一絲不苟地專注於工作，即便四肢都因疲憊而沉重不已，被地心引力拉得格外用力。

我將毛巾拖到她的腹部上，一想到英婆婆可能誤會自己在攻擊她，便緊蹙眉頭。但她當然不會如此，對吧？——因為我可是索馬里。我的手抵達了目的地，英婆婆直視著我的臉。**要是有共產黨人碰妳這裡**，她嚴肅地說，**不要反抗**。一旦反抗，下場就是死路一條。我以蓮蓬頭為她淋浴，希望自己能告訴英婆婆，她已經說過這番話很多遍了。

我終於回到家時，媽媽在沙發上熟睡，《家庭問答》（Family Feud）01的叮噹和歡呼聲傳來。廚房的餐桌上，塑膠碗裡的炒豆腐變得凝固——可能是留給我當晚餐的——但我只拿出冷飯來吃，如此媽媽便能將炒豆腐當作明日的午餐，節省一些花在雜貨上的費用，爸爸也能不用再上夜班。媽媽認為我正在為買房而儲蓄，還期望我能為她生下十個孫子來撫養。她不知道我根本不想要有小孩，且將大部分的薪水都存了起來。失智症在父母各自的家族裡橫行，媽媽因為在亞馬遜包裝中心工作而得了腕隧道症候群，爸爸則患有糖尿病。我拒絕看著他們的心智化作虛無、肉體成為空物。媽媽肯定不願意知道，我打算將她送進療養院，尤其聽了我講述工作上的事情之後——護士們將病患壓制住，將藥物塞入他們的嘴裡，然後像強制餵食鴨子那樣按摩他們的喉嚨。然而，這正是我努力存錢的原因。我會讓他們住上很好的地方，房間都有窗戶，照護人員也會出自真心關懷病患，替我的父母好好洗澡。

我坐在餐桌前，盯著盤子裡的白飯。自從成為英婆婆的全職護士後，索馬里的惡夢便經常找上門，這是我從小到大未曾經歷過的。早晨醒來時，很常喘不過氣。我深知這些惡夢並非真實，只是空幻的夢，不是基於事實或任何人的真實生活。儘管如此，我仍感覺自己正被過往、被索馬里的記憶、被她未解開的情緒洪流所淹沒，在每

01 美國電視遊戲節目，兩組對手會在節目上進行問答比賽。

一場輾轉反側、心緒不寧的夜晚，潛入我體內更深處。

這些夢魘十分恐怖——索馬里懷有身孕，忍著飢餓在稻田裡辛勤勞動，她未出生的孩子缺乏所需的養分；索馬里在夜色最深之時破水，英婆婆摀住她的嘴，以免分娩的痛苦喊叫傳入赤柬士兵的耳中，索馬里也摀住了新生兒的嘴，防止任何人聽見哭聲，並在嬰兒的耳邊呢喃著，**對不起，對不起，對不起**。某些夢裡，**我成了**索馬里，懷著她的女兒馬莉——我的表姊，也是英婆婆的另一位外姪孫女。這一切都說不通，因為馬莉直到八〇年代末才出生。然而，這些夢境猶如身臨其境，我拚命地試圖保護腹中的生命，胎兒因飢餓而在子宮內躁動不安，這個與我一同遭到遺棄的嬰孩，這個注定性命不保的女兒，體重太過沉重而難以承受，卻又太過輕盈而無法生長建全。我承受著索馬里對她丈夫所積埋的憤怒——她當時還背負著腹中胎兒，要不是流產的緣故，馬莉就會有個哥哥，而她的丈夫卻拋棄了索馬里，獨自逃到國境之外。這股憤怒在我的血管中湧動，激發出想要在困境中存活下來的意志，而當我醒來並準備工作時，它會繼續在我體內爆發，使頭部隱隱作痛、目光充斥怨恨。我不會因為這些夢的出沒而責怪英婆婆，但我無法再忍受如此的折磨。

在其他夢裡，我會像看著索馬里的倒影一般，觀察著她。罕見情況下——也許是吃太多米飯的時候——我們會在她那位於格林斯伯勒路（Greensboro Way）上的公寓裡交談，並一起享用晚餐，沒錯，就是一大堆白飯。在這些夢中，索馬里通常會訴說著我的未來，就像讀出幸運餅乾裡的紙條一樣。然而，有一場夢令我難以忘懷。

夢境緩緩展開：索馬里和我坐在餐桌前。她穿著鑲滿珠寶的白色桑博[02]，與其項鍊完美搭配，宛如畫中的仙女——無比優雅，彷彿隨時會將雙手向後彎至手腕，搖曳生姿。我看著她以食指和拇指捏住每一粒米，一粒一粒地送進嘴裡。過了一會兒，她停下來注視著我，目光渙散，似乎將我看作一片虛空。我的女兒，她終於說道，**將會繼承我脖子上的金項鍊**。夢裡出現的項鍊與我兒時所戴、為了慶祝我們之間連結的項鍊似乎有所出入。

我們家族世代相傳著這條項鍊，她解釋。**大家都知道米廠之王會把自己的家產都埋起來。馬莉的外祖父拒絕讓共產黨奪走他的財富，才會死於非命。我父親想要的太多了，他想要妻子，想要情婦，還想要他的財富。他會死就是因為他想要，想要，又想要。就讓這條項鍊提醒馬莉這件事，讓她好好銘記這個教訓**。

索馬里摘下項鍊並交給我時，我便從夢中甦醒。這場夢境重複出現過幾次，但在每個版本中，我皆無法得知索馬里接下來的話是什麼。

02柬埔寨傳統服飾。

另一個房間傳來《一擲千金》（Deal or No Deal）[03]的開場音樂。我在飯上加了點醬油，因為實在太累了，無法再承受索馬里的夢境。我知道這行不通，但還是值得一試[04]。

有些早晨，英婆婆會記得索馬里已經死了。她一見到我，就驚得流下淚水。她會開始為我祈禱，為自己與她的孫兒們（我就是其中之一）祈求祝福。接著她會問我——或更確切地說，索馬里的鬼魂——想從凡間獲得什麼，為何會出現在她這凡人的眼前。在這些時刻，我看見自己與索馬里、與那僅存幾張照片中的女人的相似之處。衣櫃的鏡子裡，我的倒影聚焦在顴骨上，黑髮既捲又直，眉毛呈現茫然空虛的表情。每當英婆婆將我看作已故的索馬里成了幽魂來找上門，我都得懇求她不要反抗，好好服藥。到了下午，英婆婆會再次陷入戰爭與大屠殺的幻覺中。共產黨人就潛伏在窗簾後，窗邊的植物則蔓延成「稻田」。英婆婆會為這些植物澆水，好像不澆水就會被活活打死一樣。

03 源自荷蘭的電視遊戲節目，玩家得在從二十六個手提箱中擇一，並以交換的方式博得箱內的獎金。
04 此指在白米飯加上醬油，以「受汙染」的米來驅趕索馬里的夢。

我不知道自己比較喜歡英婆婆將自己當作活著或是死去的索馬里——一個是被共產黨奴役的女人，一個則是纏擾著自己阿姨的鬼魂。但當我上班時，一切都不重要了。就在今日早晨，剛敲完三十四號房的門，裡頭傳來一名男子的聲音：「快進來，媽的幹，快進來！」

我急忙進入房間，發現維斯正奮力抓著英婆婆的手腕，將她從地上拉起來。「快幫幫我！」他喊道。

「**停下來**，」我說，「你會害她脫臼的！」我蹲下身，抓住英婆婆，摟住她的腰部，將她抬到床上後，她立刻蜷縮成胎兒的姿勢。她看起來不太好，眼皮不停顫動，嘴巴越張越大，發出的聲音卻只有沉默。

「我看了一眼手機，她就倒在地上了。」維斯說，雙手抱著頭來回踱步。我無視他，掀起英婆婆的睡袍檢視狀況，輕輕觸摸她的肌肉，她全身都在痙攣。她臉上的皺紋成為痛苦的漣漪，其無聲的尖叫彷彿迴響著。一股如釋重負的感覺深入我的內心——無法控制，自私，腐爛——我我不得不倚在床架上，幾乎貼著英婆婆的臉龐。她死去的念頭在我腦海中猛烈旋轉。

「怎麼辦？」維斯問。

「打九一一。」我說，然後低聲說道，**阿姨，對不起**。我不自覺地揉搓英婆婆那如和尚般剃光的頭部，她看起來就像個巨大而古老的嬰兒。

接下來的一週，英婆婆都在醫院裡度過。家人們為三十四號房獻上遲來的敬意與不捨之情；其他幾乎認不得自己家人的阿公阿婆們也跟著現身；關係疏離的阿姨叔叔們試圖挽回他們的業報；不耐煩的青少年則對他們如同行屍走肉的阿婆毫不在乎。他們帶來新的毯子、枕頭與英婆婆不該吃的包裝點心，並在窗邊的茶几上擺放她已故的丈夫，以及未能抵達美國的孩子們的照片，同時點燃香火以驅散邪靈。因為醫生告訴我們，英婆婆已年邁，身體太過虛弱而無法接受手術。她的髖部已經置換過，新的人工植入物無法起太大作用。英婆婆將返回聖約瑟夫照護中心，度過最後的日子。

整個星期，索馬里的惡夢都會在我睡眠時悄悄爬上床頭，使我不堪紛擾。每天晚上，我都會在布滿地雷的森林裡逃竄。我們一家人倉皇出逃，一半的人都喪失了性命。我緊抱著還是嬰兒的馬莉，力道之大使她哭出聲，但沒有其他方法能夠把她牢牢鎖在自己懷中，因為我正拚命以最快的速度奔向邊界，任何邊界都好，我們會在那裡找到避風港。然而，我們立刻發現泰國士兵們鎮守於邊界，他們的步槍瞄準著我們，以不是我們母語的語言尖叫著，英婆婆也許能聽得懂，因為她也在尖叫，要我們停下來、回頭、放棄，已經沒有希望了。然而，我發誓，自己看到了希望，於是我繼續奔跑，索馬里繼續奔跑，馬莉緊貼我們的胸膛，直到子彈降臨。我最終死了，所以醒來去上班。

整個星期，我都在想著英婆婆的死亡。我想著和同事開玩笑，做回自己，不多不少。我想著要難得一次在合理的時間下班，趁爸爸去上班之前回家看看他。我想著擺脫索馬里會是什麼樣的感受，能夠完全掌控自己的人生，不再被不屬於自己的記憶所耗盡精力，到底會是什麼樣的感受。思考隨著意識模糊而漸漸黯淡，我沉入睡眠，夢見自己成了奄奄一息的索馬里，襁褓中的嬰兒從她身邊被奪走。

整個星期，我都在期望不可避免的事——與馬莉對峙。她會在英婆婆臨終前來探望她。馬莉，我惡夢中的新生兒，自我幼時以來一直怨恨著我，一直到她三十多歲。她不會知道，我並不想繼承她母親的身分，也不明白我願意做任何事，只為了不再夢到自己成為索馬里。

英婆婆回來的前兩天，我做了同樣的夢，夢見索馬里和她的項鍊，只不過這次是尖叫驚醒的。我不記得的部分肯定相當可怕。距離開始新的一日還有幾個小時，於是我決定做早餐（通常都沒有時間做）。我在鍋中攪拌著即食燕麥粥，媽媽走進廚房看到我而嚇了一跳。

「不要這樣嚇我！」她喊道，一屁股坐在桌旁的椅子上。

「妳要嗎？」我指著鍋子和咖啡機。

「我太累了，吃不下飯，會想吐。」她以手撐著下巴，彷彿沒有支撐，頭就會從肩膀上滾下來。我遞了杯咖啡給她。「每天晚上，」她說，一邊努力試著睜開眼睛，「妳爸回家的時候都會把我吵醒。他太自私了，一開門就到處亂撞。每天半夜四點就——砰、砰、砰。」

「媽，妳該吃一點。」我端著碗坐下來，舀了些燕麥粥，在她面前揮動著碗。她笑著拍開我的手，不知怎的，我問了一句：「我們家有以前留下來的珠寶嗎？」

她示意我等一下，離開房間，帶著一個小木箱回來。她將箱子內的東西倒在桌子上——石頭、小佛像、到處飛揚的灰塵——我立刻看見了它：索馬里的項鍊。我拿起它，左手感受著重量，鍊條撫過右手掌心的皮膚，感覺項鍊比夢中的還更輕巧。我慢慢將項鍊繫在脖子上，動作帶著猶豫、帶著不安。

「大家當時都認為妳是活生生的幽靈，英婆婆就把這給了妳。」媽媽的聲音帶有一種翻白眼的口吻。「但妳戴起來還是很好看。」她說道，並喝了一口咖啡。

在一整天的工作中，我都在思索著，馬莉是否會認為自己比我更有資格能夠擁有這條項鍊。這是否是她母親自殺後，又從她手中被奪走的另一樣東西。這就是她如此憎恨我的原因嗎？為什麼她自我不再爬行、學會走路的那刻起，便拒絕接受我的存在？我開始相信，或許將這條項鍊歸還給真正的合法繼承人，惡夢將不再襲來，我終於能夠得到寧靜。

英婆婆回到聖約瑟夫的那天上午，我試圖為她更換睡袍，她擁抱了我很久很久。她的左臂上生出一道瘀青，一路延伸至下背部，綠色和紫色的疤痕侵蝕著她的肉體，我們擁抱時，我的雙手懸浮在她身上。我彷彿能感受到她的疼痛緩緩發出的熱度。我們來回搖晃，若不這麼做，英婆婆便無法挺立身子。

我本有機會能逃走，她在我耳邊低語，**但我不能把妳留給共產黨**。

我愛妳，我說，不知她是否會認出那懸掛在我工作服上的，索馬里的項鍊。

我最後為英婆婆穿好衣服，將她安置在床上時，聽見走廊上傳來尖叫聲。英婆婆猛地打了我的頭。**讓那女的閉嘴，小心被壞人聽見**。我走出三十四號房，看見隔著幾扇門之遠的馬莉，她背著一個嬰兒，還有一個小孩抓著她的腿。馬莉正對著珍妮大吼，珍妮卻擺出一副漠不關心的表情。

「老人照護本就存在風險和錯誤。」珍妮冷冷地說道，背誦著掛在員工更衣室裡的一句話。「沒什麼好說的了。我們對您選擇本機構深表感謝。」

「這裡每個人都他媽爛死了！」馬莉尖叫道。「她就快死了誒！」她背上的嬰兒開始哭泣。「看看妳做的好事。」馬莉咬牙切齒地說，到一旁安撫她的孩子後，沿著走廊來到我所在之處。

一陣恐懼淹沒了我的身體，我逃回三十四號房。我最不想要的，就是與一個無法看清自己痛苦的人相處時，所感受到的挫折與無謂的折磨。英婆婆已經在床上睡著了，我則意識到躲進房間裡有多愚蠢，但為時已晚。馬莉帶著孩子走進來。我多年沒見到她了，只記得聽人說過，她與第一任丈夫離異後，搬去不遠的城鎮再婚。

儘管嘴邊和眼睛周圍多了淡淡的皺紋，她看起來依舊一樣。她的顴骨突出，彷彿會割傷自己的孩子。她盯著我，眼神猶如惡魔。我試著迎上她的目光，但只能看著她的前額，眉毛劇烈扭曲，額頭卻光滑、寬闊，沒有一絲皺紋。

英婆婆翻身而壓到骨折的髖部上，疼痛驚醒了她。她大聲哀喊，馬莉衝到她身邊。**阿婆，妳還好嗎？**她用高棉語問道，接著瞪向我。「妳怎麼讓這種事發生的？」

我想解釋，自己本來就準備將英婆婆固定在床上，是因為聽到馬莉在外頭大喊才走出去瞧瞧，但沒有時間開口說話了。我趕緊將英婆婆翻身，把枕頭放置在她兩側，用床帶繞住她的腰部。她的哀號越加淒厲，我決定為英婆婆注射止痛劑。我準備好針筒，要將藥物打在她的手臂上，而馬莉站在身邊，以謹慎的目光瞪視著我。

「妳在對她幹麼？」馬莉質問。「她是在妳的看護下摔斷髖部的，對吧？」

「阿姊，」我開口說，停頓下來以強調自己稱呼她為「阿姊」是出於尊重，「讓我好好做我的工作。」沒等到回應，我就用酒精棉片擦拭英婆婆的手臂，當針頭正要刺進她的皮膚時，馬莉的另一個小孩走進了房間。

「好噁！」她大喊，接著問道：「阿婆怎麼了？」

「出去等媽咪。」馬莉說，以溫柔的口吻掩飾自己的沮喪。

我們兩人在沉默中等待著，英婆婆的呻吟漸漸變成了嗚咽聲。房裡瀰漫尷尬的氛圍。英婆婆一入睡，馬莉便不滿地問道：「可以讓我跟英婆婆獨自相處嗎？」有那麼一瞬間，我想尖叫著說，**自己才是那個照顧她的人誒**。

在三十四號房外，我發現馬莉的孩子和珍妮在門口外的小等候區。她們正在一堆醫學手冊上畫著五顏六色的花朵。

「我以前看過妳。」馬莉的孩子抬頭看著我說道，她的語氣不確定，像是一個疑問。「大家都叫我珊米（Sammy），不要叫我珊姆（Sam）。」

「是喔。我是妳阿姨。」我跪下來說，但一說出口就後悔自己聲稱有這種親屬關係。「妳畫得很漂亮。」

「我知道，我五歲了。」她突然這麼說，使珍妮笑出聲。

「妳也許該去看妳媽媽。」我說。

珊米想了想，然後將自己的畫都收起來，沒說再見，便走進了三十四號房。

珍妮和我躲到康樂室裡喝咖啡，因為珍妮正要準備「放牧垂死的牛隻」，也因為我不敢再冒險和馬莉進行互動。陽光照射在磁磚地板上，反射出使人分心的光芒。窗外的風景是一片雜草叢生的荒地，據傳那裡曾是當地幫派多年來埋藏屍體的地點。三十九號房到四十三號房都在電視上觀看《危險邊緣》（Jeopardy!）[05]，對著螢幕大喊錯誤的答案。三十二號房裡，一名戴著巨大雙光眼鏡的中國老伯不斷來回快步，仍在為幾十年前的馬拉松比賽做訓練。

「我**知道**她的親戚快死了，」珍妮說，手裡拿著一杯黑咖啡，「但沒必要這麼白

05美國智力競賽節目。

目吧。」她一邊說，一邊看著我身後的三十七號房和三十八號房玩跳棋。三十七號房無論輸贏都會發脾氣，珍妮不得不留意他。「妳難道不厭倦人們因他們自己糟糕的決定，而指責我們嗎？」她繼續說。「我們又不是那些拋棄他們的人。」

「我只是擔心我的姑婆。」我說，索馬里的憤怒開始在我頭骨裡衝撞著。

珍妮轉頭看向我。「喔幹，我忘記了。」

「沒事，她也老了。」我將目光集中在三十二號房，看著他不停地訓練。「還有馬莉，」我補充道，「她有合理的理由。」

「瑟雷，說真的。」珍妮將手放在我的肩上，一點咖啡濺在了我的工作服上。「進來這裡大吼大叫是不行的。」

「嗯，也對。」我回應，感到筋疲力盡。

接下來的一週，好幾位訪客來過三十四號房，但馬莉比其他人更常陪伴在英婆婆身邊。我在走廊上，聽見馬莉講述她童年時的故事——英婆婆會因為她晚上偷偷溜出去而生她的氣；英婆婆還很討厭她高中交的幾任男友，經常抱怨他們，但總會為他們做精心的餐點帶回家；她非常感激英婆婆，在沒人願意照顧她的時候選擇撫養了她。

這週的每一晚，我都會夢見自己死在索馬里的身體裡。惡夢讓我的睡眠變得毫無用處。我的身體叫囂著疼痛，我的輪班陷入無休止的沉悶，我的偏頭痛在腦袋裡轟轟作響。這些惡夢得終止，除了將項鍊還給馬莉之外，別無他法。我——近乎語無倫次地——告訴自己，那就是索馬里想要的。就讓馬莉去背負她母親的重擔吧。

我每天都抱著歸還項鍊的意圖去上班，卻也每天都失敗。她和我談話時，我完全無法直視她的雙眼。我不想讓馬莉滿足。我不想讓她認為，我在為自己的存在而道歉，並屈服於她的觀點——她堅信我不該擁有她母親的記憶，我搶走了她所繼承的身分。出於惡意，我發現自己想要留下這條項鍊。我的內心深處明白，自己並不想表現得那麼固執——如同馬莉那般——但有時就控制不了。有時候，我希望自己能像她否定我那樣，否定她對我們歷史的看法，這便足夠。

偶爾幾個下午，馬莉的第二任丈夫會帶珊米和小嬰兒去探望英婆婆。若維斯也碰巧在這裡，他就會陪他們去對街買冰淇淋。「我不知道為什麼馬莉那麼堅持，要讓她的孩子看著英婆婆死去。」有一天，他這麼對我說。「會很難過的。」

「她大概想讓他們有機會能認識英婆婆。」我草草回覆，語氣疲倦不已，維斯突然對我產生了興趣。我正為病患們準備藥物，瞇起眼睛試圖集中注意力，以保持神智清楚，牢牢抓住世界的這處角落。要是在工作上出錯，像凱莉護士有一次誤把三十八號房的藥給了三十二號房的那樣，我會澈底崩潰。那時，全體的工作人員都在停車場追著三十二號房——他的馬拉松訓練真的有效。

「好吧，那現在也有點太晚了。」維斯咬了一口一塊錢的甜筒冰淇淋說道。「他們現在只會記得英婆婆奄奄一息的樣子。」他閉上眼，扭動脖子而喀擦一響，吸了一口氣後，再度進到英婆婆的房間裡。馬莉和她的家人都站在床前，彷彿正在從她呼吸的穩定度來計算死亡的確切時間。

一位阿姨因為偷偷將大麥克漢堡夾帶進三十四號房並餵給英婆婆，而發生了輕微的緊急醫療事件。雖然大麥克是英婆婆最愛的美國食物，但她早已喪失消化固體食物的能力，從而使她陷入昏迷，只有幫她洗澡時才會短暫清醒。據管理階層的說法，我沒有義務繼續為三十四號房洗澡，她在電腦系統中已被正式登記為「死亡」，因為安娜護士喜歡即時更新數據。儘管如此，我覺得自己有義務這麼做，這是我最後一次能在沒有馬莉的監視下，與她有獨處的機會。

今日，英婆婆很平靜，沉默地癱在淋浴椅上。我快死了，她說，我為她抹上洗髮精。無言以對，只保持緘默。我會死在這個地獄裡，她繼續說。我查看她是否正在哭泣或是感到懊悔，但她冷漠的臉龐猶如被雕刻在時間裡，凝結成不朽。我覺得自己真是愚蠢，居然以為英婆婆除了無盡的超然之外，還會有其他的感受。

我沖掉英婆婆頭髮上的洗髮精，白色泡沫沿著她青腫的背流下。**妳會撐過去的**，我說。**妳會去到美國，再活個五十年，然後才會在愛妳之人的陪伴下死去。**

我要妳殺了我，英婆婆說道。**我的孩子都死了。我不需要這樣活著。**

我不確定她指的是過去，抑或是現在。在我的工作服裡，索馬里的項鍊貼在我赤裸的胸前，觸感冰冷。

妳死前有什麼想要的嗎？我問。

我想吃妳父親做的白飯。我想嘗一點純潔的味道。

那我們去弄點飯吧。

我用毛巾擦拭英婆婆的身體，替她換上乾淨的睡袍，小心翼翼地不為她帶來更多痛苦。我想她之所以能接受死亡，就是為了終結痛苦。她將手臂搭在我的肩上，我們慢慢走進臥室，馬莉和她的女兒珊米正在那裡等著我們。

我想，時候到了。在英婆婆自願結束生命之前，就像三十五號房上個月那樣拒絕呼吸之前，將項鍊歸還給馬莉。在她不得不面對另一位母親的死亡之前，現在就行動。

馬莉在床的另一邊幫我安置好英婆婆。她黑色的毛衣加深了臉上的嚴肅。珊米正在她母親身後的茶几上畫畫，毫不在乎英婆婆已故丈夫和孩子的照片。

愧疚如沉甸甸的巨石阻塞我的喉嚨。我為自己與馬莉的不滿而感到愧疚，我因抗拒讓雙方獲得解脫而感到愧疚。我盯著馬莉，我們垂死的阿婆躺在彼此中間。我能感覺到眼淚在眼後醞釀著，但我依舊頑固和自傲，不肯在馬莉面前放下這些包袱。

「妳在看什麼？」馬莉問，從床邊後退了一步，將手放在珊米那無動於衷的頭上。我試圖告訴她項鍊一事，但喉嚨仍被愧疚所阻塞，只能說出口：「妳想吃白飯嗎？」

馬莉以懷疑的眼神回應，交叉著雙臂，像在防備我的愚蠢。

「英婆婆想要，」我解釋，「白飯。」

突然，她的包包裡傳來鈴聲。「我得接一下。」她看了眼手機，從我一旁擦身而過。砰地一聲關上門，在房裡產生出一道微弱的氣流，以沉悶的寒意沖刷過我，我們最後和解的機會就此化為泡影。

珊米取代了她媽媽的位置，站在英婆婆身邊，手裡拿著一疊畫。「阿婆，這是我畫給妳的。」她說，英婆婆卻沒有回應。「阿婆——阿婆——！」珊米拉著床單繼續說道。

「不要這樣拉。」我平靜地勸阻，內心卻想對她大吼，把她的畫撕成碎片，將她趕出房間。**妳是沒看到阿婆正在受苦嗎？**我想尖叫，但最後還是說道：「英婆婆需要睡覺。」

她不理會我，繼續拉著床單，結果英婆婆的頭撞到了珊米。她受驚而退了幾步，但英婆婆一動也不動，眼睛仍緊閉著，就像剛死去一樣。她的嘴巴張得老大，猶如黑洞，將周遭的一切都吸進來世。我檢查她的脈搏，雖然醫生們從不對自己的診斷抱持樂觀態度，雖然我的護理生涯和輪班工作使我的靈魂感到麻木，雖然我才剛懷疑她早在片刻前就已死去，但是當我在英婆婆的手腕上感覺不到任何生命脈動、只剩下一片空虛時，仍然震驚不已。

「她死了。」我低聲告訴自己，淚水終於從體內湧出。我感到無盡的悲傷，彷彿一部分的自己被侵蝕殆盡。我難以呼吸，泣不成聲，珊米依舊沒有注意到情況。「阿婆，」我聽見她說，「這幅畫是妳花園裡的一條龍。」

我有點期待英婆婆會大喊，**在共產黨來之前，趕快回去工作。把稻田當作妳該死的花園**。然而，這當然不會發生。珊米和她那愚蠢的畫，對英婆婆的遺體毫無作用。此刻，她正在向英婆婆展示一條吞食著彩虹的紫龍。

我閉上雙眼，黑暗的空白安撫了我，再次睜開眼睛時，索馬里的靈魂出現在我面前。我並不感到驚訝，畢竟早與她共處已久。她站在珊米身後，穿著總在夢中穿的那件衣服，全身滿是純潔的白色，而我們四目相對，此刻彷彿成為永恆。最後，她將手放在珊米的肩上。

我注視著索馬里，發現自己手裡緊握著項鍊——我知道自己該做什麼。我解開項鍊在後頸的扣環，走到珊米的身旁並跪下。「我們讓阿婆休息一下，好不好？」我說，索馬里則凝視著我們。

「可是我還有更多畫。」珊米舉起一張畫，上面畫著英婆婆騎著紫龍。我在她的面前晃動那條金項鍊——翡翠吊飾轉動著，宛如一顆行星，一個獨立存在的世界，繞著自己的軸旋轉——她臉上的固執全然消失。

「我有東西要給妳。」我將項鍊繞在她的脖子上。「它是妳另一個阿婆的。」

「謝謝妳。」她難以置信地說，並出於義務擁抱了我。

她的頭髮貼在我溼漉漉的臉頰上，我望向窗外，穿過索馬里透明的身影，看著外頭黑幫埋屍的荒地。無論我看向何處，都會面對死者所觸及過的一切。「妳媽媽要是問起，」她放開時，我說道，「就說是英婆婆給妳的。」

我抓住珊米的肩膀，凝視她的雙眼。我或許抓得太緊了，卻無法停下來，我想看出她是否知道英婆婆已經死了，是否能感覺到索馬里的鬼魂正在頭上盤旋，準備讓她陷入我們家族過往的惡夢。她毫不慌張，而我思忖著，她在死亡的面前是否就如此自在，我用力的抓握是否對她年幼的肉體沒有任何影響。或許年紀越輕，死亡便顯得越平凡。若是如此，出生與死亡又有什麼不同？難道它們只是世界的開啟與關閉嗎？

「妳戴起來很好看。」我又將她拉進懷裡。

感受著她小小身體的溫暖，一部分的我想保護珊米，讓她免受於阿婆們的歷史之苦，免受於我們所有過往的陰影之苦。一部分的我想將這條項鍊扔進三角洲，讓這家傳之寶被混濁、受汙染的河水帶走，穿越加州，穿越太平洋，如此一來除了我之外，再也沒人得承受這分苦楚的重擔。另一部分的我則思索著，新的世代能否擺脫死者的夢與想望，以獲得自由。但我累了，看不見其他的道路。我需要讓夢魘停下。這一次，我將保留，我想要的自己。

世代差異

GENERATIONAL DIFFERENCES

一九八九年

克里夫蘭小學，史塔克頓（Cleveland Elementary, Stockton）

現在，你已經讀完了我的故事。你要求我記錄自己的回憶，而我寫下了你和我的孫兒們必須要知道的事情。說真的，我一開始很猶豫。為什麼會有人想要重溫**那段**經歷呢？但你很堅持，一直告訴我：「不能讓妳的歷史就這樣消失在時間的洪流裡。」還暗示了我已經衰老，終究無法躲過死亡，尤其是你阿爸現在也過世了。於是，我同意了。幾個月來，我梳理了記憶，剔除其中恐怖的細節，為了後代而藏起來自過往的彈片，但我懷疑，這更多是為了你自己。若你正在閱讀最後一段，可能已經精疲力盡，被前幾頁我在集中營的時光、我目睹的那些死亡所擊潰。我的人生並不容易理解，但請原諒我作為你的母親，因為我寫的這一部分是關於你的，我唯一的兒子。即便你已經聽過這個故事，我還是想要再好好地解釋，這多年來一直纏困著自己的回憶。這段過往，你應該保存下來。

即使已步入老年，我仍清楚記得，你第一次面對那場悲劇的情景。那時是二〇〇〇年的八月，我們才剛搬進第一個真正的家。我和你阿爸得花一輩子才能償還貸款，但我們仍十分感激，在學年開始前便以最快的速度整理好房子。因為我當時認為，停留在過渡期太久，我們的家將永遠漂泊不定，容易受到外界的影響。

不過，整理行李的時間比我想像中還久，都是你阿爸的錯。他命令你——只有你——去整理散落在白淨地毯上的箱子，裡面塞滿一堆毫無價值的垃圾。我堅持自己來就好，但他告訴我，你必須學會工作。讓男孩為這世界即將交予他們的責任做好準備，這就是你阿爸所謂「微妙的教養方式」；在那段日子裡，他迫切地想成為一名好父親。我告訴他，我們的兒子只有九歲，但一點用也沒有；想當然，過了一週後，你什麼也沒完成。就算我責備你別再磨磨蹭蹭的，你也還是一直拖延時間，翻閱著家庭相簿。我相信，你就是這樣才會翻到麥可．傑克森來拜訪我ＥＳＬ[01]學生時所拍的照片。

「媽媽，這張照片裡是在幹麼？」你走進廚房問道。我當時正忙著切香茅和大蒜，準備將其冷凍在散發kroeung[02]氣味的塑膠盒，刀在我疲憊的手中顯得沉重，青草般的柑橘味深深扎進我的鼻子，刺痛我的眼睛，而你卻不斷打擾我，沒有得到答案就絕不罷休。

01 ＥＳＬ為英文English as a Second Language的縮寫，指「以英語為第二語言」。
02 一種高棉咖哩醬料。

「那是麥可・傑克森。」我終於開口說道，雙手還沾黏著黃綠色的小塊。「他是位流行音樂家，出於關心才來探望我們這些倖存者。」

你退後一步，猶豫著接下來該說什麼。

「妳說的『倖存者』是什麼意思？」

「沒什麼，」我說，「我沒有別的意思。」

「告訴我妳的意思！」你大喊道，不停地大喊，你的懇求如爪子般刺痛我的耳膜，你對答案的渴望隨著每秒的流逝而增長。

我洗了手，跪在你面前。熱氣從你顫抖的身上散發出來。「阿弟，怎麼了？」我將手放在你溼漉漉的額頭上，你摸起來就像黏乎乎的暖氣。

「妳的手上有大蒜和肥皂的臭味。」你推開我的手說道。「比只有大蒜更糟。」

我聞了自己的手指的味道後便笑了出來，因為你是對的。

「妳笑什麼？」你急忙問道。「我知道那個詞是什麼意思，我不笨。」

「我有時候的確希望你能笨一點。」我回覆，搓揉著冰冷的雙手。你時常感到燥熱，彷彿隨時會爆炸，而我的血液循環卻一直很差，好像血管裡的血液早已耗盡——這是我們之間世代差異的一部分。

「嗯，那妳打算告訴我了嗎？」你交叉雙臂，挺直背部，你常常這麼做，讓自己顯得比班上其他的男生更高大。我在你眼中，看見了某種難以克服的事物，以及悲傷。

「好吧。」我無奈地說，想著若是你阿爸會怎麼做。「如果你真的想知道，就讓你知道吧。」

我們坐在餐桌旁，彼此間堆滿了碗盤和一台縫紉機。我憶回那恐怖的一日——五個孩子遭到槍殺，其中四個還是高棉人，年齡都與你相仿。刺耳的槍聲與令人心碎的慘叫四起，三百多人慌忙亂竄、四處奔逃，三十幾名孩子受了傷，身上布滿彈孔，經歷著任何人都不該經歷的痛苦，更何況如此年幼的人。用粉筆畫著圖案的混凝土地上，四處流淌著鮮血，攀爬架和單槓因這場屠殺而傷痕累累，那身穿軍綠色戰服的男子往操場擊射了六十發 AK-47 的子彈，最後才一槍自盡。這一切都是為了保護他的家園、他的夢想，並抵禦我們這群難民所帶來的威脅。而我們之所以來到此地，正是因為自己失去了所有夢想，失去了一切。除了逃到這座塵土飄揚、瀰漫花粉與加州霧霾的山谷之外，難道還有其他的選擇嗎？在經歷完大屠殺的浩劫之後，我們還能去哪裡呢？我在心中自問，該如何告訴你這件事？我該從何處開始說起？

「在你出生之前，」我開口說道，盡量直視你的雙眼，「一個病得很重的人來到克里夫蘭小學……他……往操場上開槍。」我深吸一口氣，觀察你的臉色，但你沒有任何反應。「有些小孩死了，」我繼續說，「很多人受了傷。那是發生在一九八九年的事，也就是你出生的前兩年。你手裡拿著的那張照片，就是麥可．傑克森去悼念死者而拍的。」

我說完話，兩人陷入沉默。我仍然不知道讓你得知這種事件，是否為好的教養方式。但我可以告訴你，向你傾訴過往令我感到陶醉，卻也有些奇怪，反使我對這種陶醉感到羞愧，像是在唯一的兒子面前將自己的內心深處掏空。

「妳當時在做什麼？」你終於問道。我看得出你的腦袋正在轉圈，有千言萬語想說卻說不出口。

「我獨自一人待在教室裡，」我說，「透過窗戶看著。」

「媽媽，那很**糟糕**誒！」你大喊，向前傾身，雙手猛地拍在桌上。「開槍的時候不該站在窗邊！我才三年級，連我都知道了。」

「**克制**一點。」我沒有進一步解釋。當然，那麼做的確很愚蠢。我們生活在一座充斥幫派暴力的城市，每當身穿紅色或藍色衣服的青少年在街上遊盪，校園就會進入封鎖狀態。沒有理由不強迫自己遠離窗邊、遠離窗外的危險，而非只是站在那兒，眼睜睜看著血淋淋的歷史在操場上演。我清楚知道安全守則，被提醒這些事反倒使我惱火。

照片又回到了你手裡，你目不轉睛注視著它。我記得當時自己正在思索著，你為何會被這張照片所吸引。是否因為裡面沒有我們不苟言笑的親戚？是否因為那些高棉裔學生，他們臉上浮現的沉悶與憂鬱，他們傾斜在略為損壞的桌子上的身體？你是否已經懷恨在心——如同你在日後的人生中那樣——因為我們搬離了舊社區、離開那些與你長得一模一樣的孩子們？

又或是麥可．傑克森本人的緣故？可能是因為他的皮膚既明亮又暗沉，猶如透明一般？因為他的夾克在那些穿著舊衣的孩子面前顯得格格不入，幾乎像在發光一樣，使周遭學生的臉都變得黯淡、沉悶？你總是受到那些無法定義的事物所吸引，尤其是我無法定義的事物。如果有什麼事是我當時無法理解的，那麼就是麥可．傑克森了。不過想一想，你在照片中注意到的，可能是我燙的頭髮。直到今日，我依舊能感受到那頭不自然捲髮的重量。

「帶我去妳工作的地方。」你要求道，然後開始一大串的胡扯。你說，我們必須去調查我的教室，以確保在未來的攻擊中是安全的。很明顯地，你去到那裡之後，不會知道該如何調查，但我看見了你臉上的頑固，若是不加以解決，這種頑固只會加劇惡化。我想，這又是我們之間的世代差異：你相信我們應該得到答案，總有些真相等著被發掘。

「好吧，我們走。」我起身去洗掉殘留在手上的大蒜味。我認為在這問題上和你爭論是沒有意義的，反正我也需要準備好教室。在出門之前，我讓你將照片放進相簿裡，並把相簿收進櫃子中——我希望你至少能收好一件東西。

寫到這一部分時，我想起很多曾擔心過你的時候，擔心你面對這世界的態度，擔心你敏銳的……意識感。那天下午開車去克里夫蘭小學時，可能就是這些擔憂第一次真正發生的時候。其他男孩，你知道的，我無法想像他們會因母親無意中說了一聲「倖存者」，而感到如此不安。僅僅一個言語上的小失誤，就足以激發你的想像力。簡單一個詞，就能讓你的思緒四散奔騰。

我想，自己應該為你的不安負責。我指的不只是自己對那張照片所提出的拙劣解釋。我將你養育成懂得深切關懷的人，甚至有點過度了。一方面，關於言語的部分。我多年來擔任雙語助教，將高棉孩子在家中學到的一切都消除，也許使我變得偏執。

我認為必須確保你的英語流利，做個正統的美國人。我最不希望的，就是看到你最終變得像你阿爸那樣，對生氣的顧客說著一口蹩腳的英文，為那些比他還「更美國」的人修車，生活沾滿骯髒的車油。因此，我盡可能讀書給你聽，在你房間裡裝滿字典和百科全書，不斷播放著英文電影，若我得說到高棉語，就會躲在門後低聲地說。難怪單單一個詞，便能對你產生偌大的影響。即便現在，你依舊認為語言是一切的關鍵。這是我的錯——我也是如此認為的。

我們抵達克里夫蘭小學時，停車場已有幾輛車。距離開學還有一週，我很驚訝地看見它們在那裡。我知道其他老師也必須準備好他們的教室，而我們卻在執行完全不同的任務，就在那時，想到要和同事交談便使我尷尬得臉紅。

我關閉引擎，收音機陷入沉寂，車內充斥著你輕微的鼾聲，並伴隨著攝氏近四十度的高溫。你在這半小時的車程中睡著了，會如此疲憊大概不是因為自己的經歷，而是因為我的。我從駕駛座伸手到後方，輕輕撫摸你的臉頰，我不想叫醒你。現在還不想。

幾分鐘過後，你打了個哈欠，張開雙臂，彷彿想將全世界都抱入懷中，或至少整個克里夫蘭小學。「我做了一個夢，夢到麥可·傑克森躲在妳的教室裡。」你說道，眼睛幾乎沒有睜開。「他在做壞事，所以我空手用幾個招式嚇跑他了。」你邊講述夢境，邊在空中踢腿，有那麼一瞬間，我們的一日顯得如此平凡。

我表情嚴肅地看著你，假裝自己沒有被逗笑的樣子。「麥可．傑克森是個好人，他來學校是為了做好事。新聞報導之後，人們才捐款給我們。」

「是喔，那他為什麼不早點來，讓人們**在那之前**認識我們呢？」你的語氣充滿叛逆。「這樣就沒人會來招惹我們了。我們會是很重要的人。」

即便這番話只是來自於你和麥可．傑克森交鋒的夢境，其中的情感卻含有不可否定的真誠；就算如此，我還是覺得自己有責任說：「阿弟，這樣是說不通的。」

「快點！」你大喊道，現在完全清醒，並解開了座位上的安全帶。「我沒有那麼多時間！」我跟著你下了車，一路穿過停車場。我允許你成為我們的領導者。

在教室裡，我坐在辦公桌前，準備一些算是派得上用場的單字練習表。堆積兩個月的灰塵正慢慢沉入我的肺部。你趴在地上，以手和膝蓋著地，檢查沾滿口香糖的桌子下方，還掀開尚未吸塵乾淨的舊地毯，查看底下沒有拖乾淨而黏乎乎的地板。在教室裡走的每一步，都像是一場將鞋子從地板上用力拔起的奮鬥。

你用一套我不懂的系統測試了每扇窗戶，輕拍、敲打，將耳朵貼在玻璃上。接著，你仔細檢查了櫃子裡有無可疑的東西，快速打開一個個櫃子並往後跳，擺出準備戰鬥的姿勢，大喊：「啊**哈**！」然後你翻閱書架上的書，以防內頁藏有祕密筆記，記載著潛在危險的線索。若我當時沒有那麼疲憊，教室裡沒有如火爐那般悶熱，這整天也沒有被自己試圖遺忘的那場屠殺占據心思，本會覺得這一切都很可愛。我有好幾次想對你大喊安靜，但還是克制了自己的衝動。我想讓你得到解脫，忘卻這些醜惡的感受。

你翻開地毯查看被遮覆的磁磚時，我認為你已完全沉浸在這場滑稽的行動裡，能夠讓你獨自一人待在這裡。於是，我收拾了一疊需要影印和護貝的文件，告訴你自己馬上回來，並離開了教室。

我沿著走廊前行，陽光猛地灑在我臉上。我想著，加州的學校都由獨立的建築物組成，並透過戶外走廊連接起來，真是古怪。外頭延伸的景觀讓學校感覺與外部的社區過於融合，兩者間的邊界因此模糊不清、互相交合。在這兒走來走去，會讓人以為發生在學校的一切，猶如發生在街上與自家的前院一樣。也許這就是為何，即使在槍擊事件發生之前，我也從未覺得自己屬於這座校園。

完成影印後，我站在教室外頭，從窗後看著你。你那時正在桌子底下，試圖穿過管狀金屬組成的狹窄迷宮，表情因專注而皺起。你迷失在自己的世界裡，有一段時間，我很欣賞你賦予生活的意義。

有人從背後碰了我的肩膀，嚇了我一跳，差點就將文件掉在地上。「拉維（Ravy）！」那人驚呼道，我轉身見到自己的年輕同事露絲（Ruth），她也提著一疊文件。「抱歉，我不是故意要嚇妳的。」她說。「暑假怎麼樣？」她的金髮看起來很有鬥志，彷彿在迫使我注意到其豐盈的存在感。她的臉上綻放燦爛的笑容。

「還好。」我很快地回答道。離開學校兩個月後，我又忘記該如何與這種人相處。她穿著花紋襯衫與多摺邊的裙子，就算每一扇機會之門都會為她敞開，她還是選擇了來這裡當老師。我指了指窗戶，說道：「我帶兒子一起來。」

「真可愛！」她走近一些，透過玻璃往內看。「他在做什麼？」她問，展開笑容，露出更多牙齒。

也許是她的笑容讓我卸下戒心，或者是我太沉浸在自己的思緒中，但就在那兒，我們兩個所身處的那座鬧鬼的操場上，真相從我口中湧出，那發生在你我之間的一切。正是在如此的時刻——在自己的腦海中遊蕩了許久之後——會忘記其他人占據著與自己不同的空間。也許，我只是需要向某人傾訴這不幸的一日。

「喔，天啊。」她說，將手放在胸前。「這麼小的年紀就不得不面對這種事，真是太可怕了……他現在還想保護妳？太令人……心痛了，真的太令人心痛了。我那時候還小，但我仍清楚記得自己在新聞上看見槍擊事件的報導。我媽當場哭了出來。妳知道，我還是會想到那些離去的小生命。」她抬頭望向天空，望向天堂，望向與那些孩子們的父母早已毫無關聯的宇宙。不，宇宙已經將他們的孩子送回那摧毀他們的世界，讓他們轉世，並在生生死死中不斷輪迴，注定陷入永恆的疲乏，因為一切——即使擁有「活著」這項特權——在無盡的循環裡，變得使人疲憊不堪。「那些美麗的小靈魂啊……」她說道。

她的目光此刻牢牢固定在我身上，我看得出來她正等著我的回應，如學生等著老師判斷答案的對錯。事實上，我經常面對這種期望，因為我是這所充滿高棉青年的學校裡唯一的高棉老師。我的表情每天會被深入檢視一百次，尤其在槍擊事件之後更是如此。

於是我們凝視彼此——露絲的眼睛尋找著認同的跡象，我的眼睛則直直切入她的目光——直到你將頭探出教室來，出現在我視線的角落。

「媽媽，我們可以**走**了沒？」你喊道，身體的一半還在門後。「我應該準備好了。」我和同事收回目光，將注意力集中在你身上。陽光如聚光燈般照在你的臉上，使你的皮膚看起來蒼白，同時也不知怎地凸顯出其褐棕的色澤。

「拿上我的包包，我們就可以走了。」我喊回去，很慶幸有個藉口能夠擺脫這場互動、擺脫過熱的瀝青，回家重返香茅和大蒜氣味的擁抱。我轉向同事，發現她正輕輕啜泣著。

難以置信，我措手不及地退了一步，但我知道，她並沒有做出任何冒犯之舉。或甚至，她可能比我更有愛心，否則為何會在槍擊事件發生多年後，還會有如此強烈的反應？然而，我感到受辱。我想要她停止用眼淚來過濾這個世界。她一看到你就哭了出來，還將你與那些死去孩子們的記憶混為一談，我差點為此而打她一巴掌，但我只是轉身走開，不予理會。寒意襲上我，在這如三溫暖的八月底，我的雙手仍感覺像結凍一般僵硬，我看了一眼整座操場，不由自主地笑了起來。

「妳怎麼能——有什麼好笑的？」同事問道，一臉驚慌。

「當時是馬丁．路德．金恩紀念日的隔日早晨。」我答道，不再與她交談。「那時上課本來要教〈我有一個夢想〉（*I Have a Dream*）的。」

未等她有所反應，你就跳過了教室的門口，說：「**走**吧！」你指著停車場方向，揮動著我的包包。同事看到你這孩子表現得如此真誠又急躁，便哭得更加厲害，並努力克服我對她全然的冷漠。我無法再忍受她的存在，連再見也沒說就離開了。

回到車上時，你說自己感覺好多了。我們現在安全了；事情發生就發生了，你自言自語著，彷彿在哼著搖籃曲來安撫嬰兒入睡，你的神情漸漸恍惚，被熱氣籠罩著。你凝視車窗外的光景，心情似乎回歸了平靜，酒鋪、速食連鎖店和一片又一片的荒地呼嘯而過。

我的注意力開始飄移，如同我開車時經常發生的那樣，我記得你阿爸和我第一次來到加州時，麥可・傑克森的歌曲有多麼受歡迎。他的歌是唯一在高棉婚禮上撥放的美國歌曲，會被安插在赤柬上台之前所搶救出來的傳統歌曲之間。〈鏡中人〉（*Man in the Mirror*）是我的最愛，但大多數的高棉人——也包括你阿爸——都比較喜歡〈顫慄〉（*Thrillers*）。我告訴你阿爸，麥可・傑克森要來參訪我的課堂時，他興奮不已，一直提醒我要拍照。他似乎不怎麼關心其他的事，在槍擊事件發生後的隔天早上，他還對我說：「壞事總會發生。」多年後，他會拒絕觀看那些指控麥可・傑克森犯下殘暴罪刑的紀錄片和新聞特輯，我則會想起他當時迫於無奈而隨意表達的慰問。

我從來沒有真正告訴過你他的來訪，對吧？那是一場明媚冬日的午後，讓人以為春天已在轉角處等候，準備以盛開的花朵來迎接二月。我的學生們正兩兩一組地閱讀章節書[03]，因為我們都沒有足夠精力去上真正的課程。接著，我聽見如雷鳴般的直升機從遠處逼近，震耳欲聾的引擎聲漸漸變得難以忍受，塵土和碎片被捲入空中，有些學生還嚇得放聲大哭。我集合了全班學生到外頭，學校裡的所有人都在等待著知名訪客的到來。直升機降落在混凝土材質的操場上，無數保鑣從敞開的機門中湧出，猶如從一台迷你車下來的嚴肅小丑，各個都戴著墨鏡，擺出一副威嚴的模樣，黑色的西裝則散發著克制的殘酷氣息。在那些孩子們痛苦死去的地方，那片曾被他們的血染紅的地上，目睹這場騷亂和胡鬧，讓我感到十分憤怒。

從抵達到離去，麥可．傑克森在校園裡待不到三十分鐘。「你好，我親愛的小寶貝們，聽見你們的悲劇真的讓我很難過。」他在教室裡對我的孩子們說，我無法理解他為何敢稱他們為寶貝。我問他是否可以回答學生的問題時，他只是說：「我們來拍幾張照片吧！」

訪問結束的一週後，我將照片沖洗出來並拿給你阿爸看，他對麥可．傑克森那奢華的模樣驚嘆了大約五分鐘。我還在氣這件事，所以將照片都丟進了垃圾桶，只留下你找到的那一張，因為我有小心翼翼地將它收入相簿裡。就算再如何憤怒，至少得留下一張照來收藏，否則就覺得不對勁。

03 專門設計給小學階段的學生閱讀的讀本。

然而，我已經漸漸記不清這段故事了。在你得知槍擊事件時，我已經不再感到憤怒，不再有任何感覺，直到你開始強迫我解釋整個事件。

從克里夫蘭小學開車回家的路上，〈鏡中人〉突然浮現在於思緒中。我不自覺地哼起它的旋律，副歌在腦海裡迴響。我甚至查遍了廣播電台，**希望能聽到這首歌正在播放**。隨後，我瞥了一眼後視鏡，發現你一點都不好——你哭了，淚水和鼻涕差點使你窒息。「媽媽！」你粗喘著氣喊道：「回答我！」我完全沒有注意到你正試圖和我說話。你在學校裡努力維持的平靜，在車上澈底瓦解了。

我一手握著方向盤，另一隻手伸向後座，輕率地想安慰你。我遞給你一袋椒鹽脆餅、一瓶水，所有能讓你平靜下來的東西都好。我一心只想阻止那些淚珠落下，車子一路搖晃不定。你聽起來就像在不斷伸手去抓取空氣，迫切地想浮出水面。你幼小的心靈受到了澈底的撼動。

「看，有麥當勞誒！」我大喊，你卻無動於衷；就算如此，我還是覺得值得一試。我將車開進得來速，買了一個蛋捲冰淇淋給你後，你才開始冷靜下來。

我把車停在麥當勞後方，接近一座廢棄的加油站，沐浴在油炸的惡臭中。我從後視鏡看著你的倒影，你狼吞虎嚥吃著冰淇淋，融化的白色液體滴落在手上，緩解你情緒的解藥一點一滴地被浪費掉。

「為什麼剛剛一直不理我？」你嚴肅地問道。

「有嗎？」我問。「喔，阿弟，對不起……對不起。」

「告訴我為什麼。」你說。「我一直在跟妳說話誒。」

「我只能說，對不起。」我說道，你的臉上露出了失望的表情。

你繼續默默舔著冰淇淋。看著你沾滿冰淇淋的嘴巴，我再次想起麥可．傑克森，他的照片讓我們的這一天變得如此荒謬，他越是試圖改變，將自己重塑成嶄新的身分，便越是被他過去的模樣所深深困擾著。

「我等一下再吃完。」你說，將甜筒放到杯架上。我太累了，無力告訴你冰淇淋會融化，只剩下一攤毫無價值的東西。時候已晚，我們必須回家了。還有行李得整理。

現在，即使已經過了十幾年，我仍常常想起我們那個午後，回顧發生在我們身上的所有事，我想，自己將我們的痛苦縮限於過往的時間裡，真是愚蠢。別誤會，但我應該向你道歉，因為我拒絕在你慢慢步入成年的過程裡，告訴你這些事情；你阿爸過世後，你對獨裁政權、集中營與大屠殺的無窮好奇，總使我困惑不已，或甚至不安。你想要知道每個微小的細節，彷彿瞭解我生活中的這一部分，就能解釋你整個生命的歷程。出於沮喪、出於掙扎，我找不到能夠說清的言語，那些歲月從來不是所有事情的唯一解釋；我始終認為大屠殺是我們所有問題的根源，卻也不是問題的全部。寫下關於克里夫蘭小學的最後一部分——你的第一場悲劇——也許就是我告訴你的方式。

事件發生時，槍聲四起，我們的孩子們開始哭泣、流血、死去，我盯著教室的窗外，終於知道了我那自己從未真正理解過的兄弟。瞭解他為何會在波布上台的前幾年就自殺，而當時沒有人看見浩劫即將來臨。對於我那兄弟而言，即使正值青春、仍是個孩子，生命的重量始終難以承受。

接著，幾分鐘過去後，槍擊停下。我們清點了死者、傷者與倖存者，為此而悲痛，如同我們在此之前與之後，為許多生命所悲痛那般。

當你在思考我的歷史時，不需要即刻看見所有事情，更不需要回憶那些發生在我世界裡的悲劇細節。說實話，你甚至不用去嘗試。面對我們所經歷的一切，細節算得了什麼呢？但對我——你的母親——而言，請切記，無論好壞，我們都稱得上是倖存者。可以嗎？我們一直都試著活下去。不然，我們還能做什麼呢？

致謝

ACKNOWLEDGEMENTS

如果沒有我的父母——先海．蘇（Sienghay So）與拉維（Ravy）——就不會有這本書的誕生，這些文字皆無法寫出，這些故事皆無法講述，我也會對這世界一無所知。他們努力為我打造美好的生活，且從未想將我排除在他們的故事與歷史之外。相反地，他們竭盡所能讓我做好準備，追求成長，不被一切不良善與不公正的事物所擊潰。謝謝你們，爸爸和媽媽，謝謝你們努力活著、奮鬥，並憑自己的意志與想像打造出自己的世界。謝謝爸爸，謝謝你知道如何講個好笑話，謝謝你一直以來都在努力工作。謝謝媽媽，妳比我讀過或遇過的任何人，包括我在史丹佛遇到的那些自命不凡的人，都更聰明、出色，更有哲思。

沒有艾力克斯（Alex），這本書也無法誕生。謝謝你總是和我談話與傾聽，謝謝你閱讀我所有的故事，並告訴我哪些很糟糕。謝謝你的幽默、荒謬和美麗。謝謝你向我證明了，來自加州史塔克頓的柬埔寨酷兒，以及伊利諾州鄉村的半墨西哥裔酷兒孩子，能夠在彼此身上找到如此豐富的共同之處。我認為，如果自己不知道這點，可能就無法完成這本書了。我愛你。是你和我一起寫下這些故事的。

我的老師們不僅對這本書的初稿提供了必要的支持，也幫助我在作家之路上更好地發展。謝謝達娜．斯皮奧塔（Dana Spiotta），謝謝妳在我面對作品的批判時給了我信心，推薦那些幫助我構想這本書的作家，並成為我的謬斯——每個人都應該讀一讀她的《渡鴉山》（*Stone Arabia*，暫譯）。謝謝喬恩．迪伊（Jon Dee），讓我有信心熱愛自己的作品，教導我如何像個作家一樣閱讀，回覆我那些發瘋般的郵件，並針對我的書寫提供了天才的意見。謝謝瑪莉．卡爾（Mary Karr），謝謝妳讓我對自己作品有信心，謝謝妳給了我寫作上的見解，我至今仍以它作為引導，謝謝妳和我一起討論文學、文化和其他重要的事。謝謝克里斯．甘迺迪（Chris Kennedy）和莎拉．哈威爾（Sarah Harwell），謝謝你們與我討論了關於生命、意志和死亡的議題。謝謝亞瑟．佛勞威斯（Arthur Flowers）和喬治．桑德斯（George Saunders），謝謝你們批判性的眼光，能用如此坦誠的態度讓我學會如何成為作家。謝謝米拉．雅各（Mira Jacob）對其中幾篇故事的評論，謝謝妳教我如何找到寫作的張力與核心。我也要感謝史丹佛大學的老師們。謝謝伊文．波蘭（Eavan Boland）、史考特．哈欽斯（Scott Hutchins）、布萊基．維繆爾（Blakey Vermuele）和亞歷山大．內默羅夫（Alexander Nemerov），謝謝你們指引了我走向正確的方向。艾莉森．戴維斯（Alison Davis）在一堆享有特權的混蛋中，挑選出我的創意寫作申請，認為我的聲音值得受到傾聽、我的話語值得訴說。我在大學期間備感徬徨與失落，是你們幫助了我走出這片迷霧的。

我在雪城大學的家人們，謝謝你們，尤其是潔妮普（Zeynep），她曾在我生病時照顧過我，也是我意見的密封罐，因為現在的世界可能還沒準備好接受這些意見。我的柬埔寨家人——表親們與珊姆（Sam），我的姊姊——感謝你們確保我能上大學，讓我能在這體制中好好航行，為我的角色帶來靈感。我的摯友，蓋比（Gaby）與莎朗（Sharon），謝謝你們從未讓我只當個作家，你們提醒了我，自己的意義遠不止於此，並在我最需要的時候給了我一個家。我的知己——秀智（Soo Ji），謝謝妳成為我的卡洛琳公主（Princess Carolyn）[01]，謝謝妳和我一同制定了我們的工作計畫，也謝謝妳讓我讀了《I—n B—ll》的恐怖故事，那啟發了我在〈人類發展〉所寫的開頭。

若不感謝那些將我拉出停滯不前的困境的人，那便是我的疏忽了，是他們促使我不要只抱著野心，同時也要積極爭取機會，以持續成長茁壯。我在一日寒冷的下午，提著廉價的行李包闖入辦公室裡，胡言亂語了三十分鐘後，《n+1》（*n+1*）團隊——尤其是馬克．克羅托夫（Mark Krotov）——給了我一個機會，刊載發行了〈皇上皇老闆再次得分！〉與〈和尚〉。《格蘭塔》（*Granta*）刊出了我最珍愛的故事〈修車行〉。《紐約客》（*The New Yorker*），特別是克蕾西達．萊松（Cressida Leyshon），刊登了〈查克甜甜圈店的三個女人〉，並為我上了一堂編輯工作的大師班。《ZYZZYVA》

01美國動畫劇集《馬男波傑克》（BoJack Horseman）中的角色，總是願意幫助朋友解脫困境。

（*Zyzzyva*）同意編輯並在二〇二一的春季出版，這篇改編自我母親生活的故事〈世代差異〉。有時，為了生存——即使很荒謬——還是需要錢來寫作與構想世界，因此，若沒有PD索羅斯新美國人獎學金的慷慨支持，沒有約琳．帕克（Jolynn Parker）的指導，這本書肯定會比現在差了至少百分之三十。

最後，海倫．阿茲瑪（Helen Atsma）為這本書而奮鬥，調配了其中的許多色調與音調，並堅持可以做得更好，對此我感激不盡。羅伯．麥奎金（Rob McQuilkin）閱讀了我兩篇故事，知道我能在作家之路上走得長遠。他將視野超越大多數的讀者，在我的作品中找到了其脈動、深沉的渴望，以及試圖回答的迫切問題。他監督了許多草稿，總是接納我的想法，從未對我狂野的抱負有半點猶豫。至於威爾（Will），親愛的上帝啊，我真心希望你現在過得快樂，真的。我是何等地幸運，能有機會認識你。這本書是一封情書，我將之寫給你，寫給這裡提及的每一個人，寫給史塔克頓，寫給加州，寫給我的高棉人民與社區裡的高棉美國人——他們的宇宙與整個世界，以及寫給所有逝去的、活著的、即將到來的世代。

〔identity〕007

餘興派對

AFTERPARTIES

作者　安東尼・維斯納・蘇 ANTHONY VEASNA SO
譯者　李仲哲
副總編輯　洪源鴻
企劃選書　董秉哲
責任編輯　董秉哲
行銷企劃　二十張出版
封面設計　詹雨樹
版面構成　adj. 形容詞
文字校對　賴凱俐

出版　二十張出版——左岸文化事業有限公司
發行　遠足文化事業股份有限公司（讀書共和國出版集團）
地址　新北市新店區民權路108之3號3樓
電話　02・2218・1417
傳真　02・2218・0727
客服專線　0800・221・029
信箱　akker2022@gmail.com
Facebook　facebook.com/akker.fans
法律顧問　華洋法律事務所版——蘇文生律師

製版　中原造像股份有限公司
印刷　中原造像股份有限公司
裝訂　中原造像股份有限公司

出版　二〇二四年六月——初版一刷
定價　四二〇元

ISBN —— 978・626・7445・19・8（平裝）、978・626・7445・17・4（EPUB）、978・626・7445・18・1（PDF）

國家圖書館出版品預行編目（CIP）資料：安東尼・維斯納・蘇（Anthony Veasna So）著／李仲哲 譯
—— 初版 —— 新北市：二十張出版 —— 左岸文化事業有限公司發行　2024.6　304面　14.8×21公分．
（identity；7）譯自：AFTERPARTIES　ISBN：978・626・7445・19・8（平裝）　874.57　113004268

AKKER
二十張出版

餘興派對

AfterParties

安東尼・維斯納・蘇
Anthony Veasna So
李仲哲 譯